AF295520

# AUGUST

Aurinkoleijona

Kustantaja: BoD- Books on Demand, Helsinki, Suomi
Valmistaja: BoD-Books on Demand, Norderstedt, Saksa
ISBN: 978-952- 80-2327-2

Kirjailijan kiitokset ja terveiset:

Suuri kiitos kaikille ystävilleni ja ilman muuta koko perheelleni tuesta, mutta haluan kiittää nyt myös kaikkia heitä, jotka olen kohdannut näinä 17 vuoden aikana työelämässä. Kiitos tuhannesti kaikista koulutuksista työnantajilleni, opastuksista ja pitkistä hermoista kouluttajilleni. Sekä niille muutamalle erityisosaajalle erityiskiitos, en osaa sitä mitä te osaatte, mutta osaan arvostaa osaamistanne.

Olen työskennellyt näinä vuosina pääasiassa valmistavassa teollisuudessa, sen saatatte huomata tekstistä. Tämäkään kirja ei kuitenkaan ole tosi, vaan fiktiivinen ja kirjan tekemiseen (kannet, oikoluku, tarkastus ja tietenkin tarinan rakentaminen) meni reilusti päälle kolme vuotta. En kirjoita joka päivä, en edes joka kuukausi. Aloitin opiskelutkin juuri kirjan loppumetreillä, ja sen priorisoin ykköseksi siksi, että mahdollisuuteni opiskella on nykyisen työnantajani ansiota.

Tässä kirjassa ei ole mitenkään erityisen täydellisesti eroteltuna erikseen mitään maata, mitään kulttuuria tai sukupuolta. Jokainen kirjassa oleva nimi voi kuulua mille sukupuolelle tahansa.

Tein niin siksi, jottei mitään tai ketään vallalla olevien käsitysten tai jopa vaatimusten mukaisesti juntattaisi tietynlaiseksi vain siksi, että edustaa tiettyä sukupuolta tai kansaa. Jos tästä huolimatta pahoitat mielesi, aiheutat sen ihan itse itsellesi ja sehän onkin kiehtovaa.

Tämän kirjan omistan erityisesti teille, jotka koette maailman sisimmässänne monin eri tavoin; kuin meren aallot ihollanne tai kuin ilotulituksen riemun, ettekä silti pidä meteliä itsestänne ja koette siitä huolimatta olevanne olemassa ja elossa aivan kuin kuka tahansa muukin. Tämä kirja on teille, hiljaiset. Tiedän mitä se on, kun joutuu selittelemään hiljaisuuttaan joka usein sekoitetaan pahaan mieleen, surulliseen oloon tai muuhun negatiiviseen, vaikka hiljaisuus ei itsellenikään tarkoita mitään negatiivista. Päinvastoin. Tiedän myös mitä tapahtuu, kun lakkaa selittelemästä. Siitä alkaa elämä, omannäköinen.

<u>**Kirjan päähenkilöt;**</u>

**August**; Yritysturvallisuus-alan asiantuntija, vauvana adoptoitu, tunteet piilossa pitävä, mutta niitä kuitenkin omaava analyyttinen introvertti, joka hoitaa asiat eikä vain pohdi niitä. Analyyttisenä ihmisenä hän pääsee nopeasti ratkaisuihin, eikä ymmärrä asioiden loputonta pureskelua, vaan turhautuu sellaisesta. Järjen ääni on ollut hänen elämässään lapsuudesta saakka leijonan muodossa, jonka August pystyy sielunsa silmin näkemään. Ennen puhuttiin sieluneläimistä tai toteemieläimistä. Mitä todennäköisemmin August on intiaanien sukua, mutta tiedot Augustin biologisista vanhemmista ovat perustuneet aina vain kuulopuheisiin. Etäiseksi jääneet adoptiovanhemmat eivät kertomansa mukaan tiedä Augustin biologisista vanhemmista mitään.

**Alex**; Augustin kumppani, yrittäjä, toimitusjohtaja, järki-ihminen. Suunnitelmallinen ja vakaa kuin kallio, ei tippaakaan impulsiivisuutta. Hirmuisen komea, ja ehkä ihaninta mitä August on eläissään nähnyt. Turvallisinta mitä August on koskaan eläissään kokenut.

**Yannick**; tutkija kyberrikollisuuden osastolla, vähän vakava, mutta tilanteisiin täysillä mukaan heittäytyvä. Lapseton, naimaton, ei stressaa siitä että pitäisi avioitua tai lisääntyä. Erittäin lojaali ystävilleen ja vanhemmilleen, joita harvoin työnsä vuoksi tapaa. Hiukset aina sotkussa.

**Claud**; Yannickin pari kyberrikosten osastolla, Claud ei ole koskaan jaksanut stressata mistään. Hän on aina uskonut siihen että asiat järjestyvät, vaikkei tietenkään ilman omaa panosta. Lapsia tertullinen ja saman kumppanin kanssa ollut raamatun

ajoista saakka. Leppoisa ja rento, Yannickin jo vuosikaudet
tuntenut ylempi tutkija, joka on jäämässä eläkkeelle. Perso ruoalle.

**Mael**; päällikkö kyberrikollisuuden osastolla, kyyninen, katkera,
tylsistynyt sekä elämässään ja parisuhteessaan luovuttanut. Syö
jatkuvasti toffeeta ja addiktio on niin pitkällä että tilaa niitä
laatikollisia netistä.

**Joyce**; Augustin entisen työpaikan päällikkö, itsekeskeinen, kylmä
ja kulissit pystyssä pitävä, vaikkakin vähän hatarasti ja
läpinäkyvästi. Onnettomassa sivuroolissa tässä kirjassa, juuri
kuten Augustin elämässäkin.

**Taylor**; taloushallinnon päällikkö, palkanlaskija, lapsena
traumatisoitunut nähdessään väkivaltaa perheessään ja kadulla.
Sydän puhdasta kultaa ja haluaa omalla tavallaan pelastaa kaikki.
Ei kuitenkaan halua tehdä niin sanotusti sosiaalipuolen hommia,
joten pitää ihmisten arjen pystyssä sillä, että huolehtii palkat
ajoissa tileille. Rahalla saa tasapainoon yhden
perustavanlaatuisista tunteista.

**Wade**; Kyberrikollisten rojaltia, hengenvaarallisen älykäs
manipuloija, ei omakätisesti väkivaltainen, varakkaan suvun
hartaasti odotettu ainoa lapsi. Ei pidä läheisyydestä, ei ylipäätään
ihmisistä.

**Morgan, Rory, Skyler, Blake ja Scout;**
Waden "orjia," joista osaa yhdistää eräs piirre, jonka tulette
tunnistamaan kirjaa lukiessa.

Prologi

*Suljin silmäni*
*ja odotin.*
*Ilman säkenöivää,*
*kipinöivää ajatusta*
*olin luovuutta vailla.*

*Levoton. Sen tunsin.*

*Lopulta sain*
*ajatusmatkani lapsuuteen...*
*Näin järven*
*tunsin tuulen.*
*Intiaani ja lappalainen nauroivat,*
*susi jolkotti vaaralla*
*naaraansa kanssa.*

*5-vuotias minä*
*istuin pihamaalla*
*ja piirsin kepillä hiekkaan*
*astrologisia symboleita,*
*tietämättä mitä tein.*

*Vanhempani säikähtivät.*

*Aurinko tuli ja syleili,*
*lämmitti niskaani.*
*Tuuli käänsi päätäni*
*ja näin varjon auton ikkunassa.*

*Hymyilevän leijonan varjo*
*katsoi minuun sanoen:*
*"Muista kuunnella sisintäsi."*

VUOSI 1980, kesäkuu

Pieni, mustatukkainen, vihreänsinisilmäinen, taaperoikäinen lapsi
istuu hiekalla. Vihreänsiniset silmät nauravat, sillä ne näkevät
heijastuksia leijonasta. Se piirtyy ikkunoihin ja katselee pientä
taaperoa kuin vartioiden. Pikkuinen kohottaa kättään leijonaa
kohti kikattaen. *Se tuntuisi varmasti ihanan pehmeältä!* Taapero
kohottautuu polvilleen ja alkaa kontata kohti leijonaa.

Pian joku samalta pihalta ottaa taaperon syliin ja kantaa
hiekkalaatikolle, josta ei pääse enää leijonan luo. Taapero itkee
menetystään sydäntä raastavasti ja hänet pois kantanutta
kohtasikin myöhemmin onnettomuus. Ei vakava, mutta sellainen
ettei hän koskenut pieneen mustatukkaiseen, vihreänsinisilmäiseen
taaperoon enää koskaan.

VUOSI 1985

Pieni, mustatukkainen, vihreänsinisilmäinen lapsi oleili
päiväkodin leikkihuoneessa ja jutteli iloisella lapsen äänellään:
"Olet paras ystäväni! Rakastan sinua. Et saa koskaan jättää minua,
enkä minä jätä sinua."
Huoneeseen tuli lastenhoitaja joka kysyi, kenelle lapsi puhuu.
"Leijonalleni", vastasi mustatukkainen, vihreänsinisilmäinen lapsi
kirkkaalla lapsen äänellään.
"Eihän täällä ole mitään leijonaa."
"Onhan, tuossa, katso vaikka", lapsi sanoi ja osoitti ikkunaan.
"Hyvänen aika sinua, nyt lakkaat höpöttämästä siitä sinun
leijonastasi. Olet ihan sekaisin, lapsi parka!"
Lastenhoitaja otti lasta kovin ottein käsivarresta ja raahasi muiden
sekaan leikkimään, kuten normaalit lapset tekivät, toiseen
huoneeseen. Lapsi itki menetystään.

Hoitajaa kohtasi onnettomuus, sen verran vakava ettei hän tullut viikkokausiin töihin, ja kun hän viimein tuli, hän ei halunnut olla lähelläkään mustatukkaista, vihreänsinisilmäistä lasta.

VUOSI 1995, huhtikuu

Koulun järjestämässä diskossa, mustatukkainen nuori joi itsekseen limonadia. Oli valinnut hyvän paikan josta hymysuin katseli ihmisiä ympärillään. Hän kävi välillä moikkaamassa tuttujaan, kunnes joku haki tämän tutun aina tanssiin ja pois mustatukkaisen, vihreänsinisilmäisen nuoren luota. Se ei kuitenkaan haitannut.

Nuori oli tuntevinaan leijonan läsnäolon ja katsoi ikkunaan. Jotain vilahti ikkunassa mutta se saattoi olla toisten ihmisten heijastuksia.

Samalla hänen ympärilleen tuli muita, kaukaisesti tuttuja nuoria jotka kisailivat siitä kuka heistä pääsisi tanssiin mustatukkaisen, vihreänsinisilmäisen kanssa. Häkeltyneenä mustatukkainen valitsi yhden. Ei mistään erityisestä syystä. Silloin he kaikki alkoivat nauraa ja ilkkua:

"Ei kukaan lähtisi tuollaisen friikin kanssa edes kävelylle, saati tanssimaan! Luulitko että oltiin tosissaan? Tyhmä!"

Ja he nauroivat kovaäänisesti osoittaen häntä sormillaan vielä, vaikka olivat jo tovin matkan päässä.

Ilkkujaa kohtasi ikävä onnettomuus, ei mitenkään kovin vakava mutta loppukevään ja kesän hän vietti lähinnä makuullaan. Siitä syystä hän pysytteli kaukana mustatukkaisesta, vihreänsinisilmäisestä nuoresta.

VUOSI 2008, huhtikuu

Mustatukkaisen, vihreänsinisilmäisen työkaveri haukkui häntä avoimesti muille, ei arvostanut lainkaan vaan koitti kaikin mahdollisin keinoin saada itsetunnon alas. Kukaan ei siinä ollut kuitenkaan koskaan onnistunut näiden kuluneiden vuosien aikana. Vihreänsinisilmäiselle oli nimittäin aina ollut itsestään selvää, että rauhan ja hyvän tunnelman luominen ympärilleen vaati älykkyyttä enemmän kuin riitojen ja draaman aiheuttaminen.

Muita haukkuva ja draamaa aiheuttava työkaveri loukkaantui vakavasti vapaa-ajallaan harjoituksissa, katkaisi kätensä ja oli kuukausia pois töistä. Mustatukkainen, vihreänsinisilmäinen August oli jo ehtinyt lähteä muihin töihin ennen harjoituksissa loukkaantuneen työhön paluuta.

## Nykyhetki

Toimiston meteli hukutti alleen Augustin ajatukset. Hän istui työpisteensä äärellä ja oli olevinaan huomaamatta häneen suunnattuja katseita ja muka salaisiksi tarkoitettuja kuiskutteluja. Jotkut ihmiset tekivät niin, ja he tekivät niin varmasti aina tarkoituksella, kiusaamistarkoituksessa. Kuiskivat "salaa" kaikkien nähden osoittaakseen kuviteltua paremmuuttaan, eivätkä ymmärtäneet esittelevänsä vain omaa epävarmuuttaan. Tämänkaltainen toiminta oli ollut ihan jokapäiväistä siitä saakka, kun August oli tullut taloon töihin.

"Hän on outo, puhuu vain, kun häneltä kysyy jotain eikä oikeastaan kerro mitään itsestään."

"Hän ei varmaankaan pidä meistä."

"Eräs toimistolta sanoi, että hän on töykeä ja itseriittoinen."

"Niin varmaan onkin. Ei puhu mitään, kokee varmaan olevansa parempi kuin muut, niin ei alennu keskusteluun meidän kanssamme."

"Eräs toinen taas sanoi, että hän on ihan mukava."

"Esittää varmaan vaan mukavaa joillekin, mutta en usko, että on."

"Niinpä, miksi ei ole sitten meille kaikille yhtä mukava?"

Työntekijä, joka oli kuullut osia tästäkin turhanpäiväisestä keskustelusta, käveli porukan luokse sanoen:

"Ja miten teidänkaltaisille voisi olla mukava? Hän ei tunnu kelpaavan teille omana itsenään, hiljaisempana, ja tietää sen varmasti itsekin. Ja nyt kun täällä totuuksia ladellaan, kysynkin minkä vuoksi pitäisi olla teidänkaltaisille draamaa kaipaaville, paskaa etsiville ihmissurkimuksille mukava? Keskittyisitte töihinne! Siitä teille maksetaan!"

August asui puolisonsa kanssa mukavasti suuressa talossa, jonka he olivat ostaneet naimisiin mentyään. He viihtyivät kodissaan meren äärellä, vaikka molempien työ sijaitsi kaupungissa lähes tunnin matkan päässä, mutta se matka meren äärelle oli kuitenkin joka kerta vaivan arvoinen.

Auguts oli lukenut lapsuudestaan saakka monia merestä kertovia tarinoita, ja hänen lapsuusajan haaveammattinsa olikin pitkään ollut "merilääkäri", jolla hän oli tietenkin tarkoittanut meribiologia.

Monien muiden ihmisten tavoin hänkin siis tiesi, että pohjoisen meren merieliöt olivat nykyään eteläisen meren aikaisempia asukkeja, ja että jään sulaminen vaikutti kalalajistoihin niin, että niiden elinympäristöt kutistuivat. Kun tietää pyynnin olevan suurin tiettyjen alueiden ammatti, on merien, ei pelkästään pohjoisten merien tilanne, sellainen asia jonka pitäisi kiinnostaa ihmisiä.

Inhotti ajatellakin niitä kuvia joista näki, kuinka valaiden vatsat olivat täynnä roskaa ja eritoten muovia, tai kun näki kilpikonnan kilven muotoutuneen vääräksi muovirinkulan vuoksi. Ihmisillä oli kaikki valta ja osaaminen ennaltaehkäistä, sekä ratkaista tällaisia asioita. Siitä huolimatta aivan liian monet täyttivät ajatuksensa toisten ihmisten hiusvärivalinnoilla tai jollain ihan yhtä merkityksettömällä asialla, ja sen tajuaminen sai Augustin surulliseksi.

Hän ajoi merellisiä asioita ajatellen Subaru Foresterinsa talliin ja otti kauppakassi- palvelusta tilaamansa ruokakassit takaluukusta. Kaikki enemmän ja vähemmänkin introvertit rakastivat taatusti tätä palvelua, samoin palvelu oli varmasti loistava perheellisille ja kiireellisille. Kodin etäisyyden vuoksi palvelu oli juuri heille kahdelle kuin pala taivasta, vaikka eivät sen varassa täysin eläneetkään.

August haistoi meren heti auton oven avatessaan ja kaikki päivällä tapahtuneet hävisivät mielestä. Hän tunsi töissä ollessaan itsensä liki vainoharhaiseksi, mutta olisikin ollut niin. Siihen voisi hakea apua. Kunpa hän voisikin viedä puolet työyhteisöstä terapeutille opettelemaan käytöstapoja.

Hänen astuessaan portaisiin, ne tuntuivat jykeviltä ja turvallisilta hänen askeleittensa alla. Hän avasi kotinsa suuren ja tumman oven, jonka koristeena sen yläosassa oli ristikkolasi, joka oli itsepuhdistuvaa lasia. Myyjä oli kertonut ovea ostaessa, että lasin pinnalla oli titaanioksidipinnoite joka tulisi kestämään koko ikkunan käyttöiän. Luonnonvalo, jonka ei tarvinnut olla suoraa auringonvaloa, käynnistäisi lasin pinnalla prosessin jossa kaikki orgaaninen lika, kuten esimerkiksi siitepöly, hajoaisi. Sateella lasin pintaan muodostuisi tasainen kalvo, joka huuhtoisi hajonneen lian pois. Ikkunan kuivuessa, sen pintaan ei jäisi ikäviä kalkkiraitoja.

August vei ostoksensa keittiöön, josta oli suora näkymä merelle. Hän rakasti kotiaan ja sen ympäristöä enemmän kuin mitään. Hän tiesi, että he olivat Alexin kanssa olleet onnekkaita saadessaan näin upean tontin ja siihen vielä unelmien talon, joka oli heille kahdelle sopivan kokoinen. Kotona sai olla täysin rauhassa ja lähimmän naapurin luo oli Google mapsin mukaan melkein viisi kilometriä. Silloin tällöin pihamaalla oli vierailijoita aamuvarhaisella, toisinaan oli peuroja, palleroisia jäniksiä, vikkeliä oravia ja hauskan näköisiä meriharakoita. Heidän kotinsa lähettyvillä vieraili usein kettu, sen tuuhea häntä, terveen näköiset silmät ja turkki kertoivat sillä olevan hyvät apajat.

August rakasti eläimiä ja luontoa eikä minkään muun tyylinen asuminen tuntunut sopivan hänelle. Yhteys luontoon oli katoamassa ja se sairastutti ihmisiä enemmän kuin mikään. Enemmänkin henkisesti, August ajatteli. Vaikka päivän aikana olisi tapahtunut mitä, oli ongelma kuinka vaikea tahansa, niin hetki metsäpolulla, korkeiden puiden latvojen humistessa tuulen mukana, auringon säteiden viitoittama reitti tai hennon sateen ropina hupussa; ne auttoivat unohtamaan maalliset murheet.

August oli lapsesta saakka ollut useista kaupunkilaislapsista poikkeava siksi, että hän rakasti jo silloin kävellä itsekseen metsissä, kameran kanssa tai ilman. Kun toisilla oli tavoitteita sielläkin, esimerkiksi kävellä tai juosta verenmaku suussa tietty lenkki tietyssä ajassa, olisi hän halunnut lompsia verkkaisesti ja nauttia metsän tuoksusta, vetää sen parantavaa ilmaa keuhkot täyteen. Metsän hiljaisuus ja sen seesteinen rakentamaton maisema rauhoitti nopeasti vilkkaankin mielen. Liikunnanopettajan mielestä August oli laiska ja surkea liikunnassa eikä yltänyt siksi koskaan enempään kuin seiskan arvosanaan.Tosiasiassa nykyäänkin Augustin hapenottokyky oli mitä mainioin vaikka hän ei tänäkään päivänä halunnut kilpailla jäntevän ja lihaksikkaan vartalonsa avulla kyvykkyydestään. Hän tiesi kyllä itse voivansa erinomaisesti ja se johtui liikunnasta, osittain ehkä niistä geeneistä joista hänelle ei oltu kerrottu mitään varmaksi.

Lapsesta saakka hänen tavoitteenaan oli ollut mielenrauha ja hyvä olo itsensä kanssa. Jatkuva itsensä vertaaminen muihin näytti suorastaan hajottavan muut hänen ympärillään aiheuttaen mitä erilaisempia ahdistustiloja, eikä hän ollut halunnut sellaista. Jos August johonkin vertasi itseään, niin oman itsensä eiliseen versioon eikä suostunut olemaan kuin muut tai kilpailemaan kyvykkyydellään. Luonto oli hidas kiertokulussaan, niin tulisi ihmisenkin siihen siihen sopeutua. Mihinkään ei ollut kiire.

August sulki silmänsä painoi päätään rintaan, sivulle ja kiersi sen jälkeen päänsä toiselle sivulle hitaasti. Leijona ilmestyi hänen suljettujen silmiensä eteen, se istahti rentoon asentoon, katsoi silmiin ja näytti hieman hymyilevän. Se sai Augustin hymyilemään vienosti.

Myrkyllinen työilmapiiri voi sairastuttaa sellaisenkin ihmisen joka on vahva. Toksinen stressi voi tehdä tuhojaan elimistössä pitkänkin ajan jälkeen. Aikuisena olemisessa oli se etu, että tiesi jo, minkälainen käytös ja kohtelu oli sopivaa, kun taas lapsena oli enemmänkin olosuhteiden uhrina ja silloin luuli että kaikki väärä kohtelu oli omaa syytä.

Hän oli alkanut tuntea voimakasta pahoinvointia työpäivien aikana, ja se oli vain ja ainoastaan negatiivisen energian tuottamaa huonoa oloa. Kotona ollessa puolestaan tuntui siltä, kuin leijailisi ihanan kevyenä pehmeiden pilvien päällä.


"Hei, kulta, miten töissä meni?" Alex kysyi tullessaan työhuoneestaan keittiöön, ja antoi Augustille suukon.

"No, miten työpäivä nyt yleensä tuossa työpaikassa..."

"Sinun pitäisi päästä pois sieltä, tuntuu pahalta puolestasi. Sinun pitäisi päästä pois niiden lapsellisten ihmisten keskeltä."

"Pitää vain muistaa, ettei kaikilla ole samaa kotikasvatusta kuin esimerkiksi meillä", August sanoi Alexille.

"En vain pidä siitä, etteivät he hyväksy sinua."

"En minä heiltä hyväksyntää tarvitse. En sellaista mitä sinä ehkä tarkoitat."

"Mitä sitten?"

"Että he antaisivat minun olla ja kunnioittaisivat työrauhaani."

"Eikö se ole sama asia?"

"Ei, en kaipaa kenenkään hyväksyntää siitä yksinkertaisesta syystä, että olen hyväksynyt itse itseni, tällaisena kuin olen. Hiljaisempana. En minä silti ole idiootti tai suunnittele kenenkään murhaamista!

"Mitä en kaipaa", August jatkoi rauhallisemmin; "on ne juorut ja oletukset siitä, etten pitäisi heistä. En ole sanonut kenellekään niin. Työtavoista saatan olla eri mieltä, mutta ei se tarkoita, että en pitäisi heistä."

"He ovat epätoivoisia suhteesi."

"Se on vain niin typerää! Mihin he tarvitsevat minun
kysymyksiäni tai jatkuvaa huomiotani? Oman egonsa jatkeeksi?
Kyllähän minä koko ajan näen minkälaisia he epävarmuutensa
kanssa ovat."

"Eli et vaihda työpaikkaa?"

"Rakastan työtäni! Mielestäni ne jotka eivät keskity töihinsä
voisivat painua muualle, jos kauppakeskuksiin nyt vielä mahtuu
juorukasoja huojuilemaan kuin... kalat ilman kylkiviivojaan! Siltä
he muutenkin näyttävät. Näkisit heidät! He ovat aivan onnettomia,
jos jäävät ilman *johtajaansa*. Kun *johtaja* on porukasta pois, ei
heistä kenestäkään näy jälkeäkään koko päivän aikana."

"Opiskelit vuosia yritysturvallisuutta. Et saisi luovuttaa noin vain.
Muualla voisi olla fiksumpaa porukkaa, ammattitaitoisempaa."

"En halua keskittyä heihin, vaan sinuun, kotiimme ja siihen, että
minä teen työni ja se riittää, ainakin minulle."

Vaikka Alexin ja Augustin viikonloppu alkoi työpaikan
vuorovaikutusongelmien setvimisellä, saivat he luotua upeat
päivät itselleen ja toisilleen. Metsässä samoilu ja kuuma, höyryävä
kahvi termospullosta, katsellen samalla upeita maisemia teki
Augustin niin onnelliseksi, että arjen murheet unohtuivat. August
oli kohdannut ongelmia ennenkin, sillä hän oli hiljaisempi kuin
ihmiset yleensä. Lähinnä se tarkoitti sitä, ettei hän välittänyt
keskustella jonkun tuntemattoman ihmisen elämästä tai
ulkonäöstä. August ei voinut ymmärtää miksi työpaikoilla ei
enemmän keskusteltu työasioista. Työssään hän oli taitava ja
rakasti sitä mitä teki, eikä yhteistyö toisten kanssa koskaan ollut
tuottanut ongelmia. Ainoastaan ihmisten muodostamat oletukset
hänestä olivat joskus käsittämättömän vääriä.

Hänen hiljaisuutensa ja piittaamattomuutensa kaikenmaailman
"sirkkaliisojen" parisuhdeasioihin antoi liikaa tilaa muodostaa
niitä.

"August, tulisitko hetkeksi tänne?" Joyce kuului huutelevan Augustia työhuoneestaan.

Oli maanantaiaamu, sellainen tyypillinen aamu jolloin kaikki merkit olivat viitanneet siihen ettei töihin kannattaisi lähteä. August oli unenpöpperössä lyönyt varpaansa tuolin jalkaan, sillä aamu oli valjennut pimeänä ja sateisena, hän oli keittänyt kahvin vanhan kahvin päälle ja töihin lähtiessä yrittänyt avata autotallin ovea työavaimellaan. Luonto oli rummuttanut sateen avulla hieman synkän rytmin päivän alulle autotallin kattoa hyväksikäyttäen. Kettu oli ollut autotallin lähellä ja juossut säikähtäneenä karkuun vaikka normaalisti sekin katseli rauhallisesti pihan touhuja aamuisin. Se oli kuin heidän ikioma lemmikkinsä, joka piti kuitenkin huolen itsestään. Sillä oli pakko olla jossain lähellä pesä, sillä sateella luulisi senkin olevan lämpimässä ja kuivassa kolossaan, August pohti istahtaessaan autoonsa silmät sirrillään. Hän oli nukkunut katkonaisesti ja nähnyt unta kärpäsistä jotka olivat jahdanneet häntä ja surisseet korvan juurella ärsyttävästi, ja herätessä hänestä oli tuntunut siltä, kuin ei olisi nukkunut lainkaan.

August oli siis juuri tullut työpisteelleen ja lähti kävelemään esimiehensä, Joycen huonetta kohti.

"Istu, ole hyvä."

August teki kuten pyydettiin, mutta oli ihmeissään. Mikä asia voisi olla näin tärkeä heti maanantai- aamusta?

"Onko kaikki hyvin?", hän siksi kysyi.

"Ajattelin kysyä sitä sinulta, ihmiset ovat huolissaan syrjäänvetäytymisestäsi."

August ei ollut uskoa korviaan. Olivatko ihmiset menneet esimiehen puheille, koska hän ei kokenut tarvetta puhua omia asioitaan, tai muiden asioita työpaikalla? Häntä suututti. Se ei ollut syrjäänvetäytymistä!

"Ei minusta tarvitse olla huolissaan!"

"Mutta ihmiset luulevat, ettet pidä heistä. Et osallistu keskusteluun, olet aina hiljaa."

"Kyllä minä ihmisistä pidän, mutta en pidä siitä, että he ovat huolestuttaneet sinut aivan turhaan. Ja itsensä. En mitenkään voi osallistua sellaiseen keskusteluun, joka koskee jonkun toisen ihmisen elämää. Tai jonkun kauan sitten täällä työskennelleen virheitä. Ymmärrätkö kuinka paljon sellaisten asioiden kuuleminen ahdistaa?"

"Heistä sinä olet töykeä", esimies sanoi kuin tutkien Augustia. Aivan kuin Augustista voisi yhtäkkiä löytyä selvä merkki psykopatiasta.

"Töykeä? Eikös tämä ole...?"

"August, tämä on vakava asia."

"Pyydän kovasti anteeksi, jos juuri nyt olen töykeä, mutta miten minä olen töykeä keskittymällä vain omiin töihini?"

"Kyllä työyhteisö on muutakin kuin työn tekemistä."

"Minua ei ole palkattu tänne osallistumaan juorupalstan sisällöntuottamiseen. Minä itse koen, että haluan tehdä työni mahdollisimman hyvin, onko moittimista?"

"No, olen minä parempiakin turvallisuusasiantuntijoita nähnyt", esimies sanoi katsoen pöydän alareunaa ja siitä August tiesi esimiehen valehtelevan. Miksi Joyce halusi nöyryyttää häntä? August ymmärsi, ettei kannattaisi edes koettaa puolustaa itseään, sillä asiaton, syväluotaava luonnehdinta hänestä oli tehty keskustelematta hänen kanssaan.

"Minun on päätettävä työsuhteesi."

"Anteeksi mitä...?"

"En näe muita vaihtoehtoja, et sovi työyhteisöömme."

Augustin syke kiihtyi ja hän tunsi vain vihaa.

"En minä tässä ole se, joka on haitaksi työyhteisölle, vaan ne jotka juoruilevat omat oletuksensa, eli VALHEENSA sinulle ja nyt sinäkin pidät niitä totuutena!"

"Olen tehnyt päätökseni."

"Perustuen mihin?"

"Perustuen siihen, että olet töykeä muille ja epäsosiaalinen. Haittaat työntekoa sillä pilaat ilmapiiriä."

"*Minä* en ole epäsosiaalinen. Tiedätkö sinä edes mitä se tarkoittaa? Minä en ole se, joka juoruilee pitkin käytäviä ja valehtelee muista ihmisistä toisille tauoilla joita pidetään pitkin päivää useammin kuin TES antaa myöden. Noudatan työpaikan sääntöjä kaikin tavoin, epäsosiaaliset ihmiset eivät niin tee! Ihminen voi olla epäsosiaalinen, vaikka puhuisi päivät pitkät *ja todennäköisesti silloin onkin!*" August korotti vihoissaan ja loukattuna ääntään.

"Nyt riittää August, ole hyvä ja poistu."

August poistui tärisevin käsin ja toivoi esimiehelleen ja valehtelijoille karman täyslaidallista. Olihan hänellä tässäkin yrityksessä ihmisiä, jotka hän jo tiesi, ja joihin oli tutustunut. Aivan käsittämätöntä!

*Leijona ei pitänyt kuulemastaan, se ei pitänyt pelonkaltaisesta sykkeen kiihtymisestä joka Augustissa oli syntynyt. Ihmiset, jotka draaman kaipuussaan keksimällä keksivät murheita ja mälläsivät toisille pahaa mieltä, eivät olleet sellaisia asioita, joita Augustia suojeleva leijona voisi milloinkaan hyväksyä ja antaa vain olla.*

*Se, joka oli saanut Aurinkoleijonan suojelueläimekseen, toteemieläimekseen tai sielueläimekseen, kaikki ne tarkoittivat samaa; sellainen ihminen ei ollut sekuntiakaan ilman varjelusta.*

*Aurinkoleijonan voima oli parhaimmillaan uutta rakentavaa, voimaannuttavaa ja ajatuksen tasoa nostattavaa, mikä toisin sanoen tarkoitti mielikuvitusta ja luovuutta sekä ongelmanratkaisutaitojen kehittymistä. Se oli positiivisen ajattelutavan suurin henkinen ilmentymä, eikä se tarkoittanut pinkeää positiivisuutta ja jatkuvaa ilotulitusta. Se tarkoitti elämän ja ihmisyyden hyväksymistä kaikkine kulmineen.*

*Ainoastaan keksimällä keksitty, tarkoituksenmukainen pahuus ei ollut sallittua. Kyse ei ollut leijonan kostosta, vaan energiasta, jonka ihminen itse sai aikaiseksi ja mitä hirveämpi ja pitkäkestoisempi teko, sen hirveämpi oli maailmaan synnytetty energia. Paha energia maailmassa tai jonkun elämässä toimi kuin virus kehossa, siitä oli jollain lailla päästävä eroon ennen kuin isäntäeliö tuhoutuu.*

*Aurinkoleijona toimi porttina pahuuden vähentämiseen maailmasta. Siksi pahimmillaan sen voimat olivat dramaattisia ja maailmanlaajuisia tuhoja aiheuttavia.*

*Usein Aurinkoleijonalla oli suojeluksessaan esimerkiksi intiaaniheimojen päälliköt, parantajat ja tietäjät. Maan presidentit, lääkärit, terapeutit, hoitajat ja pelastushenkilökunta, sekä muut suuret vastuuhenkilöt.*

Illalla August lojui aviopuolisonsa Alexin kanssa sylikkäin sohvalla. Sormet silittelivät hellästi mustia ja paksuja hiuksia sekä niskaa. Augustin lihaksikas vartalo painui Alexin vartaloon kiinni, vaikkakin vielä stressistä jännittyneenä.

"En voi uskoa tätä, miten epäpätevää toimintaa! Minkälaista väkeä siellä on töissä?"Alex puhisi kiukuissaan.

Hänen siniset silmänsä olivat vihasta viiruina ja otsaan tuli ryppyjä kun hän yritti epätoivoisesti päästä samalle ajattelun tasolle kyseisen työpaikan johdon kanssa. Siinä tosin onnistumatta. Alexin silmät olivat aina kauniit, ne olivat siniset kuin taivaan väri ja niissä oli raskaat luomet. Hänellä oli tummat pitkät ripset jotka koristivat näiden silmien mystisyyttä ja viisautta. Uteliaat, vaativat ja kysyvät silmät. Silmät jotka näkivät Augustin kaikki puolet ja hyväksyi ne.

"Tiesin, että näin käy. Esimies, joka uskoo valheet ja pitää oletuksia totuutena ja jolla ei ole tippaakaan ihmistuntemusta, ei osaa muuta kuin kriisin kohdatessaan potkaista kiusan kohteen ulos. Taitaa olla vain siunaus minulle, että pääsin pois, vaikka tuntuukin ikävältä. Tuon kaltainen esimies ei ole sellainen jolta voisin oppia ammatillista viisautta."

"Siinä olet kyllä ihan oikeassa. Mitä nyt aiot?"

"Lähdetään lomalle, lähdetään pois tästä kateuden runtelemasta maasta, sain kolmen kuukauden erorahan."

"Hyvä idea. Äläkä murehdi. Eivät he ansaitse yhtä ainoatakaan työntekijää, jos kohtelevat heitä noin."

"Sellainen työpaikka, millainen johto", August tokaisi ja uskoi asian todella olevan juuri niin.

Hän nousi sohvalta pakkaamaan tavaroitaan, sillä tarvitsi käsilleen tekemistä. Hän halusi mahdollisimman pian pois maasta, jossa kateus oli voima, jolla ihmiset pyrkivät elämässään eteenpäin, ymmärtämättä että se vain hajotti ja tuhosi, eikä rakentanut mitään pysyvää itselle, saatikka seuraaville sukupolville. August pohti tulevia sukupolvia paljonkin vaikka ei itse ollut koskaan halunnut omia lapsia. Hänestä oli tutunut aina siltä, kuin...kuin kaikki ihmiset olisivat hänen. Asiaahan ei voinut sanoa kenellekään niin, vaan hän jätti kommentoimatta lapsiuteluihin, joita hän vihasi.

Kuka hullu haluaisi olla vastuussa kaikista ihmisistä, eikä siinä tunteessa siitä ollutkaan kyse.

August tiesi ihmisten olevan joskus käsittämättömän pahoja, ilkeitä, synkkiä, tuhoavia...mutta jokin hänen sisimmässään tahtoi aina ymmärtää miksi joillain oli sisimmässään valo, ja miksi joillain sisimmässään niin mustaa että heidän ainoana päämääränään oli tuhoaminen? Ymmärtäminen ei tarkoittanut samaa kuin hyväksyminen, väärä oli aina väärä, eikä selittelemällä kukaan saanut sontaa nieltäväksi.

Alex tuli makuuhuoneeseen Augustin perässä ja teki aivan oikein keskeyttäessään pakkaamisen ja turhanpäiväisten ajatusten pyörimisen Augustin päässä.

”Sinä olet selvänäköisin, urhein, vahvin...seksikkäin, olet seksikkäin...”

Alex kuiskaili Augustin korvaan ja siirsi matkalaukun vauhdikkaasti pois sängyltä ja sen sijaan asetti itsensä siihen vetäen Augustin syliinsä.

”Älä hajota matkalaukkuani, olen työtön”, August virnuili.

”Minulla olisi sinulle juuri nyt työtä, eräänlaista parityöskentelyä. Kiinnostaako?

2.

Noin viikon kuluttua, August heräsi kotoisassa, vuokratussa huvilassa ja heti ensimmäisenä hän mietti kettua ja mitähän se teki nyt. Ihmettelisikö se, kun he olivat poissa? Löytäisikö se toisen pihapiirin heidän poissaollessaan koska kyllästyisi kun mitään ei tapahtunut? Toivottavasti ei, August oli tottunut kettuun ja sen näkemiseen lähes joka päivä.

Heidän tarkoituksenaan oli olla lomakohteessa niin kauan kuin huvitti, ja tämä oli loman ensimmäinen aamu.

Augustista tuntui yhä väärältä, että hänen hiljaisuutensa oli joidenkin ihmisten mielestä niin uhkaavaa, että siitä piti kehitellä väkisin jotain pahaa. Jotain sellaista mitä hiljaisuus ei Augustin elämässä todellakaan merkinnyt.

Hiljaisuus antoi tilaa uuden tiedon prosessoimiselle, ei sitä tapahtunut pelkästään unen aikana. Oli järkevää tehdä mielikuvaharjoitteita juuri oppimastaan. Kuunteleminen vain oli luontevampaa toisille, ja vaikka moni sitä ei töissä tiennytkään, Alexia ja Augustia yhdisti huumori sillä molemmat olivat sarkastisia sutkauttelijoita. Tosiasia oli se, että kovinkaan moni ei sietänyt sellaista huumorin lajia, joten sitä ei kannattanut töissä viljellä, ainakaan ensimmäiseksi.

Kyllähän hän oli entisessä työpaikassaan jutellut ihmisten kanssa ja tutustunut heihin aivan vilpittömästi, mutta August ei voinut

19

ymmärtää sitä, että siitä olisi kannattanut tehdä numero ja vähintään raportoida siitä johdolle, jotta olisi saanut mitä ilmeisemmin jonkin sortin sosiaalistumis- pisteitä.

Miksi oli niin kauhean väärin olla ihminen joka ei liiemmin puhunut? Kenelle tahansa sattui sitä, että toisinaan tuli puhuttua sivu suun, mutta ei sellaisen kuuluisi olla sosiaalisesti hyväksyttävämpää kuin sen, että halusi miettiä mitä sanoi. Se ei tehnyt ihmisestä aidompaa, jos sanoillaan satutti toisia "koska oli niin suorapuheinen." Augustista sellaiset ihmiset olivat ajattelemattomia ja huonosti käyttäytyviä ja painivat joidenkin hyvin syvään juurtuneiden häpeän tunteiden kanssa.

Ei hän ollut osannut aavistaakaan, että joillekin ihmisille puhumatta jättäminen saattaisi merkitä potkuja! Hän ei kuitenkaan voinut muuttaa itseään enemmän ekstrovertiksi, joten ei asiaa kannattaisi sen enempää ajatella. Hän varmasti löytäisi työyhteisön, jossa hänen hiljaisempi ote elämään ei loukkaisi herkempiä ja itsestään epävarmoja olevia ekstrovertteja. Nimittäin sen hän oli huomannut, päinvastoin kuin ihmiset ehkä kuvittelivat, hiljaiset eivät useastikaan olleet niitä epävarmoja.

August puki ylleen lenkkivaatteet ja pujahti ulos Alexin jäädessä vielä nukkumaan. Alex nukkui aina sikeästi ja vapaa-ajalla myöhään, eikä ollut todellakaan sellainen aamuvirkku kuten August oli. August rakasti aikaisia aamuja, silllä ne olivat hiljaisia ja rauhallisia. Luonnon kanssa samaan aikaan herääminen oli rauhoittavaa.

Augustin ja Alexin pieni lomahuvila oli kaukana kaupungista ja sen hälinästä. Alue jossa heidän lomahuvilansa oli, oli mukava yhdistelmä huviloita, sekä rivitalotyyppisiä loma-asuntoja. Huviloiden yhteydessä oli myös pieni ravintola johon he aikoivat mennä tänään päivälliselle. Ravintolassa oli katettu ruokailutila josta oli näkymä merelle ja kaukana siintäviin vuoriin.

Maisemat olivat upeita, niin erilaisia kuin kotimaisemissa, mutta silti rauhoittavia. Tosin ne saattoivat olla rauhoittavia juuri siksi.

Kaukaiset vuoret ja vielä tyyni meri, nukkuva taivas joka tuntui olevan kosketusta vailla, odotti nousevan auringon halausta.

Tämän maan kulttuuri oli erilainen, sykkivämpi ja energisempi, mutta joka kerta täällä ollessaan, Augustista tuntui kuin hänet hyväksyttäisiin juuri sellaisena kuin hän oli. Hän näki värikkäitä kauniita vaatteita, tummia meikkejä, tummia silmiä, upeita kampauksia, siistittyjä olemuksia. Huumaavat tuoksut kahviloista ja torilta valtasivat ensin aivojen kuorikerrokset ja lopulta tuoksujen informaatio pääsi käsittelyyn hippokampukseen ja mantelitumakkeeseen. Pelkästään mansikan aromi sisälsi kolmesataaviisikymmentä yhdistettä joten olihan sellaisessa määrässä käsiteltävää.

Kivisen kadun kuumuus polttaisi hänen jalkapohjansa rakoille asti, jos yrittäisi olla paljain jaloin.

Linnut lauloivat lempeämmin kuin suurkaupungeissa, joissa ei metsää ollut lähimainkaan. Jostain avonaisesta ikkunasta kuului myöskin laulua, tosin ihmisen tuottamana versiona ja jossain kauempana rimputti pyörän kello. Rakennukset kohosivat taivaisiin ja niiden ikkunat eivät läpäisseet valoa sisään eivätkä mitään ulos. Augustista se oli kiehtovaa. Hänhän oli kuin tuo rakennus. Vaikka hän kyllä päästi sisään enemmän kuin moni uskoi, ja ehkä enemmän kuin pitäisi, hän ei siltikään tuonut itseään julki kuin vain harvoille. Itsensä julki tuominen jokaiselle ihmiselle ei ollut hänen tarpeensa.

August hörppäsi vettä pullostaan ja huomasi että oli juossut jo melkoisen matkan. Reisissä tuntui mukavan kihelmöivältä. Paikalliset tervehtivät häntä ja hän heitä.

Oli tärkeää tehdä elämässään asioita, joista nautti ja joita suorastaan rakasti. Hän oli seurannut ja toteuttanut unelmiaan, niin hän toivoi kaikkien tekevän. Sellainen ei jättäisi liikaa aikaa täyttää hiljaisuutta, joka ei ollut edes pahantahtoista, hän ajatteli tylsistyneenä omaan päähänsä, joka jauhoi tätä samaa koko ajan!

Siitä itselleen suivaantuneena hän kääntyi ja lähti vauhdikkaasti
juoksemaan takaisin huvilalle, kun samalla törmäsi henkilöön joka
sattui astumaan pienestä kaupasta ulos juuri samalla hetkellä, kun
August otti juoksuaskeleitaan.

"Anteeksi kauheasti!", August parahti.

"Ei haittaa mitään, kaikki hyvin", vakuutti ihminen, johon August
oli törmännyt.

Tavaroita lojui pitkin maata ja August alkoi kerätä niitä ja auttaa
toista.

"Ei sinun tarvitse, ihan totta."

Maahan oli lentänyt puhelin ja sen näyttö alkoi vilkkua, joku
soitti, siinä luki:

*Orjat.*

August ojensi puhelimen omistajalleen ja oli kuin ei olisi nähnyt
mitään.

Toinen katsoi Augustia silmiin ja toivotti hyvää päivänjatkoa.

*Samalla hetkellä Augustia kylmäsi, hänen selkärankansa lävisti
neulanpistävä kylmyys ja hänen oli vaikea katsoa silmiin henkilöä,
johon oli juuri törmännyt. Hänen päänsä kääntyi pois toisen
katseen alta, aivan kuin jokin olisi väkisin vääntänyt hänen
katseensa muualle. Hän näki sielunsa silmin kaukaisuudessa
leijonauroksen juoksemassa niin lujaa, että August tunsi sen
liikkeet omissa lihaksissaan. Siksi hän tärisi. Vai tärisikö sittenkin
maa hänen allaan?*

*Leijonan kultaisen värinen harja hulmusi ja sen vauhti liikutti
savannin kasveja, hiekka pöllysi. Leijona läheni lähentymistään,
sillä se oli tulossa suojelemaan Augustia. "Lähde, lähde pois!", se
karjahteli. August alkoi voida pahoin ja häneen iski
paniikinomainen tunne poistua paikalta.*

"Sitä samaa, olen kovin pahoillani tästä", August sai vaivoin
sanottua pidätellen oksennusta.

Mitään enää vastaamatta henkilö astui komeaan autoonsa ja poistui paikalta, auton pitäessä juuri niin upeaa ääntä kuin miltä se näytti.

23

*Leijona käveli hermostuneena edestakaisin, savannin heinikko oli juuri ja juuri sen harjan korkeudella. Se murahteli niin että sai linnut lentämään piilopaikoistaan. Leijona ei pitänyt kokemastaan tappavan vaarallisesta energiasta. Kuinka se pääsisi samalle olomuodon tasolle Augustin kanssa pitämään Augustin turvassa?*

*Äskeisen henkilön energia paljasti hänen harjoittaneen omaa pahuuttaan niin kauan, ettei siihen riittäisi tavanomainen suojelu. Ylivartijaa ei saisi häiritä turhan takia, Aurinkoleijona tiesi. Se saattoi tietää leijonan ja Augustin kuolemaa. Se oli sääntö. Omien kykyjen oli riitettävä suojelemaan, ja vain äärimmäisissä tilanteissa saisi häiritä  Ylivartijaa.*

*Leijona pohti myöhäiseen iltaan, liki yöhön asti mitä tekisi. Lopulta se lähti kuun ja tähtien loisteen saattamana kohti Ylivartijaa. Sen harjassa matkusti pieni musta lintu joka lörpötteli kuin viimeistä päivää.*

*"Hei, tiedätkö miksi kutsutaan silmälääkäriä, joka käyttää huumeita? Optinistiksi."*

*"Ole hiljaa! Kukaan ei saa kuulla meitä. Jos haluat matkustaa lämpimästi niin pidät nokkasi kiinni. Minun korvani on portti sen ihmisen ajatuksiin, jota suojelen, en halua tuollaista hänen päähänsä."*

*"Sehän oli hauska vitsi."*

*"En tarvitse nyt vitsejäsi. Nokka kiinni tai syön sinut."*

*"Leijonat eivät syö lintuja."*

*"Menisit kurkkupastillista. Ja kerta se olisi ensimmäinenkin. Sanon viimeisen kerran; nokka kiinni!"*

*Kauan taivallettuaan, leijona näki korkealle kohoavan vuoren, sen lähes korkeimmalla kohdalla oli tasanne, jonka pienen pienet hiekanjyväset kimmelsivät kuin tähtipöly. Sen tasanteen kautta Ylivartijaan sai yhteyden.*

*"Sinun pitää mennä nyt, et saa tulla mukaani." Leijona sanoi linnulle, joka lähti omia menojaan kohti.*

*"Nähdään taas, hauska veikko!"*

*Leijona tassutteli koko komeudessaan tasanteelle ja ihasteli kimmeltävää hiekkaa valtavien tassujensa alla.*

*"Mieletöntä..."*

*Se asteli aivan tasanteen reunalle, laittoi molemmat etutassunsa ruumiinsa alle, ja kumarsi. Sen valtavaan harjaan tarttui kimmeltävää hiekkaa. Sitten se nousi ylös, kuopautti tassullaan maata ja karjaisi kohti taivasta anovasti niin pitkään, että kaikkialla maailmassa jyrähti.*

*Taivas aukeni, Ylivartija tuli esiin. Se täytti koko yötaivaan avonaisella sylillään ja kysyvillä, lempeillä silmillään.*

*Se oli puoliksi mies ja puoliksi nainen. Turkoosi huivi jossa oli kullanvärinen pitsinen reuna, heilahteli tuulen mukana.Otsaan oli tatuoitu aurinko ja kuu, toisessa silmässä kissamainen kajaalin veto pitkine ripsineen ja toinen silmä mantelinmuotoinen. Toinen käsivarsi oli vahva kuin pyramidin rakentajalla ja toinen siro kuin joutsenen kaula.*

*"Aurinkoleijona, miksi kutsuit minua?"*

*"Arvoisa Ylivartija. En tiedä mitä tehdä. August, jonka sielun olen tuntenut jo ennen hänen syntymäänsä, on vaarassa. Sellaisessa vaarassa, jollaista hän, enkä minä, ole koskaan kohdannut ennen."*

*"Ihminen voi olla monin eri tavoin julma, miten tämä poikkeaa tavanomaisesta?Sinä olet sitä paitsi yksi vahvimmista suojelijoista, miksi sinun voimasi eivät riitä?"*

*"Tätä pahuutta on ruokittu jo vuosikymmenien ajan. Sen voima on kasvanut kasvamistaan, sen julma ja tappava energia voimaantuu koko ajan, ja näen sen kasvavan miltei maailmanlaajuiseksi."*

*"Miten sinun Augustisi liittyy tähän?"*

*"Tämä on yksi hänen tehtävistään. Se on hänen kartallaan. Pyydän lupaa vierailla hänen olomuotonsa tasolla."*

Ylivartija sulki silmänsä ja liitti kädet yhteen. Turkoosi huivi peitti Ylivartijan hetkeksi, huivi tanssahteli tuulen mukana. Alkoi kaunis laulu, niin kaunis ja heleä, jonka pystyy kuulemaan vain jos vaikenee itse täysin. Laulun energia valtasi Aurinkoleijonan kokonaan, se pystyi vain seisomaan paikoillaan hämmästyneenä kuulemastaan ja sen silmiin kohosivat kyyneleet jotka kultaista harjaa pitkin tipahtivat samanlaiseksi kimmeltäväksi hiekanjyväseksi kuin ne tuhannet muutkin sen tassujen alla.

Muutaman minuutin kuluttua Ylivartija otti huivin kasvoiltaan. "Saat luvan, mutta vain henkeä uhkaavassa tapauksessa." Leijona kumarsi kohti Ylivartijaa joka nosti molemmat kätensä siunaukseen kohti leijonan päälakea.

" Tulkoon maailmaan se valo jota harjasi kannattelee ja jota sielusi edustaa. Olkoon ihmisen sielu leijonan itkun arvoinen. Olkoon suojelusi oikeudenmukainen, olkoon matkasi turvallinen."

Ja sitten Ylivartija oli poissa.

Samaisen kaupungin, jossa August lomaili, sen poliisilaitoksella
kävi kuhina. Ikkunoiden kaihtimet olivat kiinni, avokonttorin
nurkassa pöhisi ilmankostutin ja toisissa nurkissa pyörivät vinhaa
vauhtia tuulettimet. Kahvi tuoksui vahvana, ja sitä juotiin kuin
kilpaa, mutta vettä kului vastapainoksi sitäkin enemmän.
Laitoksella jokainen oli ylpeä työstään, vaikka jokaisen kasvoilta
kuvastuikin toisinaan ajatus siitä, että työ tuntui turhalta. Se johtui
siitä ettei pahuus lakannut olemasta, vaikka kuinka työskenteli.
Pahuus oli maailmassa yhtä pysyvä olomuoto kuin tuli, vesi tai
ilma ja siksi kukaan näiden seinien sisällä ei edes kuvitellut
voivansa poistaa pahuutta, mutta pahojen asioiden estämisessä oli
kova työ.

Pian ilmeet taas kirkastuisivat, ainakin hetkeksi, ja työllä
tuntuisi olevan taas merkitystä.

”Yannick, tule tänne!”, komentaja huusi huoneestaan.

”Ei tarvitsisi huutaa, minulla on puhelin”, Yannick sanoi hieman
närkästyneenä, kuitenkin vain itselleen, sillä komentaja Mael oli
tiukka tyyppi, jolle ei kannattanut sanoa vastaan.

Yannick astui huoneeseen ja näki Maelin laittaneen seinälle kuvia
mahdollisista kyberrikollisista. Kuvat olivat selvästi lentokentän
valvontakameroista napattuja. Epäselviä.

”Katso Yannick. Sain tiedon, että näitä neljää pitäisi seurailla.
Haluan että löydätte nämä kaverit yhdessä Claudin kanssa.”

Maelin suussa oli jälleen kasa toffeeta, jota hän pyöritteli
sanojensa välissä ja hiljaisuutensa aikana.

”Claud on lomalla vielä joitain viikkoja”.

”No sitten yksin.”

”Yksin?”

Yannick katsoi komentajaa ja oli vähällä sanoa komentajankin
olevan loman tarpeessa, ei ketään milloinkaan lähetetty etsimään
mahdollisia rikollisia yksin. Paitsi Bruce Willis, elokuvissa, joskus
aikoinaan 90-luvulla.

"He taatusti hyökkäävät pian joko lentoliikenteeseen tai pankkiin, joten etsintäsi tulee olemaan helppoa", Mael sanoi lakonisesti, aivan kuin enempää ei tarvitsisi asiasta mainita. Mael kuulosti kyllästyneeltä. Samalla tavoin kyllästyneeltä, kuin olisi kyllästynyt kolmivuotiaiden seinillä piirtelyyn.

"En nyt kuitenkaan ajatellut odottaa sitä", Yannick sanoi lähtien huoneesta heti kun oli napannut kuvat mukaansa. Oli hieman murheellista, että komentaja suhtautui asiaan kuten suhtautui. Heillä kaikilla oli hetkiä, jolloin työ tuntui turhalta, sellaiselta kuin vain päivästä toiseen koettaisi saada haarukalla hiekkaa ämpäriin ja ämpärin täyteen.

Komentaja ei saisi kuitenkaan tuoda turhautumistaan julki, vaikka Yannick taisi olla ainoa, jolle Mael niin teki. Niin, ehkä ei pitäisi ottaa niin vakavasti toisten turhautumia, hän ajatteli ja alkoi selvittää neljän mahdollisen kyberrikollisen viimeisimpiä liikkeitä.

Hänhän voisi aloittaa sen tekemällä kierroksen kaupungissa ja etsimällä merkkejä siitä, että jossain toiminta olisi hieman halvaantunutta. Hän ajatteli aloittaa kierroksensa lentoasemalta jonne hän ajaisi alle puolessa tunnissa.

Illan viileys oli todella tervetullutta, ihmiset vaikuttivat heti virkeämmiltä. Tässä maassa auringon paahtava halaus ei ollut se kaikkein lempein halaus.

He olivat muuttaneet perheineen tähän maahan kun Yannick oli ollut kolme. Eli oikeastaan hän oli asunut tässä maassa koko elämänsä, eihän kukaan muistanut mitään lapsuudestaan ennen kuin täytti neljä. Tai siltä hänestä ainakin tuntui. Ensimmäiset lapsuusmuistot hänellä olivat juurikin neljävuotis-syntymäpäiviltään, jolloin koko suku oli kerääntynyt juhlimaan häntä ja hän oli saanut lahjaksi pesäpallosetin jota piti päästä heti kokeilemaan. Hän oli nukkunut yönsä räpylän kanssa, niin tärkeä se oli hänelle ollut. Heidän sukunsa oli suuri ja tiivis, hänen tätinsä soitteli hänelle edelleenkin joka viikko torstaisin ja kyseli kuulumiset.

Vanhemmat olivat hänelle tärkeitä, vaikkakaan hän ei ehtinyt kovin usein heidän luonaan vierailla. Hän kävi vanhemmillaan sunnuntaisin, siis sellaisina sunnuntai-päivinä jolloin ei ollut töitä, silloin he tekivät yhdessä ruokaa ja viettivät yhdessä useita tunteja.

Yannick ei ollut koskaan halunnut lapsia, hän valehtelisi jos sanoisi lapsista pitävänsä, ja se tuntuikin olevan ainoa hyväksyttävä syy olla haluamatta lapsia, kun sanoi että kyllä piti lapsista mutta ei voinut saada tai ettei ollut sopivaa kumppania. Lapsia ei ensinnäkään pitäisi niin vain *tehdä*, ajattelematta tuutata tällaiseen maailmaan, jossa ei ollut järjen hiventäkään. Samalla kun toinen puoli ihmisistä yritti kaikin tavoin pitää maailmanjärjestystä kasassa niin jo toisella puolella oltiin keksitty uusi pallopeli millä saatiin kaikki palikat tehokkasti nurin. Niin nurin ja hajalle, ettei palikoista ollut enää palikoiksi vaan sahanpuruiksi. Jos lapsia tahtoi kasvattaa niin kannatti ottaa selvää riittäisivätkö rahkeet itsellä ja kumppanilla. Ei nimittäin voinut olla helppoa kasvattaa lasta tällaisesssa maailmassa, ja Yannickin aika ja rahkeet eivät todentotta sellaiseen riittäisi. Sitä paitsi lapset olivat hankalia.

"Mutta vauvathan ovat niin suloisia..." Oli täti sanonut eräänä torstai-iltana heidän taas puhuessaan puhelimessa.

" Niin ovat kyllä, mutta olen nähnyt kuinka rumia murhaajia ja ovelia kusettajia monen monesta vauvasta sittenkin vain tulee tätiseni."

"Voi sinun kanssasi Yannick, uskon että sitten kun sinä löydät oikean kumppanin niin..."

" Minulle oikea kumppani sanoisi juuri nuo samat sanat jotka juuri sanoin sinulle. "

" Hyvä on, ei puhuta tästä enää. Eikä asia minulle edes kuulu. Haluan vain sinun olevan varma päätöksestäsi, ettet kadu myöhemmin."

"Tämä ei varmasti ole mikään päätös sinänsä, vaan tällainen minä olen. Ja olet oikeassa, ei tämä ole sinun asiasi."

"Puhutaan sitten niitä asioita jotka kuuluvat minullekin. Miten siellä sinun töissäsi sujuu…?"

Yannick parkkeerasi autonsa henkilökunnan parkkiin, sillä hän teki tarkistuksia lentoasemalla aina silloin tällöin, joten lentoaseman päällikkö oli aikoinaan ehdottanut sitä itse.

Yannick oli monen mutkan kautta päätynyt juuri kyberrikosten ennaltaehkäisevän osaston toimiin. Toisinaan hänellä oli ikävä kadulle, sinne missä tapahtui, mutta hän oli kyllä havainnut, että tapahtui rikos mitä kautta tahansa, se lamaannutti ihmisten toiminnan aina. Suurin huoli Yannickilla oli sairaaloita kohtaan, niihin kohdistuvat hyökkäykset oli saatu aina estettyä, mutta ne olivat aina äärimmäisen kriittisiä hetkiä, jolloin tuhansien ihmisten henki oli vaarassa.

Yannick asteli ripeästi ja määrätietoisesti, kuten aina, kohti lentoaseman kahvilaa. Lentoaseman tilat olivat pullollaan ihmisiä ja melua. Nuoret istuivat lattialla älypuhelimet kourissaan ja omiin maailmoihinsa uppoutuneina mikä oli ymmärrettävää tässä tilanteessa, kun jokainen neliö asemasta oli ahdettu täyteen tuntemattomia ihmisiä ja puheensorinakin kuulosti paksun kärpäsen pörinältä ikkunalasin välissä.

Yannick testasi maksupäätteen toimivuuden maksamalla kortilla kahvinsa. Hän tarkkaili kassahenkilön ilmeitä ja energiaa. Kaikki vaikutti ihan normaalilta. Ei ylenmääräistä stressin tuntua matkustajissa, ei kassahenkilössäkään. Hymy, jonka asiakaspalvelija oli väläyttänyt ehkä jo noin tuhat kertaa tänään, alkoi syystäkin näyttää väsyneeltä. Se oli aivan normaalia. Siksi Yannick joi kahvinsa rennosti, tajuamatta itse, että se oli ainakin kymmenes kupillinen.

Taylor astui uuden asuntonsa ovesta sisään. Ovi oli paksua tummaa puuta ja siinä oli niin vanha ovenkolkutin, ettei taatusti kukaan enää tiennyt mitä se oli joskus esittänyt. Asunto oli kerrostalon seitsemännessä, eli ylimmässä kerroksessa. Se oli pienehkö mutta valoisa, ja sen katto oli korkealla. Ikkunat olivat kauniin kaarevat ja suuret. Olohuoneen perällä oli ikkunasyvennys, jonka ikkunalaudalle hän ajatteli heti laittaa kirjojaan. *Tai ehkä ei sittenkään*, hän muutti heti mieltään: kannethan haalistuisivat valon vuoksi.

Seinät hieman rapistuneena, uusi koti otti hänet lämpimästi vastaan. Taylor oli useasti kysynyt mielessään mitä uusi elämä voisi hänelle tarjota. Tämän vanhan, 50-luvulla rakennetun kivitalon yksi huoneistoista olisi hänen uuden elämänsä ensimmäinen asia. Hän oli saanut tarpeekseen suuhteesta, jossa hän oli ollut enemmänkin assistentti kuin kumppani, mutta siitä oli ollut silti hankala irrottautua. Rakkautta ja kiintymystä ei kuitenkaan voinut kuin katkaisijasta sammuttaa.

"Tarvitset sellaisen kumppanin, jonka mielestä järjestelmällisyytesi, täsmällisyytesi ja huolehtivaisuutesi ovat seksikkäitä piireitä sinussa, eivätkä turvallisia kuin karhuemon halaus", oli Taylorin ystävä sanonut kun he eräänä iltana olivat keskustelleet siitä, kuinka läheisyyttäkään ei enää ollut ollut aikoihin. Liian pitkiin aikoihin, ilman mitään erityistä syytäkään.

"Täällä voi vielä olla entisen asukkaan tavaroita. Voit heittää ne pois, jos niitä löytyy. Hän tuskin tarvitsee niitä enää."

"Anteeksi, mitä sanoit?"

Asunnonvälittäjä vain huitaisi kädellään ja jatkoi muihin aiheisiin äänellään jonka todennäköisesti vain lepakot kuulivat, ennen kuin poistui vähin äänin.

Parikin tuntia oli vierähtänyt Taylorin tutustuessa uuteen kotiinsa, siivoillen ja laittaen tavaroita paikoilleen, sekä käydessään kaupassa hakemassa itselleen iltapalaa. Aamiaisen voisi syödä töissä, kuten aina. Sitten lounas ystävän kanssa kaupungintalon portailla, varsinkin nyt kun aurinko vielä lämmitti.

Taylor oli palkanlaskija, nuorekas ihminen joka suhtautui työhönsä vastuuntuntoisesti ja intohimoisesti. Hänen arkensa oli hyvin säännöllistä ja rutiininomaista. Elämä oli työn ansiosta tasaista ja onnellista. Aivan erilaista millaista hänellä oli lapsena ollut. Hän kieltäytyi ajattelemasta niitä asioita liiaksi, eikä uskonut sellaiseen, että menneisyyttä pitäisikään liiaksi repiä auki. Mieli unohti asioita tarkoituksella, parantavista syistä. Hänellä ei kuitenkaan ollut mitään sellaista traumaa, mikä olisi vaikeuttanut hänen arkeaan, joten miksi avata menneisyyttään yhtään sen enempää kuin oli tarpeen.

Hyvin usein lapsena ollessaan hän ei ollut saanut aamupalaa, päivällistä tai iltapalaa- oli onni kun pääsi kouluun sillä siellä oli saanut syödäkseen, jos kehtasi mennä niillä vaatteilla joita hänellä oli. Ne olivat usein liian pieniä, varsinkin nilkoista. Mutta hän oli ollut aina hyvä oppilas, hän oli kiinnostunut asioista, ja koulu oli kuin taivas verrattuna kotioloihin. Häntä ei kiusattu, mutta ei hän ollut kovin suosittukaan. Taylor oli selvittänyt koulutien sujuvasti ja miltei huomaamatta läpi, ja kun hän oli saanut ensimmäisen oman kotinsa ja päässyt sen rauhaan, hän oli alkanut itkeä.

Hän oli istunut uuden kotinsa lattialla ja vain itkenyt. Ei surusta, ei, vaan vapaudesta. Kukaan ei enää repisi häntä tukasta, löisi avokämmenellä poskiin, ei sylkisi naamaan ja haukkuisi rumaksi. Ei enää koskaan. Se oli vapauttava itku, vahvistava itku, vaikkakin räkä oli valunut ihan samalla tavalla kuin sellaisessa itkussa joka oli surua täynnä. Lopulta hän oli pyyhkinyt kyyneleensä ja räkänsä, pessyt kätensä ja alkanut siivoamaan uutta kotiaan. Sen jälkeen hän oli kirjoittanut työpaikkahakemuksen, päässyt haastetteluun seuraavalla viikolla ja saanut paikan. Ja nyt hän oli tässä, yli kymmenen vuotta myöhemmin, uuden kodin ja uuden elämän kynnyksellä vaikkakin työpaikka oli yhä sama.

Taylor oli viemässä iltapalaksi ostamansa leivän suojapaperia roskiin, kun hän huomasi roskalaatikon syvennyksessä jotain. Hänen hoikat, pitkät sormensa ylettyivät juuri ja juuri siihen, ja hän repi sitä irti sieltä, mihin ikinä se olikaan jäänyt jumiin. *Vihdoin!*

Hän katsoi irrottamaansa asiaa hämmentyneenä. Se oli kortti. Ja vaikka hän ei tiennyt tuon taivaallista maagisista asioista, niin kyllä hänkin Tarot-kortin tunnisti.

Kortissa oleva kuva tuntui ikään kuin katselevan häntä, eikä pelkästään häntä, vaan koko hänen asuntoaan. Kuva oli monisyinen, kovin yksityiskohtainen. Hän meni kortti kädessään ikkunasyvennykseen, otti tölkin toiseen käteensä ja istahti alas ikkunalle sanoen ääneen itselleen:

"No, Taylor, miten tämän ratkaiset?"

Kortissa oli luku XVI, sen yksi silmä tuntui katsovan suoraan Tayloriin ja koko hänen asuntoonsa. Silmä oli melko hallitseva ja siitä lähti jonkinlaisia säteitä. Tulenlieskat näkyivät tornin ikkunoista ja samoin alareunassa olevan, ilmeisemmin leijonan kidasta, syöksyi tulta kuin vesi syöksyi puutarhaletkusta. Taivaalla oli kotka ja jokin muu olento josta Taylor ei saanut selvää. Se näytti lohikäärmeen ja merihevosen sekoitukselta. Kolme ihmishahmoa oli kuvattu hyppäämään ikkunoista pää edellä alas. Kortti näytti kovin tuhoisalta, ja sen likaisenoranssi ja muutoinkin tumman puhuva väri ilmaisi, että tämän kortin nostaja olisi väistämättä jonkin muutoksen edessä. Mutta pitäisikö sen tapahtua niin väkivaltaisesti ja ryminällä kuten kortissa kuvattiin?

Oliko kortti tarkoitettu hänelle vai olikohan aiempi asukas nostanut tämän ja säikähtänyt? Sillä eiväthän kortit voineet kertoa tulevaisuudesta. Kuka hullu sellaiseen uskoisi? Taylor jätti kortin ikkunasyvennykseen, vei tyhjennetyn tölkkinsä keittiöön, huuhteli sen ja laittoi siististi alakaapin hyllylle odottamaan jatkoa. Hän painui iltapesulle kortin tuijottava silmä mielessään.

Toisessa maassa, Augustin entisessä työpaikassa, Joyce istui
työpöytänsä ääressä ja tunsi voimakasta kipua hartioissaan.
Istumatyö otti tosiaan joskus koville. Häntä ärsytti myös omat
alaisensa, varsinkin se yksi joka oli kysynyt voisiko hän laittaa
Joycen suosittelijaksi työhakemukseen, hän kun oli hakeutumassa
muualle töihin. Joyce oli loukkaantunut moisesta, sillä kuka hänen
alaisuudestaan haluaisi pois! Hän oli vastannut, että tokihan hän
voi suositella mutta vain jos saa sanoa myös jotain pahaa
työntekijästä. Työntekijä oli poistunut hänen huoneestaan
sanomatta enää sanaakaan. No, tiesipähän sekin työntekijä
olevansa  epätäydellinen.

Joyce oli muutamaan kertaan miettinyt, tekikö oikein
antaessaan Augustille potkut. Hän oli kyllä huomannut, että tässä
työyhteisössä oli vain yhdenlaisia ihmisiä jotka hyväksyttiin, eikä
hän ollut varma edistikö se ollenkaan tuottavuutta ja yrityksen
menestystä.

Hän oli alkanut tajuta, että sellainen käytös voisikin olla yrityksen
menestymiselle jopa este. Joyce käänsi niskojaan niin, että kasvot
olivat kohti ikkunaa, joten hän näki vastakkaisen rakennuksen
seinälle juuri kohoamassa olevan mainoksen.

Mainoksessa oli suuri leijona, joka tuntui katsovan juuri häntä.
Leijona tuntui pureutuvan täysin hänen sieluunsa silmien kautta, ja
Joycesta alkoi tuntua siltä, kuin hän ei yhtäkkiä saisi henkeä.

*Hänestä tuntui kuin hän tukehtuisi. Leijona otti
jotenkin mystisesti hänet täysin valtaansa, sen silmät sukelsivat
Joycen sisimpään kuin terävin neula verisuoneen, ja samassa hän
alkoi tuntea pelkkää pakokauhua.*

Hän nousi säikähtäen työpöytänsä ääreltä, kompastui
roskakoriinsa, kaatui ja löi päänsä pöydän toisella puolella olevaan
hyllynreunaan.

”Joyce! Joyce! Hyvänen aika, oletko kunnossa!?” Shayne huudahti ja juoksi Joycen luo, kun näki toisen makaamassa työhuoneensa lattialla. Shayne oli ollut juuri tulossa tuomaan esityslistaa tulevaan kokoukseen. Hän nosti Joycen päätä ja näki sen vuotaneen verta.

Joyce alkoi availla silmiään ja kysyi mitä oli tapahtunut, samalla, kun alkoi nousta Shaynen avustamana ylös.

”En tiedä, ajattelin että sinä voisit kertoa minulle. Pystytkö seisomaan?” Shayne kysyi.

”Pystyn, pystyn”, Joyce vastasi ja nojasi kädellään pöytään.

”Kuinka kauan sinä olet oikein maannut tässä?”

”Mistä minä sen tietäisin”, Joyce tuhahti vihoissaan tyhmälle kysymykselle.

Hän katsoi ikkunastaan ulos ja leijona oli kadonnut, Joyce käveli vaivalloisesti ikkunan luo ja etsi jälkiä työntekijöistä, jotka olivat olleet nostamassa leijonan kuvalla olevaa mainosta vastakkaisen rakennuksen seinälle. Nyt heistä ei näkynyt jälkeäkään, aivan kuten ei leijonastakaan.

”Näitkö sinä sen ison mainoksen tänään, joka nostettiin tuohon seinälle?”

”Mitä sinä horiset? Ei siinä ole koskaan ollut mitään mainoksia”, Shayne sanoi. ”Löit pääsi ilmeisen lujaa, sinun pitäisi mennä käymään lääkärissä.”

”Ei tarvitse…”

”Kylläpäs, tuo haava pitäisi tikata tai liimata”, Shayne oli vaativa.

”Hyvä on, hyvä on, menen heti kun…”

”Ei, vaan me lähdemme nyt heti.”

Joycea ärsytti, mutta hän suostui lähtemään Shaynen kyydissä saman tien.

Lääkärillä ollessaan Joycesta tuntui hölmöltä sanoa, että kompastui roskakoriinsa.

"Sattuuhan näitä", lääkäri kuitenkin lohdutteli.

"Mutta sitä ennen"…Joyce aloitti, mutta vaikeni sitten.

"Mitä tapahtui sitä ennen?"

"En tiedä, tai tiedän, mutta en ymmärrä sitä."

Lääkäri katsoi Joycea ymmärtäväisesti ja patisti ystävällisesti toista kumminkin kertomaan.

"No tuota, olin varma että näin kuinka mainosta nostettiin, siis aivan valtavan kokoista mainosta nostettiin työpaikkani vastakkaisen rakennuksen seinälle. Mainoksen keskiössä oli leijona ja se tuntui ikään kuin porautuvan minuun katseellaan."

"Leijona siis?"

"Niin juuri. Se alkoi tuntua todella ahdistavalta, sitten nousin aivan paniikissa tuoliltani, sillä minusta tuntui että en saanut henkeä, siksi kompastuin roskakoriini ja… nyt olen tässä."

"Hmm."

"Ja kun kysyin kollegaltani, niin mitään mainoksia ei ikinä ole laitettu kyseisen rakennuksen seiniin, ei koskaan, eikä siis tänäänkään."

"Kuulostaa enemmänkin siltä, että olet ylirasittunut."

"Niin, niin taidan olla. Kuuluuko siihen tällaiset hallusinaatiot?"

"En kutsuisi tuota hallusinaatioksi, ehkä vain nukahdit käsiesi varaan, näit todentuntuista unta, josta säpsähdit hereille hieman onnettomin seurauksin."

"Niin varmasti kävi", Joyce sanoi helpottuneena.

"Kirjoitan sinulle loppuviikon ja ensi viikon sairauslomaa, jotta pääset työstäsi irrottautumaan. Sinun on tehtävä ihan muita asioita, käyt salilla, menet metsälenkille, lähde viikonlopuksi pois kotoasi, vaikka vanhempiesi luo lomailemaan."

"Hyvä on."

"Kannattaa myös alkaa miettiä ovatko esimiestehtävät juuri
sopivan haasteellisia sinulle, vai liian haasteellisia. Ihmiset ovat
erilaisia paineensietokyvyltään ja se on ihan hyväksyttävää.
Esimiehenä toimiminen ei ole sellainen saavutus, mitä jokaisen
kuuluu tavoitella, vaan sellainen vastuu sopii vain tietynlaisille
ihmisille."

"Niin. Olen nykyään miettinyt asiaa itsekin. Voisin olla
stressittömämpi ja tuotteliaampi muissa tehtävissä", Joyce sanoi
harjoitellun kuuloisesti katsellen samalla kynsiään. Ne pitäisi
käydä huollattamassa. Viimeksi kynsihuoltaja teki hieman huonoa
jälkeä. Totta kai hän oli stressaantunut kun kaikki pitäisi tehdä
itse!

"Voin laittaa lähetteen psykologille, jos koet sen tarpeelliseksi?"

"Voisi olla hyvä idea", Joyce vastasi vain puoliksi kuunnellen.

"Tässä on vielä sinulle haavanhoito-ohjeet, tässä
sairauslomatodistuksesi, ja aika psykologille tulee sinulle
kotiosoitteeseen", lääkäri sanoi ojentaessaan lappuja Joycen
käteen.

"Kiitos, tohtori Samar."

   Mutta Joyce vain esitti, ja sen hän osasi kyllä. Puhumalla nätisti
ja hymyilemällä oikeille henkilöille hän oli ylennyt nykyiseenkin
tehtäväänsä. Ei hän mitään psykologia tarvitsisi. Hänhän oli
järjissään ja ainoa oikea työ hänelle oli olla juuri esimies. Tyhmät
työntekijät eivät osaisi tehdä mitään oikein ilman häntä, hän
ajatteli ja heitti sairauslomalapun roskiin kävellessään kopisevin
kengin ulos sairaalasta.

Kun Joyce oli tulossa takaisin sairaalareissultaan, hän huomasi jo
kaukaa paloautot ja ambulanssit. Ne olivat kaikki heidän korkean,
kauniin ja mahtavan upean toimistorakennuksen ympärillä joka oli
nyt liekkien saartamana. Hän juoksi niin lujaa kuin koroiltaan
pääsi ja retuutti yhtä palomiestä kertomaan heti mitä hänen
toimistolleen on tapahtunut.

" *Minä* teen täällä tärkeää työtä, teidän on pakko pelastaa…"

" Olen pahoillani, palo oli jo täyden palon vaiheessa
saapuessamme paikalle. Mitään ei ole enää tehtävissä."
Joyce katsoi taivaalle kohoaviin liekkeihin ja oli hetken aikaa
varma että niissä näkyi leijona jonka hurjasti palavat silmät
katsoivat suoraan häneen.

Lempeä merituuli puhalsi Waden kasvoille ja heilutteli hiuksia tanssitellen niitä. Tosin Wade ei sellaista lempeyttä havainnut, vaikka tuulen hän havaitsi. Siniset silmät menivät hieman sirrilleen, huolimatta siitä että hänellä olikin kasvoillaan tyylikkäät ja suuret aurinkolasit. Kauempana merellä siinsi laiva, ja Wade katseli sitä hieman kaihoten, muistellen lapsuuttaan. He olivat usein kulkeneet merellä perheen kanssa, ja siksi hän olikin juurtunut asumaan meren äärelle.

Rantaravintolassa, jossa hän istui, oli juuri sellaiset taustahälinät kuin kuka tahansa voisi sinne kuvitella. Lokit metelöivät samalla tasolla ihmisten kanssa, musiikki soi taustalla. Liikenteen melu kuului vain vaimeana.

Rantaravintola oli monien suosima paikka, ruoka houkutti lähellä olevien yritysten työntekijöitä viettämään taukojaan siellä, sillä he saivat vatsansa täyteen pienellä hinnalla ja ruoka oli maukasta. Kun sai katsella merimaisemia samalla kun söi, tauot tuntuivat taatusti täysin erilaisilta kuin työpaikan ruokalassa seiniä katsellen. Wade istui ja odotti henkilöä, joka oli ollut alusta saakka hänen kanssaan suunnittelemassa Eurooppaan kohdistettavaa lamaannuttavaa rikosta. Wade oli tuntenut rikoskumppaninsa Haydenin yliopistoajoista lähtien.

Hayden oli opiskellut yliopistolla kauppatieteitä ja he olivat tehneet yhdessä jo kymmenien vuosien ajan talousrikoksia. He olivat tehneet opiskeluaikana hieman epäviralliset lopputyöt täydellisestä rikoksesta oman "ammattinsa" näkökulmasta ja esittäneet ne toisilleen, he olivat myös viedokuvanneet esitelmänsä, niin ylpeitä he olivat olleet ajatuksistaan. Niistä vuosista saakka he olivat suunnitelleet kuinka lamaannuttaa koko Eurooppa. Oli äärimmäisen tärkeää ensin tajuta ja olla sata prosenttisen varma siitä, aivan kuten Hayden oli sanonut omassa lopputyöesitelmässään, että mikä oli ihmisten heikko kohta. Ja se oli kaikkien näiden vuosein aikana ollut poikkeuksetta raha.

Radiosta kuului uutiset, joiden mukaan helteiset päivät jatkuisivat pitkälle viikkoa ja helteisten päivien päätteeksi olisi kansalaisille luvassa ukkosta ja piiskaavia sateita. Sadetta Wade juuri odotti, sillä aurinko oli kuivattanut hänen pihansa pensaat rutikuiviksi tulitikun aluiksi, jotka aivan kohta toisiinsa osuessaan syttyisivät tuleen. Parker ei ollut ehtinyt kastella niitä, sillä hän oli ollut muissa tärkeimmissä tehtävissä, joita Wade oli osoittanut Parkerille.

Radiojuonnoissa ei nykyään ollut mitään järkeä, Wade ajatteli. Juontajat puhuivat yhtä tyhjänpäiväisiä aivan kuten hänen vanhempansakin olivat tehneet aikoinaan; sanoja sanojen perään vailla mitään sisältöä tai merkitystä kunhan vain oma ääni kuului.

Joku rantaravintolan asiakkaista kuului kertovan toiselle, että päivän lehti oli nurkkapöydässä, jos toinen haluaisi sitä lukea. Ystävällistä käytöstä, Wade tiesi, mutta ei itse koskaan sanoisi kenellekään niin ja toivoi että kaikki hänen olemuksessaan ilmaisi muille, ettei hänelle tarvinnut puhua, ellei kyse ollut isoista rahoista. Ystävällisyys ei Wadea kiinnostanut pätkän vertaa, siitä ei ollut yhtään mitään hyötyä.

Tupakan savu leijaili jostain Waden nenään, ja siitä hän tiesi, että Hayden oli saapunut paikalle.

"Hei", Hayden sanoi kummallisen kimakalla äänellään, eikä Wade voinut olla miettimättä, polttiko Hayden siksi, että saisi äänensä normaalin matalalle tasolle joskus tulevaisuudessa.

"Olet myöhässä", Wade tokaisi.

"Tiedän, anteeksi mutta työni on tällaista. Sain sovittua juuri miljoonakaupoista, ja niiden vuoksi olisit minun puolestani voinut odotella vaikka viikon."

Koppava ja ylimielinen oli kai pakko olla, kun ääni oli kuin pingottuneella, yliviritetyllä viulunkielellä, Wade ajatteli ärsyyntyneenä.

Astiat kolisivat keittiössä, kun rantaravintolan työntekijät valmistivat ruokaa ja putsasivat paikkoja. Ylenmääräinen kiire ei vaivannut ketään, ei asiakkaita, eikä työntekijöitä. Mutta Wade vihasi odottamista. Hayden oli juuri tuhlannut hänen aikaansa, eli rahaa.

”Istu nyt alas ja kerro mikä se sinun suunnitelmasi on”, Wade ärähti.

Hayden tumppasi tupakan sille tarkoitettuun astiaan ja alkoi puhua. Lokit alkoivat kirkua kai kalan nähdessään ja Haydenin ääni oli hukkua niiden kirkunaan. Siitä huolimatta Wade oli tyytyväinen siihen mitä kuuli. Hayden aikoi yksinkertaisesti ottaa vuokralaisekseen palkanlaskijan tai muun taloushallinnon työntekijän, joka tekisi myös etätöitä. Sellainenhan selviää mukavia jutustelemalla. Waden pitäisi vain murtautua tulevan vuokralaisen verkkoon huomaamatta ja siten saisi sieltä asiakkaiden tilitietoja.

”Vai niin, miten sellainen mahtaa nykyään onnistua?”

”Sinä se koodari ja tohtori olet, mutta olisiko sinun nyt aika hankkia työntekijöitä. Vaikka hieman nuorempaa verta.”

”Kerro nyt vielä, mitä hyötyä minulle on siinä suuressa suunnitelmassani näiden henkilöiden tiedoista jotka saadaan palkanlaskijan tai vastaavan verkosta,” Wade kysyi sivuuttaen vinoilun hänen iästään.

”Saat heistä testiryhmän pankkitietoineen.Voit koittaa luomaasi ideaa käytännössä. Sen jälkeen voit laajentaa, aivan kuin yrityksissä aina tehdään; aloitetaan pienesti ja sitten laajennetaan.”

”Eli minun olisi palkattava muutamakin henkilö, joilla olisi jokin tietty suuntautuneisuus alalla…”

”Aivan kuinka itse haluat”, Hayden vastasi Waden pohdintaan, vaikka ei ollut varma olisiko siihen pitänyt sanoa mitään.

”Mutta ainakin näillä pienillä teoilla saat aloitettua sen mistä haaveilet: ihmisten köyhdyttämisen ja aivan kuten itse sanoit:

nöyryyttämisen. Oletko ihan varma, että haluat toteuttaa tämän juuri nyt? Hayden kysyi.

"Olen, koska ihmiset pitävät rahaa itsestäänselvyytenä, sellaisena jota saa tekemättä mitään minkään hyväksi. Suurin osa ihmisistä laiskottelee. Kukaan ei enää rakenna mitään, eivätkä ihmiset ylläpidä jo rakennettua osaa vaan antavat kaiken rapistua. Blogien kirjoittaminen ja valokuvien ottaminen itsestään on mukamas kovaa työtä! Hah! Haluan antaa kaikille opetuksen."

"Uskotko todella että ihmiset laiskottelevat vain?"

"Tarpeeksi moni tehdäkseni tämän."

"Sitten kai olemme oikealla asialla."

Terassin laudat narisivat, kun he kaksi päättivät keskustelunsa ja jatkoivat omille teilleen. Ihmisten, lokkien ja muiden lintujen sekä radion äänet alkoivat vaimentua ja loppuivat kokonaan kun Wade istui autoonsa ja sulki oven.

Sitten, aivan yhtäkkiä, täydellisen hiljaisuuden luoviessa ajatuksia, Wade meni ajatuksissaan kuin paholaisen pakottamana kohti lapsuusmuistojaan. Hän muisti, kuinka hänen vanhemmillaan oli ollut suhteita puolin ja toisin, eikä Wade kaihonnutkaan enää lapsuuteen ja jokailtaisiin raivoamisiin sekä haukkumisiin. Hänen vanhempansa olivat eläneet täydellistä kaksoiselämää vuosia Waden sitä tajuamatta, ja hän oli tuntenut silloin itsensä totaalisen nöyryytetyksi kun oli saanut sen selville. Sellaista ei kukaan enää koskaan tekisi hänelle!

Lapsenahan sitä luuli, että vanhempien käytös on yhtä kuin oma arvo tässä maailmassa. Wade muisti, että hänen vanhemmillaan oli menossa jatkuva selviytymisten draama, joiden varjoon hän aina jäi.

Ainoa hyvä asia, jonka hän muisti lapsuudestaan oli rakkaus merta kohtaan. Se oli jotain alkukantaista, vapauttavaa rakkautta.

Hän muisti toisen vanhemmistaan kertoneen hänelle erilaisia myyttejä liittyen merenkulkijoiden ja meren yhteiseen kumppanuuteen. Kertomuksista oli kuulunut aina tietynlainen kaiho, aivan kuin hän olisi halunnut olla merenkulkija, ennen kuin se, mitä hän oli ollut koko ikänsä; poikkeuksellisen narsistinen elostelija.

Wade oli muuttanut kotoaan pois, kun opiskelut yliopistossa olivat kutsuneet ja hän oli vuosien saatossa valmistunut parhain arvosanoin tekniikan tohtoriksi, erikoisosaamisenaan ohjelmointi ja robotiikka. Hän oli opiskeluaikoinaan käynyt kotonaan vain kiitospäivinä, ja silloinkin hän oli istunut hiljaa ja keskittynyt syömiseen. Se oli ollut helppoa, sillä hänen vanhempansa eivät olleet kysyneet koskaan mitä hänelle kuului, tai kuinka opiskelut sujuivat.

Hän oli vain istunut paikoillaan suuren salin yltäkylläisesti katetun pöydän ääressä, haarukat olivat kilahdelleet välillä lautaseen, mutta ei niin kuin halpaan lautaseen. Wade oli tiennyt sen eron, sillä hän oli elänyt huomiota herättämättä opiskelija-asunnossaan.

Waden takana pitkät ja leveät samettiset verhot olivat pitäneet likimain kaiken valon poissa ruokasalista, ja vain kattokruunujen valot olivat loistollaan saaneet Waden toisen vanhemmista näyttämään kalman kalpealta kimmeltävien korujensa rinnalla. Niitä hänellä tosiaan oli ollut, ja oli kaiketi yhä, rakkauden sijasta korut, joista hän ei milloinkaan luopuisi.

Toinen puolestaan oli istunut pörhennellen kuin mikäkin valtias omalla valtaistuimellaan tarkasti tietäen sen, oman arvonsa nimittäin. Hänhän oli kaupungin kuvernööri, joka oli maannut likimain jokaisen parikymppisen kanssa. Jopa Waden ihastuksen kanssa ennen kuin Wade oli lähtenyt yliopistoon opiskelemaan.

Wade ei ollut enää koskaan ihastunut sen jälkeen, sillä hänestä tuntui edelleenkin kuvottavalta, että hänen vanhempansa oli koskettanut hänen ihastustaan niin kuin hän itse olisi halunnut. Onneksi hänen ei enää tarvinnut pakosti nähdä vanhempiaan, ja olikin valmistumisensa jälkeen vain jättänyt menemättä enää koskaan kotiinsa, eivätkä hänen vanhempansa olleet hänen peräänsä milloinkaan soitelleet.

Wade oli siis ajatellut Haydenin kanssa jo pitkään, kuinka tehdä täydellisin rikos. Ja nimenomaan koko Euroopassa. Se olisi hänelle ihan helppoa, ainakin sen suunnittelu. Hänellä oli siihen tarkoitukseen jo oma yritys, jossa hän työskenteli itse ja hänen suunnitelmiinsa kuului laajentaa.

Hän nosti ökykalliita aurinkolasejaan sormellaan, joka ei ollut koskaan kietoutunut yhteen toisen kanssa, eikä ollut koskaan koskenut kehenkään intiimisti. Wade ei uskonut sellaisten asioiden kuin rakkauden ja luottamuksen olevan totta.

Kun hän osti jonkun tavaran, hän tiesi mitä sai. Hän ei voinut sietää ihmisten ailahtelevaisuutta, tai sitä että joku saattoi muuttaa mieltään, sellainen sai hänet liki raivon valtaan.

Wadesta kyky mielipiteenvaihtoon ei tarkoittanut sitä, että joku ihminen olisi kasvanut henkisesti jollain saralla. Ihmisen kuului olla aina samanlainen. Aina.

Mutta nyt oli tärkeää keskittyä rikoksen toteuttamisessa seuraavaan siirtoon; uusien työntekijöiden löytämiseen.

Morgan, Rory ja Skyler löntystelivät pitkin katuja
päämäärättömästi. Ei ollut mitään järkevää tekemistä, sillä heidän
viimeinen opiskeluvuotensa oli päättymässä. Ohjelmointialan
guruiksi jo opettajienkin mukaan ristityt nuoret aikuiset menivät
aina vähän hämilleen, kun maailma näyttäytyi kosketeltavana ja
fyysisenä.

Blake ja Scout juoksivat heidät kiinni ja he päättivät mennä taas
yhdessä kahvilaan, jossa olivat koko opiskeluaikansa käyneet.

Kahvilaa piti lempeä ja herttainen, jo vanhemmalla tasolla
liikuskeleva Emmet, joka selkeästi rakasti näitä viittä erityisesti.
Tänäänkin hän oli tehnyt poppoolle voileipäkakkua, lihaisaa
sellaista, jotta jaksaisivat opiskella kunnolla loppuun saakka.

"Aivonne tarvitsevat myös proteiineja, eikä pelkästään niitä
*seksihormooneja*", Emmet sanoi, ja hörähti nauramaan omalle
vitsilleen. Viisikko meni hämilleen, koska heistä oli outoa, kuinka
koko maailma tuntui nykyään perustuvan pelkälle seksille ja
seksikkyydelle. Oli omituista että seksikkyydellä myytiin asioita,
ja mainostettiin tavaroita ja tapahtumia. Seksinhän piti olla
ihmistenvälistä hellyydenosoitusta ja asia josta nautittiin
keskenään. Siitä oli seksikkyys hyvin kaukana, kun jotkut pitivät
päämääränään näyttää kylkiluuttomalta turbohuuliselta
muovinukelta vain jonkun tavaran tai jonkun toisen miellyttämisen
takia.

Kyllä tämä viisikko oli maailmasta hyvinkin selvillä, mutta se
maailma ei tätä viisikkoa kiehtonut. He istuivat illat ja päivät,
joskus jopa yöt ykkösten ja nollien maailmassa, he tekivät uhka-
analyysejä yrityksille työharjoitteinaan ja samoin keksivät niihin
onnistuneita ratkaisuja. He mallinsivat, koodasivat, suunnittelivat
ja ohjelmoivat, eivätkä koskaan pitäneet meteliä itsestään siinä
maailmassa jonka suurin osa otti omakseen kritisoimatta.

Jostain syystä kuitenkin, tai ehkä juuri siksi, tämä kahvilanpitäjä
oli ottanut omakseen nämä viisi henkilöä, jotka olivat hiljaisempia
tässä turhuutta huutavassa maailmassa.

Jokainen arki-ilta viisikko sai syödäkseen ja kahvia aamulla juodakseen ennen opiskeluja. Emmetillä ei ollut omaa jälkikasvua, joten hän osallistui suurella sydämellä näiden viiden ihmisen jaksamiseen kovassa(opiskelu)maailmassa.

Tänä nimenomaisena aamuna kahvilassa oli tapahtunut jotain mukavaa; Emmet oli saanut uuden asiakkaan. Oikein hyvännäköisen, suuren tipin jättäneen asiakkaan. Asiakas oli kysynyt hienostuneesti puhuen, saisiko hän jättää ilmoituksen kahvilan ikkunaan, sillä hän oli etsimässä yritykseensä työntekijöitä. Vaikka se sijaitsikin kaukana, niin hän oli ajatellut laajentaa rekrytointialuettaan myös toisiin maihin.

Emmet oli ilman muuta suostunut ja oli oikein iloinen, että joku paikallisista saisi töitä. Niitä kun ei pienemmässä kaupungissa oikein tahtonut olla.

”Voisin tehdä teille jotain matkaevästä, jaksatte paremmin matkustaa takaisin kotiinne”, Emmet oli ehdottanut uudelle asiakkaalleen.

Wade oli katsonut kahvilanpitäjää hämmentyneenä siksi että epäili jonkun olevan muka huolissaan hänen jaksamisestaan matkalla, mutta oli vastannut ehdotukseen myöntyen. Eihän hän ollut halunnut herättää huomiota, ja varmaan näin pienessä kaupungissa oli tapana huolehtia naapureidenkin kakaroista ja toimia hälytysjärjestelmänä murtovarkaiden varalta.

”Kiitos, sehän olisi oikein ystävällistä, jos saisin matkalleni jotain purtavaa ja… ehkäpä pullollisen vettä?”

”Järjestyy kyllä, istukaa vain alas, niin teen teille oikein makoisan patongin Italialaisella ilmakuivatulla kinkulla, BBQ-majoneesilla, ja kauden vihanneksilla.”

Wade oli istunut alas eikä ollut ymmärtänyt lainkaan moista touhotusta ja oli tehnyt parhaansa, jottei hänen kummastuneisuutensa olisi vain näkynyt muille.

”No niin nuoriso”, Emmet nykyhetkessä huuteli viisikolle kahvilan kulmapöytään, jossa he istuivat.

”Tulkaapa hakemaan kinkku-salami-voileipäkakkua ja Coca-Colaa, ennen kuin loppuu.”

Rennosti pukeutuneet nuoret aikuiset menivät hakemaan evästä, ja Rory huomasi lapun ikkunassa.

”Hei, mikäs tuo on?”

”Ainiin, pitikin sanoa teille, että joku aivan *kokonaan komea* ihminen toi tuollaisen lapun, sillä hän hakee työntekijöitä yritykseensä.”

”Mitä tarkoittaa kokonaan komea”, Blake kysyi naurua äänessään.

”No tiedätkö, aivan kengänkärkiä myöden, hiusrajaan asti huoliteltu henkilö. Hyväntuoksuinen, miellyttäväkäytöksinen.”

”Jätti siis hyvän tipin”, Skyler kysyi nauraen.

”No niinkin voi sanoa”, Emmet naurahti takaisin.

”Mutta tosiaan, tehän opiskelette viimeistä vuotta, valmistutte juuri, joten tuohan voisi olla teille oikein hyvä mahdollisuus.”

”Minua on aina epäilyttänyt miellyttäväkäytöksiset ihmiset”, Morgan totesi ja jatkoi kysyen;

”Miksei voisi vain olla normaalikäytöksinen? Ja voisinko saada teetä?”

”Niin kuin sinä olet ykkösten ja nollien maailmassasi”, Skyler nauroi taas.

Emmet ojensi Morganille mukin jossa oli kengurun kuva. Mukin toisella puolella oli infopläjäys kenguruista. Emmetin kahvilassa kaikki mukit olivat erilaisia, ja se teki kahvilasta kotoisamman.

”Niin juuri, minusta ei ole kenellekään haittaa, kun taas miellyttäväkäytöksiset ihmiset ovat… jotenkin… sotkuisia.”

”Noh, noh, Morgan”, Emmet torui, ”minusta tässä on teille oiva mahdollisuus. Tutustukaa asiaan, soittakaa hänelle. Ottakaa selvää ennen kuin kukaan teistä tuomitsee etukäteen kenenkään persoonaa tai tarkoitusta etsiä työntekijöitä.”

Rory otti lapun ikkunalta, Morgan mulkaisi toisia ja käänsi
katseensa lattiaan mumisten anteeksipyynnön.

"Sopiiko, että omimme tämän hetkeksi?"

"Tietysti", Emmet sanoi ja hävisi keittiöönsä hymyillen.

Morgan, Rory, Skyler, Blake ja Scout söivät hyvillä mielin
rakkaudella tehtyä voileipäkakkua. Nämä viisi olivat tunteneet
toisensa aivan pienistä lapsista saakka. He olivat asuneet samassa
orpokodissa vuosia, ja olivat kasvaneet tiiviiksi porukaksi siellä
viettämiensä vuosien aikana. He olivat toistensa perhe. Vuosien
mittaan heidän vielä asuessa orpokodissa, oli käynytkin niin, kun
heistä jotakuta oli jokin pariskunta tullut tapaamaan siinä toivossa,
että he saisivat perheenlisäystä, olivat he heittäytyneet
käsittämättömän viekkaiksi ja ilkeiksi, jolloin kukaan ei lopulta
halunnut heistä ketään. He aiheuttivat näin harmia orpokodin
työntekijöille, mutta he olivat vannoneet toisilleen, ettei mikään tai
kukaan koskaan erottaisi heitä.


Morganin vanhemmat olivat kuolleet Morganin ollessa vuoden
ikäinen, ja hän oli viisikosta se, joka oli ollut pisimpään
orpokodissa.

Rory oli kuullut eräänä iltana heidän vielä orpokodissa asuessaan
Morganin kysyvän hoitajalta, ehkä noin neljävuotiaana, miksei
häntä halunnut kukaan adoptoida.

Hoitaja oli vastannut:

"Kun olit vauva, sinua kävi katsomassa monikin pariskunta. Sinä
et vain koskaan itkenyt, et nauranut tai hymyillyt, sinulla ei ollut
juurikaan ilmeitä."

"Miksi ei? Onko minulla nyt?"

"Kyllä kultapieni, sinulla on nyt paljonkin tunteita ja ilmeitä.
Miksi niitä ei ollut silloin vauvana, me emme saa koskaan tietää,
joten älä mieti sellaista. Me emme voi muuttaa sitä."

"Näinkö minä vauvana sen?"

"Minkä?"

"Tulen, näinkö minä oikeasti sen?"

"Morgan, mistä sinä...?"

"Minusta tuntuu, että minä näin tulen ja se pelotti minua. Katselin sitä. Siksi minä en halunnut olla iloinen vauva, tai surullinen, koska minä näin sen, eikä minulla ollut silloin sellaiseen sanoja tai ilmeitä."

"Voi Morgan."

Rory oli katsonut huoneeseen, ja nähnyt hoitajan halaavan Morgania kyynelsilmin ja Rory oli juossut äkkiä pois. Hän ei koskaan puhunut asiasta kenellekään, sillä se oli Morganin muisto, Morganin asia, eikä kenenkään muun.

Rory oli itse ollut orpokodissa siksi, että hänet oli hylätty kaupan eteen koira toisessa, ja laukku toisessa kädessä. Koira, nimeltä Toby oli terrieri ja silloin neljävuotiaan Roryn paras ystävä. Roryn vanhemmat olivat sanoneet Rorylle, että he hakevat hänet hetken kuluttua, *käymme vain pikaisesti hakemassa pankista rahaa.*

Tunteja oli kulunut, eikä lapsen luottamus ollut hiipunut kuin vasta sitten, kun kauppa oli sulkeutunut ja valot alkaneet kadulta himmetä. He olivat asuneet tuolloin toisessa maassa ja Rory muisti sen maan kuumat kadut, ne olivat erilaisia kuin maan jossa hän nyt asui. Jostain syystä, hänen vanhempansa eivät olleet tehneet muuttoilmoitusta maasta muuttaessaan, se oli selvinnyt Rorylle vasta nyt aikuisiässä. Hänen muistikuvansa tuolta ajalta olivat hieman hataria, mutta hän kyllä muisti miltä tuntui kun ymmärsi tulleensa hylätyksi.

"Mitä se lapsonen siinä istuskelee, oletko eksynyt?" Kauppias oli kysynyt viluiselta lapselta laittaessaan kaupan ovia lukkoon.

"Vanhempani sanoivat, että tulevat pian. Mutta eivät he tulleet."

"Oletko ollut kauankin siinä?"

"En osaa kelloa, koska olen vasta näin monta", Rory oli sanonut ja näyttänyt neljää sormea ja jatkoi sitten:

"Mutta kauemmin kuin päiväunet."

"Vai niin, kuulehan, tulkaapa sisälle. Laitan sinulle ja tuolle karvaiselle kaverillesi syötävää."

Kauppias oli soittanut sosiaalihuollolle, ja Rory oli lopulta ajan mittaan päätynyt samaan orpokotiin kuin Morgan.

Suurena suruna oli tietysti ollut Tobysta eroaminen sillä sitä ei voinut ottaa orpokotiin.

Skyler, pitkä ja urheilullinen Skyler saapui orpokotiin viiden vanhana. Hänen diplomaattivanhempansa olivat saaneet surmansa, kun olivat olleet palaamassa kotiin työmatkaltaan. Skyler oli vaitonainen aina tästä asiasta, eikä kukaan heistä häneltä siksi siitä kysellyt. Skyler oli mystinen hahmo, joka piti paljon omia asioita itsellään.

Blake ja Scout olivat kaksoset, joilla oli vielä muitakin sisaruksia, mutta nuo kolme muuta sisarusta oli otettu tädille hoiviin, kun taas Blakea ja Scoutia ei. Tilaa ei kuulemma ollut enempää, silloinkin oli tehnyt tiukkaa, sillä muut sisarukset olivat otettu heille hoiviin, oli täti sanonut uhriutuneella tavalla puhelimessa. Monesti Blake ja Scout olivat kiittäneet onneaan orpokodista, vaikka olivatkin kokeneet järkytyksen, kun heidän vanhempansa olivat menehtyneet auto-onnettomuudessa. Heidän perheensä oli aina ollut lämmin ja välitön, huumorintajuinen ja ymmärtäväinen. Kaikki se oli ollut poissa yhdessä silmänräpäyksessä. Jo kouluikäiset kaksoset olivat luonnollisesti tuolloin aluksi oireilleet monin tavoin, mutta Morgan, Rory ja Skyler olivat ajan mittaan antaneet heidän elämälleen uutta merkitystä.

Siinä he viisi nyt istuivat kuin sisarukset konsanaan. Rory pyöritteli lappua käsissään, jossa oli Wade Blanchetin numero. Morgan näytti edelleen epäilevältä.

"Miksi sinä et luota tähän lappuun?"

"Lappuun? Kyllähän lappu on aina lappu, mutta tuo Wade… mitä hän haluaa?"

Skyler ehdotti, josko hän ottaisi ensin selvää Wadesta, ja tekisivät sitten päätöksiä.

Hän avasi läppärinsä syötyään ja googletti Wade Blanchetin nimellä. Tietoja löytyi yllin kyllin. Skyler huudahti, että Wadesta oli tietoja Wikipediassa.

" Simon ja Ali Blanchetin kauan toivottu lapsi syntyi 13.11.1967. Lapsi sai kasteessa nimen Wade Gianni Blanchet ja kasteessa kummeina toimivat öljypohatta Amari Miller sekä lapsen syntymäkaupungin silloinen kuvernööri. Wade kasvoi lähinnä kodinhoitajan kanssa vanhempien ollessa kiireisiä töissään, ja joidenkin huhujen mukaan kodinhoitaja ei liiemmin kiinnittänyt huomiota lapseen, vaan piti Simonin ja Alin kotia kuin omanaan järjestäen puutarhajuhlia koko pienelle kaupungille. Juhlat riistäytyivät usein käsistä, sillä alkoholia oli tarjolla runsaasti. Kodinhoitaja sai lopulta lopputilin, ja Waden toinen vanhemmista jäi lapsen kanssa kotiin.

Wade opiskeli pienenä koululaisena arvostetussa yksityiskoulussa ja pääsi nuorena opiskelemaan robotiikkaa ja ohjelmointia yliopistoon. Hän valmistui parhain arvosanoin ja on toivottu puhuja yliopistolla mutta hän on kieltäytynyt kunniasta tiettävästi jokainen kerta.

Wade ei tiettävästi ole naimissa eikä hänellä ole lapsia."

"Ei kuulosta kovin vaaralliselta kaverilta", Rory sanoi lähinnä Morganille.

"Tulisit varmaan itseasiassa aika hyvin juttuun hänen kanssaan", Scout sanoi.

"Mitä tarkoitat?"

"Tuohan oli ihan kuin olisi sinusta lukenut, ehkä teissä on samaa se, että ette pienenä saaneet huomiota aikuisilta, rakkautta ja lämpöä, ja siksi teitä kiinnostaa enemmän koneet kuin ihmiset."

"Oletko sinä nyt yhtäkkiä joku psykologi?"

"En, mutta…"

"No pidä sitten pääsi kiinni", Morgan sanoi ja alkoi tehdä lähtöä.

"Hei, älä nyt viitsi..."

"Senkus soitatte hänelle, minulle on ihan sama", Morgan sanoi ja lähti.

Neljä muuta jäivät hetkeksi hiljaisiksi.

"Kyllä Morgan kohta leppyy. Nuo lapsuusasiat ovat hänelle aika vaikeita", Rory sanoi.

"Niin ovat. Ei olisi pitänyt sanoa mitään", Scout sanoi ollen pahoillaan.

"Et sinä sitä pahuuttasi sanonut, ja minusta Morgan saisi jo pikkuhiljaa opetella keskustelemaan ihmisten kanssa. Vaikka sitten siitä lapsuudestaan. Se ei kuitenkaan määritä ihmisen koko loppuelämää."

"Niinkö", Skyler kysyi hieman ivaa äänessään.

"Mielestäni ei", Rory sanoi ja jatkoi; "vaikka olisi elänyt lapsena minkälaisissa olosuhteissa, ei se tarkoita sitä, että niin pitäisi olla aina. Tai että ne samat asiat periytyisivät omille lapsille."

"Mutta niinhän siinä usein käy."

"Vain jos ei ole tietoinen omasta itsestään, omista kyvyistään ja mahdollisuuksista, joita maailma tarjoaa", Rory sanoi.

"Ja sinäkö olet?" Skyler kysyi.

"Kyllä, minusta minä olen, ja niin myös te. Morganista en ole ihan varma. Minusta hän roikkuu liikaa menneessä ja antaa sen määritellä koko elämänsä. Kokonaan itsensä."

”Ehkä *sinun* sitten pitäisi olla psykologi”, Skyler tokaisi ja alkoi laskea laskuja joita oli löytänyt sivustolta, jonne sai tallentaa omat saavutuksensa. Skyler oli kolmen parhaan joukossa.

”Minä aion soittaa tälle Wadelle”, Rory sanoi.

Blake oli ollut hiljaa koko keskustelun ajan. Hän oli tehnyt myös omaa tutkimustaan Wadesta.

”Odota Rory, kuuntelepas ensin tätä todella vanhaa lehtijuttua;

Lehden saamien tietojen mukaan, Waden ja hänen vanhempiensa massiivinen riita päättyi poliisien paikalle tuloon, ja toinen vanhemmista päätyi putkaan. Väkivaltaisesti käyttäytyvä Simon oli hajottanut puutarhatuoleja, auton ikkunoita, ja lehden saamien tietojen mukaan osansa olivat saaneet myös Wade ja Ali.

Wade ei ollut lyönyt takaisin, vaikka kokonsa puolesta olisi voinut puolustaa sekä Alia että itseään.

Wade on kommentoinut asiaa seuraavanlaisesti:

”En ole tippaakaan väkivaltainen. En voisi koskaan alentua tuollaiseen kuin mitä Simon tekee. Ja hän tekee paljon kaikenlaista.”

Toimittajan kysyessä lisäselvennystä asiaan, 20-vuotias Wade vaikenee eikä enää seuraavina päivinäkään vastaa toimittajien puheluihin, eikä sähköposteihin.”

”Enempää Wadesta ei ole lehdissä, mutta Waden vanhemmat vaikuttavat olevan melkoisia tapauksia”, Blake sanoi.

”Joskus tuntuu aivan aidosti siltä, että kaikkien kannattaisi kasvaa orpokodissa.”

”Nimenomaan, vanhemmat pilaavat ja traumatisoivat lapsensa aina.”

”Luulen kyllä silti, että kuka tahansa meistä ottaisi omat vanhempansa takaisin tällä sekunnilla.”

”Minä en”, Rory sanoi ja muisti elävästi kuinka pikkuinen takamus alkoi kylmetä kylmällä kaupan kiviportaalla hänen ollessa vasta aivan pieni, neljävuotias lapsi. Hän näki mielessään kirkkaan punaiseksi punatun suun, joka hymyili. Hymyili siltikin, vaikka taatusti tiesi jo silloin mitä aikoi. Hän muisti pitkät ripset ja siniset silmät, vaalean luomivärin ja merenvihreän huivin. Toisen vanhemmistaan hän muisti seisseen totisena toisen takana sen jälkeen, kun oli silittänyt häntä poskesta. Rorylla oli ollut aina sellainen tunne, että vain toinen vanhemmista oli asian takana. Ei molemmat.

"Anteeksi Rory", Scout sanoi, "en muistanutkaan, että olet meistä ainoa, joka hylättiin."

"Saanko kysyä jotain", Blake kysyi Rorylta.

"Saat."

"Oletko koskaan koettanut löytää vanhempiasi? Hehän onnistuivat katoamaan kuin venäläinen rehellinen toimittaja konsanaan. Aivan yllättäen." Skyler virnuili.

"En ole. Toisaalta… minulla on aina ollut sellainen tunne, ettei toinen heistä olisi halunnut tehdä sitä. Kadota luotani."

"Mitä jos…mitä jos vanhempasi eivät kadonneetkaan sattumalta? Hehän jättivät sinut juuri kaikkein kilteimmän ihmisen omistamalle kaupan portaikolle odottamaan? Ja vielä koirasi kanssa. Heidän oli taatusti tiedettävä että jotain on tapahtumassa."

"Totta", Blake sanoi.

"Tänä päivänä lapsia ei voisi niin vain jättää portaille istumaan, he olisivat alle tunnissa myyty jonkin lapsikauppakartellin käsiin", Skyler tokaisi.

Kaikki tiesivät Skylerin olevan oikeassa, sen ääneen sanominen tuntui silti ällöttävältä.

"Soitankin Wadelle vasta huomenna, en tajunnut, että tästä yhdestä lapusta voisi tulla näin pitkä tunteiden käsittely- istunto. Olen aivan loppu, taidan mennä kotiin pitkäkseni", Rory sanoi uupuneena.

3.

Rory astui kahvilasta raikkaaseen ilmaan, merilokki kirkui
kauempana ja kesti vain hetken ennen kuin muut sen heimolaiset
alkoivat kiljua mukana. Larus marinus, Rory tiesi, suurin lokki
koko maailmassa. Sen siipien kärkiväli voi olla jopa 1,7 metriä ja
painoa yli kaksi kiloa. Merilokit olivat petolintuja, jotka pystyivät
halutessaan hotkaisemaan lintupoikueita suihinsa kerrallaan.
Luonto oli toisinaan julma, mutta vaikka sen tiesikin, ei sen
tarvinnut aiheuttaa ahdistusta. Ja ahdistus yleensä hiipui, kun
asioista otti selvää. Toisinaan Rory mietti, että se, joka oli koskaan
sanonut tiedon lisäävän tuskaa, oli vain itse tajunnut tiedon
tuoman vapauden eikä halunnut kenenkään muun koskaan
nauttivan siitä.

Rory käveli ajatuksissaan pitkin katua, meri oli mahtavana
hänen oikealla puolellaan. Kyllä hän oli yrittänyt etsiä
vanhempiaan, mutta ei halunnut kertoa siitä muille. Tunne vaivasi
häntä, se tunne, joka kertoi, ettei toinen vanhemmista olisi
halunnut tehdä niin kuin he olivat hänelle tehneet. Olisiko Blaken
huomiossa sittenkin perää? Silloinhan asia olisi aivan eri. Mutta
hänen vanhempansa olivat olleet ihan tavallisia. Rory muisti
heidän molempien käyneen töissä samassa tehtaassa. Miksi
kukaan muka olisi kaapannut hänen tuiki tavalliset vanhempansa?

Hän ei uskonut siihen, sillä aivan varmasti jompikumpi heistä olisi
jo näiden vuosien aikana yrittänyt ottaa yhteyttä häneen. Elleivät

he sitten olisi kuolleet jonkun toimesta…mutta sellaista Rory ei suostunut ajattelemaankaan.

Roryn päästessä viisikon yhteiseen kimppakotiin, oli Morgan häntä vastassa. Hän näytti jotenkin eksyneeltä.

”No, mikä on?” Rory kysyi.

”Olenko minä oikeasti sellainen? Lapsena rakkaudetta kasvanut koneisiin kiinnittyvä ihmisraakile?”

”Ei kukaan ole sanonut niin. Me kaikki sitä paitsi olemme aina rakastaneet sinua, samoin hoitajat orpokodissa. Et sinä ole kasvanut rakkaudetta. Sinun on vain itse hyväksyttävä se rakkaus minkä sait, vaikka se ei olekaan peräisin vanhemmiltasi. Missään ei ole määritelty sitä, että vain biologisten vanhempien rakkaus olisi parasta ja oikeinta ja eheyttävintä rakkautta, ja jota ilman ihminen ei ole mitään.

Jos ei koe osaavansa rakastaa, ei se varmastikaan johdu siitä, että vastaanotettu rakkaus on peräisin muualta kuin biologisista suunnista. Rakkaus ei ole pelkästään jalat alta vetävä tunne, vaan rakkaus on hirveän paljon asioita arjessa, joita tapahtuu ja joita tehdään siksi koska rakastaa toista ja yhteistä elämää. Kun joku joka kasvattaa lasta, rakastaa tätä, hän haluaa lapselle vain hyvää, turvallisen arjen ja ihanan tulevaisuuden sekä tekee kaikkensa sen eteen. Niin yksinkertaista se on.”

”Minulla on joskus vain niin hirveän tyhjä olo”, Morgan sanoi kyynelsilmin ja jatkoi;

”En saanut koskaan tuntea vanhempiani. Heidät otettiin niin julmalla tavalla luotani, enkä tiedä heistä mitään. Kumman kaltainen minä edes olen?”

Rory halasi Morgania ja istutti hänet sohvalle sanoen;

” Tyhjä olo tuskin tulee siitä ettet tiedä vanhemmistasi mitään, vaan sitä että et ole sinut tämän asian kanssa. Morgan kuule, mitä enemmän minä ihmisiä näen ja tunnen, sitä varmempaa on se, että meistä jokainen kasvaa omaksi yksilökseen. En itseasiassa edes

pidä siitä, kun lapsia verrataan vanhempiin tai sisaruksiin.
Jokaisella on oikeus ja vapaus, ja vastuu kasvaa omaksi itsekseen.

Ymmärrän että olisi kiva tietää omista vanhemmistaan jotain, mutta onhan siihen keinoja. Voithan mennä paikalliseen kaupungintaloon tutkimaan tietoja vanhemmistasi, hakea lehtijuttuja tapahtuneesta. Kysy orpokodista, ehkä he tietävät jotain.”

”Voisitko tulla mukaani?”

”Orpokotiin?”

”Niin.”

Morgan katsoi Rorya silmiin ja heidän molempien silmistä kuvastuivat tismalleen samat tunteet.

”Mutta Rory, ei meidän tarvitse olla näin dramaattisia.”

Rory nojasi sohvalla taaksepäin.

”Ei niin, mutta…vaikka kuinka olen kiitollinen orpokodille niistä vuosista, iltasaduista ja aamupalasta ja kaikesta sellaisesta…

Se näyttäytyy silti aina silmieni edessä sellaiselta metsien varjossa olevalta puiselta, korkealta talolta, jonka yhdessä ikkunassa palaa valo ja korkeimman huoneen ikkunassa näkyy tumma hahmo.”

”Mutta eihän se ollut lainkaan sellainen. Orpokoti nimittäin”, Morgan sanoi hieman huvittuneena.

”Sehän oli melkein harrastusten lähellä. Ja aika uudistettu rakennus. Meitä onnisti siksikin, että yliopisto, johon halusimme kaikki, oli suhteellisen lähellä. Ei tarvinnut muuttaa tuhansien kilometrien päähän opiskelemaan alaa, joka meitä kaikkia kiinnosti. Itseasiassa ihan kaikki mikä meitä kiinnosti, oli aivan silmiemme edessä. Etkö sinä sittenkään pitänyt siellä olosta, onko jotain hampaankolossa? ” Morgan vielä kysyi.

Rory oli hiljaa ja lopulta vastasi, pyöritellen tyynyä käsissään,

”En oikein tiedä. Kun en tiedä millaista olisi ollut muualla.”

”Ai siellä kummitus- orpokodissa, keskellä ei mitään, vain puut suojanamme. Lähin viihdykkeemme olisi ollut pelto ja kaivo, ja lopulta olisimme päätyneet maanviljelijöiksi samaiselle alueelle", Morgan maalaili.

"Ei maanviljelijöissä ole mitään vikaa."

"Ei olekaan, mutta sinusta ei todellakaan olisi sellaiseen, ja mieti kuinka erilaista keskustelua nyt kävisimme. Tuntisit olevasi jumissa, iki- neitsyenä, heinää hiuksissasi ja paskan haju lahkeissasi."

Rory nauroi;

"Hyvä on, ymmärrän mitä haet takaa. Meillä on hyvä näin. Lähdetään vain sinne moderniin orpokotiin. Eikä kukaan muu muuten enää sano orpokoti."

" Ei niin, yleensä ne eivät sano, jotka eivät ole itse orpoja. Mennään huomenna. Meillähän ei ole enää tunteja."

"Sopii, minä menen nyt nukkumaan", Rory sanoi aivot puhki kulutettuina.


Seuraavana päivänä Morgan ja Rory lähtivät intoa ja jännitystä puhkuen kohti orpokotia, jossa olivat varttuneet. Molemmilla heillä oli sieltä pääasiassa lämpimät muistot.

"Rakastan autoasi!" Morgan sanoi istuessaan etupenkille.

"Kiva kuulla, olen nähnyt paljon vaivaa tämän eteen."

"Tämä on niin siisti sisältäkin. Edes meidän eteinen ei ole näin siisti", Morgan nauroi.

"Ehkä tämä on sitten minun pakkomielteeni ja traumani, johtuen lapsuudesta", Rory virnuili.

"Siinä tapauksessa pääset ihan liian helpolla, jos minulta kysytään. Eikös trauman pitäisi aiheuttaa jotain vahingoittavaa toimintaa tai vastaavaa?"

"No niin kai, mutta tajuaako sitä sitten muka itse vai onko asian aiheuttama vahingollisuus aina muiden näkökulmasta katsottuna? Mistä sinä esimerkiksi tiedät kuinka minä olen tämän auton itselleni saanut?"

”Kyllä minä sinut tunnen, Rory!”

”Minä en usko, että ketään voi, tai pitäisi edes, tuntea läpikotaisin.”

”Ai, että jokaiselle omaa aikaa ja salaisuudet?”

”Ei välttämättä salaisuudet, mutta yksityisyyttä. Jotkin asiat ovat tonkimisvapaata aluetta.”

”*Tonkimisvapaata aluetta*”, Morgan matki ja nauroi. ”Mistä sinä keksit noita sanontojasi?”

”Niinpä.”

”No, varastitko sinä tämän, vai onko tämä lahjus joltain rikollisjengiltä?”

”No en tietenkään, ja ei tietenkään.”

Auto alkoi liikkua kohti orpokotia, josta Morgan ja Rory lähtivät metsästämään tietoja Morganin vanhemmista. Matka ei ollut kovin pitkä, mutta silti he pysähtyivät huoltoasemalle juomaan kahvia, lähinnä siksi että se oli mukavaa. Sellainen kuului yhteisten matkojen tekoon. Matkaa oli jäljellä enää reilu kymmenisen kilometriä ja he istuvat aika vaitonaisina kahvikuppiensa äärellä, Morgan kertoi kuitenkin Rorylle, kuinka oli lapsena haaveillut useasti siitä, että hänen vanhempansa olisivatkin olleet elossa, että tulipalossa kuolleet henkilöt eivät olisi olleetkaan hänen vanhempiaan.

Se oli ollut piinaavan raskasta, ettei omista vanhemmista ollut minkäänlaista muistikuvaa. Ei hellyydenosoituksia, ei mitään. Aina kun orpokodin ovi kävi, ja jokin pariskunta oli mennyt huoneeseen orpokodin johtajan kanssa, Morgan kertoi toivoneensa, että juuri ne ihmiset olisivat olleet hänen vanhempansa, mutta kerta toisensa jälkeen hän pettyi, kunnes alkoi pikkuhiljaa hyväksyä asian. Hänen vanhempiaan ei yksinkertaisesti ollut enää tässä maailmassa. Eikä hänen muistoissaan.

"En tiedä mitä sanoa. Mitä toisen menetykseen voi ikinä sanoa, minusta aina on tuntunut siltä ettei sellaiseen ole edes oikeutta. Uskoakseni vain menetyksen kokenut voi sanoittaa menetyksensä, kuten juuri teitkin ja se tuli täysin oikeanlaisesti sanotuksi.

Mutta mennään nyt jatkamaan matkaa, saat varmasti selvyyden ja jonkinlaisen kiinnityspisteen varhaiseen lapsuuteesi", Rory lohdutti.

"Olet kultainen kun jaksat kuunnella. Kiitos."

Viimein Rory pysäköi autonsa orpokodin vierailijoille tarkoitettuun parkkitilaan. Orpokoti oli moderni, eikä lainkaan muistuttanut elokuvista tuttua kuvausta kauhujen orpokodeista. Kyltissä luki *Lastenkoti Linna*. He kävelivät läpi asfaltoidun pihan, jonka ympärille oli istutettu korkeita pensaita ja puita. He avasivat oven leikillään kinastellen siitä, kumpi ehtisi ensin ja astuivat yhdessä, niin monen vuoden jälkeen, suureen halliin kohti tiskiä.

Tiskillä oli sama henkilö, tosin hieman vanhempi, aivan kuin he itsekin näin neljän vuoden jälkeen.

"No mutta, ketkäs ne sieltä saapuvatkaan! Morgan ja Rory! Voi hyvänen aika! Tulkaapa tänne, nyt halataan!"

"Mikäs teidät tänne tuo, paitsi tietenkin me ja ihanat muistot meistä", Dan kysyi nauraen ja ilostuneena nähdessään nuorukaiset.

"No tuota, minä haluaisin tietää jotain vanhemmistani, en oikein tiedä mistä muualtakaan aloittaisin etsimään tietoja heistä."

"Vai niin, Dan sanoi. Kutsun Rileyn paikalle, niin katsotaan voiko hän auttaa sinua asiassa."

"Kiitos."

Hetken kuluttua, joka tuntui Morganista ikuisuudelta, vaikka Rory oli ehtinyt vitsailla vain kerran, Riley saapui aulaan. Hän oli virallisen oloinen mikä oli tietenkin ymmärrettävää. Hänhän käsitteli päivittäin ihmisten arkaluontoisia asioita ja joukkoon mahtui varmasti melkoisen tunnepitoisia asioita.

Se ammattimainen kuori, joka Rileystä huokui, oli täysin ymmärrettävä kilpi, joka suojasi hänen sisintään, jotta hän kykenisi aina työssään pitämään tunteensa kurissa.

Riley käveli Morgania ja Rorya kohti kuin arvuuttaja, *tuo ihminen on kuin narunveto markkinoilla*, Morgan pohti. Se tieto mikä hänellä oli kunkin ihmisen elämästä, oli täysin ennalta arvaamatonta ja yllätyksellistä. Jotkut saivat narunvedosta pehmoisen nallen, jotkut huonosti maalatun muovisen pikkuauton. *Mitähän minä saan?*

"Hei, kuulin, että jompikumpi teistä haluaa tietoja vanhemmistaan."

"Minä", Morgan vastasi tuolista nousten ja kätteli.

"Olen Morgan Atkinson."

"Mukavaa tavata sinut Morgan, olen Riley Fritag."

Rory kätteli ja esitteli myös itsensä.

"Yleensä käsittelemme nämä asiat kahden kesken tai perheenjäsenen läsnä ollessa", Riley sanoi ystävällisesti Morganille.

"Rory on minulle kuin perheenjäsen."

"Hyvä on, siinä tapauksessa tarvitsen Rorylta allekirjoituksen vaitiolovelvollisuuslomakkeeseen, ja sinulta Morgan allekirjoituksen lomakkeeseen, jossa suostut tietojesi käsittelemiseen hänen läsnä ollessa."

"Tietenkin", he molemmat vastasivat.

"No niin, voimme mennä huoneeseeni, olkaa hyvät ja tulkaa perässäni."

He kävelivät alueelle, joka oli ollut Morganin ja Roryn lapsuudessa hyvin jännittävää aluetta, ja silloin se oli kiinnostanut erityisesti, koska lapsilla ei ollut ollut lupaa mennä alueelle. Nyt he olivat siellä, kaikkien näiden vuosien jälkeen luvan kanssa.

Riley avasi oven ja ohjasi Roryn ja Morganin astumaan sisään huoneeseen, jossa oli melkein koko lattian kokoinen villamatto joka oli kaunis, kuin intiaanien tekemät korut ja käsityöt. Seinillä oli valokuvia kaupungeista ja niiden vastakohdasta; merestä. Huoneessa oli yhden, valtavan seinän pituinen lukollinen kaapisto. Morgan katseli sitä, ja ajatteli, että siellä oli varmasti jotain tietoja hänen vanhemmistaan.

Nämä *kuin sisarukset*, istuivat nojatuoleihin pöytää vastapäätä, jonka taakse Riley istui omalle nahkaiselle tuolilleen.

"Tarvitsen vielä teidän molempien henkilöllisyystodistukset, jotta voin tehdä mainitsemani lomakkeet."

He molemmat ottivat ajokorttinsa lompakoistaan ja ojensivat Rileylle. Riley ojensi Roryn kortin aika nopeasti takaisin ja sanoi tarvitsevansa Morganin tietoja vielä myöhemmin.

Hän tulosti lomakkeet, jotka he allekirjoittivat, ja jotka Riley laittoi välittömästi omille paikoilleen suuren huoneensa kansioon, joka oli yksi tuhannesta, Rory seurasi tarkasti. Tässä työssä piti olla järjestelmällinen potenssin miljoona, ja Rory ajatteli samalla, ettei monesta olisi sellaiseen.

   "No niin, Morgan. On mahdollista, että mitään tietoja vanhemmistasi ei yksinkertaisesti ole. Oletko varautunut siihen?"

"Kyllä olen, uskon sen tuntuvan samalta kuin miltä minusta on tuntunut jo vuosikaudet, kun hyväksyin sen, ettei minulla ole edes muistoja vanhemmistani."

"Hyvä on, kysyn tätä aina, sillä mitenkään automaattisesti meillä ei ole mitään historiaa tässä lastenkodissa, tai missään muussakaan lastenkodissa lapsuutensa viettäneiden vanhemmista."

"Ymmärrän."

Riley avasi tietokoneensa ja näpytteli Morganin tiedot koneelle. Hetken kuluttua Riley hieman säpsähti ja hämmästyi.

"Hetkinen vain", hän sanoi, nousi tuoliltaan ja asteli kohti valtavaa lukollista kaapistoa. Riley otti avaimet taskustaan ja avasi yhden kaapin selaillen sitä tovin. Morgan ei ollut pysyä nahoissaan. Jotain oli meneillään, mutta mitä?

Riley tuli takaisin mukanaan kansio, jossa oli aikamoinen pinkka papereita.

"Tässä, Morgan, on tietoja vanhemmistasi. Asiaa ja papereita on paljon ilmeisesti siksi, että onnettomuus oli hyvin ikävä ja sinä olit sen sattuessa aivan pieni vauva, joten melko lailla on tapahtumista pitänytkin kertyä tietoa."

"Huomaan sen."

"Huomasinkin juuri tietokannasta, että viimeisin lisäys tietoihisi on kirjattu vuosi sitten."

Morgan ja Rory hämmästyivät.

"Vuosi sitten?!" He huudahtivat yhteen ääneen.

"Kyllä, ja koska olet ollut tuolloin täysi-ikäinen, velvoitetta ilmoittaa tiedoista meillä ei ole. Olet myöskin rastittanut lomakkeen kohdan, jonka mukaan et ole kiinnostunut vanhempiisi tai perheeseesi liittyvistä lisätiedoista."

"En silloin ollutkaan, sillä se, ettei ole muistoja vanhemmistaan tekee aika kipeää- mutta nyt olen kiinnostunut, en muuten olisi täällä. Mitä uusia tietoja siellä sitten on?"

"Otteita rikostutkintapöytäkirjasta."

"Anteeksi mistä?"

"Rikostutkinta…etkö siis tiennyt? Etkö ole tiennyt, että tulipalo oli tuhopoltto?"

"Näyttääkö sinusta asiasta jotain tietävä tältä?" Morgan oli silminnähden järkyttynyt, hänen sydämensä laukkasi kuin villivarsa.

"En todellakaan tiennyt! Mitä ihmettä tämä oikein on?!"

Rory otti Morgania kädestä kiinni.

Riley pahoitteli, ja kysyi halusiko Morgan tietää enempää.

Morgan nyökkäsi ja sanoi haluavansa.

"Näistä meille tulleista papereista selviää, että toinen palossa kuollut henkilö ei ole ollut sinun vanhempasi."

"Ettekä ole viitsineet ilmoittaa minulle!" Morgan huusi vihaisena.

”Olet rastittanut kohdan, jonka mukaan et ole…”

”No tietenkin minä olen rastittanut sen typerän kohdan! En minä ole mitenkään voinut tietää, että  toinen vanhemmistani onkin elossa tai että se tulipalo oli tuhopoltto!”

”Missä hän on, selviääkö se papereista?” Rory kysyi ja yritti samalla rauhoittaa tilannetta.

Riley selaili papereita ja sanoi, että vankilasta päästyään Morganin elossa olevan vanhemman viimeisin osoite oli samassa kaupungissa, jossa Morgan itsekin parhaillaan asui.

”Vankilasta?” Morgan kysyi entistäkin hämmästyneempänä.

”Tarkoitatko, että…”

”Olen niin kovin pahoillani Morgan”, Riley sanoi tarkoittaen sitä koko sydämestään ja jatkoi:

”Toinen vanhemmistasi, Troy, todettiin syylliseksi tuhopolttoon, jossa kuoli toinen vanhempasi Ellis, sekä hänen rakastajansa Sawyer. Hän sai teostaan kolmenkymmenen vuoden tuomion, mutta pääsi ehdonalaiseen esimerkillisen käytöksen vuoksi noin kaksi vuotta sitten.”

”Olin silloin jo täysi-ikäinen.”

”Olit kyllä. Tiedän, että et todellakaan odottanut lainkaan tällaisia tietoja.”

”En ole varma mitä odotin, mutta mietin…oliko minunkin tarkoitus kuolla tulipalossa? Halusiko hän tappaa myös minut?”

   Morganilla oli lapsesta saakka ollut sellainen muistikuva, aivan kuin hän olisi nähnyt liekit, ja ne liekit olivat piinanneet häntä vuosia.

”En usko”, Riley sanoi.

”Mistä niin päättelet?”

”Sinut löydettiin autotallista, ja se oli talosta erillinen rakennus. Sinulla ei ole ollut tuolloin mitään vaaraa”, Riley sanoi antaen pöytäkirjan jossa niin luki.

"Lohduttavaa", Morgan tuhahti sarkastisesti ja jatkoi antaen lapun takaisin:

"Voisitko etsiä Roryn vanhempien tiedot ja kertoa hänelle, että hänen vanhempansa löytyvät sirkuksesta pelleinä, murhaajapelleinä."

"Morgan…"

"Anteeksi Rory."

"Haluatko kopiot näistä tiedoista itsellesi?"

"Kyllä, kyllä minä haluaisin, kiitos. Vaikka en tiedä haluanko koskaan lukeakaan niitä."

Parkkipaikalla heidän istuessaan autossa Morgan sanoi:

"En halua puhua tästä enempää, mutta nyt ymmärrän, miksi orpokodit kuvataan elokuvissa ja kirjoissa niin synkkinä paikkoina. Sillä vaikka kuinka niiden seinät ja lattiat olisivat marmoria, ja vaikka kuinka siellä olisi kaikki täydellistä lasten kasvaa; tarinat meidän takanamme ovat kammottavia. Minun orpokotini on sysimusta, valoton ja pimeä, ränsistynyt ja hylätty…"

"Morgan…"

"Troy on ollut elossa kaikki nämä vuodet. Ei soittoa. Ei kortin korttia. **Ei mitään!"**

"En tiedä mitä sanoisin Morgan, olen pahoillani."

"Tämä on elämäni hirvein päivä. Olit oikeassa Rory", Morgan sanoi ja katsoi häneen.

"Missä muka?"

"Jokaisella on oltava asioihinsa tonkimisvapaa alue."

"Ethän sinä voinut tietää…"

"Hautoja ei pitäisi availla, Rory! Hän halusi olla minulle kuollut, sillä hänellä oli siihen erittäin kammottava syy", Morgan sanoi itkien ja jatkoi:

"Sen tuskan lisäksi, jota olen kantanut tähän asti luullen, että vanhempani ovat saaneet surmansa niin hirvittävällä tavalla…

Sainkin sen sijaan tietää, että se oli Troy, joka tappoi ne toiset niin julmasti. En voi uskoa, että tämän asian piti koskaan tulla minun tietooni.”

”Sen nyt kuitenkin tiedät. Eiköhän sillekin jokin syy ole.”

”En voi ymmärtää, että mikä.”

”Etsi hänet”, Rory ehdotti.

”Oletko järjiltäsi!”

”Voisi tehdä hyvää kuulla hänen versio tapahtuneesta.”

”Ai, kuunnella oikeutuksia toisten tappamiselle!”

”Samalla hän kuulisi sinun näkemyksesi asiaan.”

”Se tuskin kiinnostaa häntä!”

”Anna ajan kulua, Morgan. Nyt keskitytään siihen, että minä vien sinut syömään, alan olla todella nälkäinen ja niin varmasti sinäkin olet.”

”En voi etsiä häntä, tappaisin hänet”, Morgan sanoi kuulematta lainkaan mitä Rory yritti sanoa.

”Älä puhu tuollaisia!”

”Hän on tuhonnut koko elämäni, hän on vienyt minun elämäni, minun toisen vanhempani ja sen toisenkin ihmisen elämän!”

”Morgan, sinun on rauhoituttava…”

”Älä sinä sano, mitä minun pitäisi tehdä! Jos en olisi kuunnellut sinua, en olisi nyt tässä ja tietäisi että Troy onkin murhaaja!” Morgan huusi ja lähti autosta paperit sylissään.

”Morgan! Morgan! Tule takaisin! Olen pahoillani!”

Morgan loittoni entisestään, ja tuli selväksi, että takaisin hän ei tulisi. Rory nojasi päätään rattiin, ja puristi sitä, jottei hakkaisi siihen päätään.

”Voi saatana!” hän huusi ja istui parkkipaikalla tovin, ennen kuin lähti etsimään Morgania.

Saapui ilta ja sen perässä pimenevä yö, Rory oli etsinyt Morgania monta tuntia pitkin kaupunkia, johon he olivat yhdessä ajaneet. Lopulta hän oli luovuttanut etsinnöissään ja oli ajanut takaisin heidän kotikaupunkiinsa etsimään Morgania sieltäkin.

Hän oli etsinyt paikoista, joissa hän tiesi Morganin käyvän. Hän etsi baarista, jossa näkyi olevan Morganin tuttuja.

"Ei, en ole kuullut hänestä muutamaan viikkoon", Renee sanoi Rorylle. Morgan kävi joskus yksin ulkona, hän oli oikeastaan ainoa, jolla oli tuttuja viisikon ulkopuolella.

Siitä huolimatta, kukaan ei ollut nähnyt häntä. Raskain sydämin Rory saapui yöllä kotiin, sillä hän tunsi pettäneensä Morganin monellakin tavalla viimeisen vuorokauden aikana.

Mutta Roryn tietämättä, Morgan istui turvassa omassa huoneessaan ja kävi viimein läpi papereita, jotka oli saanut mukaansa lastenkodista. Hän oli levittänyt paperit ympäriinsä lattialle ja kädessään hänellä oli juoma. Kello oli jo yli puolenyön, mutta niin kauan oli vaatinut kerätä rohkeutta ottaa paperit esiin.

*Aivan kuin olisin joku hemmetin rikospaikkatutkija*, Morgan ajatteli. Ja niinhän hän tavallaan olikin.

Häiritsevintä oli ollut löytää papereista tietoa, jonka mukaan Troy Atkinson oli vakuuttanut syyttömyyttään.

*Minkälaista elämäni olisi, jos hänet olisi todettu syyttömäksi?*

Silloin hän ei ehkä tuntisi Rorya, ei ketään hänen nykyisestä niin sanotusta perheestään. Minkälaisia ihmisiä hän tuntisi heidän sijastaan?

Olisiko hän huippukoodaaja, riskienhallitsija siltikin, vaikka ei tuntisi orpokodin ajoilta ketään?

Morgan nosti lattialta paperin, jossa luki *Rikostekninen raportti palopaikalta* ja alkoi lukea sitä:

"Rikosteknisessä tutkinnassa tuli esiin seikkoja, jotka tukevat epäilyä Troy Atkinsonin osuudesta kahden henkilön kuolemaan johtaneeseen tuhopolttoon. Ensinnäkin tuhopoltosta kertovat palopaikan läheisyydestä ja palopaikalta palohenkilökunnan avulla havaitut löydökset, jotka ovat seuraavassa lueteltuna:

1.Kohteessa ei ole ollut koskaan aiemmin vikoja, tai puutteita, joka selvitettiin aluehälytyskeskuksesta. Tarkemmat tiedot ovat liitteissä 5.1 ja 5.2.

2.Sähköpiirustusten mukaan kaikki kaasu- ja sähkökytkennät olivat asianmukaisesti hoidetut. Katso liite 5.3.

3.Sähkölaitteet eivät olleet jääneet jännitteellisiksi ennen palon alkua. Tästä huolimatta palo on alkanut sisältäpäin, sillä ikkunat olivat avautuneet ulospäin, johon viittasi verhojen siirtyminen sisäpuolelta ulos. Samoin ikkunaluukkujen paiskautuminen ulospäin, sekä ikkunoiden hajoaminen pihamaalle. Katso kuva numero 72.

4.Paikalle ensimmäisenä saapuneiden palohenkilöiden mukaan savu oli sinisen sävyistä, mikä jo viittaa siihen, että paloon liittyy kemikaali. Katso myös paikalle sattuneen silminnäkijän kuva numero 1.

5.Palo ei ollut tuhonnut taloa täysin, joten sen ansioista tutkijat löysivät kuituja palopaikalta. Taloon oli murtauduttu takaoven ikkunalasin kautta, ja siihen jääneiden kuitujen mukaan epäilty saatiin selville. Samoin tämä oli ainoa alue, jossa oli osittain lasinsirpaleita sisätiloissa tavalla, jonka ei katsottu johtuneen tulipalosta. Katso kuva numero 67.

6.Rikosteknisen tutkinnan avulla kuulusteluissa on selvityksen alla tuhopolton motiivi ja epäillyn mahdollinen alibi."


Raportti oli todella pitkä ja yksityiskohtainen, eikä Morgan jaksanut keskittyä aivan kaikkeen siinä. Morgan otti hörpyn juomastaan ja alkoi selailla lisää. Hän katsoi palopaikalta otettuja valokuvia, ja ne olivat sydäntä raastavia. Hän luki myös osan psykologin tekemästä lausunnosta, jonka mukaan motiivina olisi ollut mustasukkaisuus, sillä teosta epäilty oli saanut tietää salasuhteesta toiseen henkilöön jo ennen lapsen syntymää.

*Morgan parahti ääneen.* Hän jatkoi kuitenkin etsimistään ja etsi erästä tiettyä paperia.

"Ei, ei, ei...", Morgan selaili paperi kerrallaan ja siirteli niitä pitkin lattiaa toisella kädellään, kuulusteluihin oli joutunut monikin ihminen; naapureita, työkavereita ja silminnäkijöitä oli lueteltuna vaikka kuinka, kunnes hän löysi etsimänsä!

Paperissa, joka oli liitteenä orpokodille tarkoitetuissa papereissa, luki seuraavalla tavalla:

"Morgan Atkinsonin huoltaja Troy Atkinson on syyllistynyt Sawyer Melvinin sekä Ellis Atkinsonin murhaan 17.9.1996. Lapsi sijoittuu lastenkotiin."

"Sawyer Melvin", Morgan toisteli nimeä itsekseen ja oivalsi nopeasti mitä hänen tulisi tehdä ja missä järjestyksessä. Hän oli juuri nousemassa lattialta ylös ja menossa kertomaan oivalluksensa Rorylle, kun yhtäkkiä hänen huoneensa ovi aukesi. Se oli Rory.

"Luojan kiitos sinä tu...", Morgan aloitti.

"Sinä olet kotona?" Rory keskeytti hänet kiukku äänessään.

"Kyllä...miten niin?" Morgan hämmästyi.

"Tajuatko, kuinka monta tuntia minä olen etsinyt sinua kaikkialta? Et vastannut kertaakaan, kun yritin soittaa sinulle, joten olen ajellut ympäriinsä kahden eri kaupungin väliä, jotta löytäisin sinut! Ja sinä olet ollut koko ajan kotona!"

"En minä ole pyytänyt sinua etsimään minua!" Morgan huusi takaisin.

Rory jähmettyi paikoilleen ja katsoi Morganiin ajatellen, kuinka kiittämätön toinen oli, ja päätti jättää hänet omilleen. Hän lähti takaisin kaupungin yöelämään Morganin ovea sulkematta perässään, ja Morgan jäi paikoilleen seisomaan ypöyksin juoma kädessään ja tärkeät uutiset sisimmässään.

4.

August oli viettänyt huikean ihanat ensimmäiset lomapäivänsä Alexin kanssa. He olivat tänäänkin syöneet pitkän kaavan mukaan herkullisen aamiaisen, juoneet jääkahvia ja nauttineet vain olemisen riemusta ja toisistaan.

August oli nähnyt aivan ihanaa unta, ja jälleen kerran unessa oli laulettu taivaallisen ihanaa laulua ja sellainen tuntui aina hänestä voimaannuttavalta.

Vaikka heidän kotinsa oli heidän unelmiensa koti, niin kyllähän lomailu oli toisinaan paikallaan. Se, että oli liki 15 vuotta sijoittanut rahastoihin, tuli se määrä rahaa nyt tarpeeseen. Augustilla oli nyt aikaa ja vapaus tutkailla mahdollisuuksia elämässään. Mielellään hän ei vieläkään rahoihin koskisi, vaan vasta pakon edessä, kolmen kuukauden erorahan avulla hän pärjäisi vielä hyvinkin.

Kun tuuli toisen maan kutkutti korvanlehtiä ja sukelsi hiusten alle, se oli vapauttavaa ja jollain tavalla myös lohduttavaa. Aivan kuin olisi lempeän tuulen kosketuksen myötä tullut hyväksytyksi juuri tähän maahan. August oli nauttinut siitä, ettei tullut jatkuvasti kritisoiduksi jonkun toimesta, vaan hän nautti vapaudestaan vain olla. Hän makoili lomahuvilansa terassilla olevalla lepotuolilla Alexin kanssa.

Alex oli ajatuksiinsa vaipuneena, Augustkin alkoi lipua
syvemmälle unen ja valveen rajamaille ja hänestä alkoi yhtäkkiä
tuntua siltä, kuin jokin painaisi hänen rintakehäänsä.

*Hän näki sielunsa silmin leijonan, joka pöllytti hiekkaa
etutassuillaan, se nousi lihaksikkaille takajaloilleen ja paukautti
etutassunsa maahan. Ensin leijona näkyi etäämmällä, mutta se tuli
koko ajan lähemmäksi. Hurjasti leijona paukautti etutassujaan
maahan, sen valtava kultainen harja hulmusi ja sen keltaisena
leimuavat silmät katsoivat tiukasti Augustia silmiin.*

Leijona herätti Augustin takaisin valvemaailmaan, sillä jotain
hurjaa oli tapahtumassa.

Hän katseli ympärilleen, mutta kaikkialla oli tyyntä. Ei
ristinsielua missään, meri oli rauhallinen eikä paiskinut itseään
kivikkoon.

*Ehkä pitäisi vain olla tarkkan*a, August ajatteli.

Toisinaan Augustille tuli mieleen, pitäisikö hänen kertoa Alexille
tästä leijonan olemassaolosta, mutta mitä se muuttaisi vai
muuttaisiko se kaiken? Menettäisikö hän uskottavuutensa turva-
alan asiantuntijana ja kumppanina? Menisikö heidän suhteeltaan
pohja uusiksi, nimenomaan se turvallisuuden tunne mikä oli yli
kymmenen vuoden ajan saatossa rakentunut heidän välilleen.

He olivat aikoinaan tavanneet parkkihallissa, sillä heidän
molempien työpaikkojen parkkitilat olivat olleet samassa hallissa.
Joku oli naarmuttanut Augustin auton kylkeä, ja hän oli kiroillut
sitä mahtavasti huutaen, ääni kumahdellen parkkihallissa.
Alex oli sattunut paikalle ja ehdottanut hyvää korjaajaa.
"Jos hänen korjausjälkensä ei ole autosi arvoinen, voit reklamoida
suoraan minulle ja korvaan sen sinulle illallisella." Alex oli
sanonut ja ojentanut käyntikorttinsa.

Augustin auto oli korjattu aivan ajallaan ja hyvin, mutta...

-Hei Alex, olen saanut autoni takaisin mutta taustapeilistä roikkunut Navajojen käsityönä tehty turkoosi ristiriipus on kadonnut. Illallinen tulee sinulle kalliiksi. Terveisin August parkkihallista

-Hoidan sekä riipuksen että illallisen mahdollisimman pian. Ja hyvin. Terveisin Alex

August oli saanut työpaikalleen paksukuorisen lähetyksen noin kolmen viikon kuluttua, lähetys sisälsi turkoosin ristiriipuksen, lähes samanlaisen kuin hänellä oli ollutkin. Mukana oli vakuus siitä että se oli käsityönä tehty ja varat menivät intiaaniheimon käyttöön. Siinä oli myös kutsu illalliselle kaupungin korkeimman rakennuksen ravintolaan, mikä sijaitsi rakennuksen ylimmässä kerroksessa.

Näkymät olivat olleet huikeat. Kuten seura ja ruokakin, heillä oli ollut mahdottoman hauskaa ja keskustelu oli sujunut kuin luonnostaan. Alex oli puhunut enemmän, mutta se ei ollut tuntuneen häiritsevän Alexia lainkaan. August ei ollut koskaan näinä kymmenenä vuotena saanut kuulla Alexilta olevansa liian hiljainen. Alex piti sitä vahvuutena eikä outoutena.

Tiesikö Alex jotenkin sisimmässään, että August oli...miten sen nyt sanoisi? Tietäväinen, aavistava, intuitiivinen...

Ja oliko siinä loppujen lopuksi mitään ihmeellistä jos TIESI. Vaikkakin vähän etukäteen.

Toisaalla Wade selaili sähköpostejaan aamuvarhaisella samalla kun söi aamiaistaan suuressa teollisuushallimaisessa kodissaan, joka oli lähes yhtä kylmä ja sieluton kuin itse asukaskin. Hänen huomionsa kiinnittyi erään sähköpostin otsikkoon siksi koska sen otsikkona luki: viisikko hakee töitä.

"Tämä on varmaan se Roryn porukka", hän sanoi itsekseen kun muisti Roryn soittaneen hänelle, ja hörppäsi kallista kahviaan. Parker oli aivan valtavan loistava löytämään juuri hänen makuunsa sopivat kahvilajit.


"Me viisi olemme aivan juuri valmistumassa olevia tietotekniikan insinöörejä ja vielä tarkemmin data-analyytikkoja, pääaineenamme on ollut riskienhallinta. Me kaikki olemme työskennelleet turvallisuuteen liittyvissä tehtävissä saman yrityksen yhtenä tiiminä. Pääasiassa olemme työskennelleet toiminnanohjauksen ja taloushallinnon järjestelmien hallinnan tehtävissä.

Meistä jokaisella on oma erikoisosaamisensa, siitä syystä toimimme niin hyvin yhteen…"

Tämä tieto riitti Wadelle ja hän halusi ehdottomasti nähdä tämän viisikon. Viisi uutta työntekijää oli vähän enemmän kuin hän oli ajatellut, mutta eipä tämä asia nyt ollut rahasta kiinni kuten ei hänen elämässään mikään. Suurin rahasumma menisi siihen työhön, jonka nämä sähköpostin lähettäneet saisivat tehdä, sen mitä Wade oli suunnitellut jo hyvän aikaa: koko Eurooppaa kohtaava köyhyys, Wadea nauratti. Miten ironista että sen aikaansaamiseksi piti olla ihan helvetin rikas, juuri niin kuin hän oli.

"Minä lähetin sen sähköpostin eilen Wadelle, jossa ilmoitin että
me viisi olisimme kiinnostuneita hänen tarjoamastaan työstä",
sanoi Skyler Blakelle aamupalapöydässä olohuoneen ja keittiön
välisellä alueella.

" Sitä en tiedä ottaako hän sellaisen hakemuksen tosissaan vai
ihmetteleekö miksi ei jokainen haettu itse. Liitin kyllä meidän
kaikkien erityisosaamiset loppuun niin kuin oltiin sovittu."

Keittiössä puolestaan alkoi olla räjähtävä tunnelma.

"Etkö aio puhua minulle mitään", Morgan kysyi Roryltä.

"Ei meillä ole mitään sanottavaa toisillemme."

"Tuntuu siltä, kuin sinulla olisi paljonkin sanottavaa", Morgan
tuhahti.

"En viitsi, Morgan, pahoittaa herkkää sieluasi tämän enempää."

"Sinä se tässä kiukuttelet kuin pahainen kakara!"

"En kiukuttele, en minä tässä ääntäni ole korottanut. Olet
loukannut minua, Morgan. Olen aina ollut *sinun* tukenasi, *sinun*
puolellasi, ja ollut *sinua varten*. Pidät minua itsestäänselvänä."

"Ei pidä paikaansa!"

"Kyllä pitää, ja tiedät sen itsekin", Rory sanoi rauhallisesti, otti
aamupalan käsiinsä ja käveli ruokapöydän ääreen muiden luo
jotka olivat hieman kiusaantuneita tappelusta.

Skyler huusi Morganille, joka viskasi kahvinsa tiskialtaaseen ja
meni eteiseen vihaisen näköisenä:

"Oletko sinä vielä mukana tässä työhön hakemisessa?"

"En tietääkseni ole koskaan ollutkaan! Voitte jättää minut
laskuista", Morgan huusi takaisin ja häipyi ulos ovesta.

Jonkin matkaa käveltyään, Morgan päätyi Emmetin kahvilaan ja
ajatteli käydä hakemassa mukaansa ison kahvin ja suuren,
pehmeän ja tuoreen tomaatilla, juustolla ja paprikalla täytetyn
sämpylän.

"Noh, mikäs nyt noin huonosti on lapsoseni?"

”Riitelin juuri ihmisen kanssa josta todella välitän. En vain taida osata näitä tunnepuolen asioita. Olen vihainen hänelle siitä, että hän on minulle vihainen.”

”Miksi hän sitten on vihainen?”

”Hän sanoi, että pidän häntä itsestäänselvänä”, Morgan sanoi ja hörppäsi kuumaa, ihanalta tuoksuvaa ja maistuvaa kahvia.

”Oliko se ollenkaan totta?” Emmet kysyi ja ojensi sämpylän.

”On siinä ehkä vähän totta, mutta minä en ole sitä tajunnut ollenkaan. Olemme aina olleet niin läheisiä.”

”Aina on mahdollisuus pyytää ja saada anteeksi”, Emmet lohdutti, katsoi Morgania lempeästi ja taputti häntä kädelle.

”Kiitos, Emmet.”

Morgan käveli kohti merenrantaa.

Aamu oli rauhallinen ja tyyni, meri oli vasta heräämässä ja laineiden liplatus kuului juuri ja juuri. Sämpylä oli taivaallinen ja pehmeä, tomaatti sen välissä ihanan raikasta.

Morgan oli päättänyt yrittää etsiä Troyn, siksi hän ei ollut halunnut sitoutua siihen työhön mistä neljä muuta olivat kovinkin tohkeissaan. Morganilla oli mukanaan lappu, jossa oli hänen sittenkin elossa olevan vanhempansa nimi ja syntymäaika. Hän katseli lappua ja pyöritteli sitä sormissaan istuessaan penkillä, miettien pitäisikö sittenkin vain rypistää lappu ja heittää se mereen.

Eipä kulunut kovinkaan kauaa, kun Morgan huomasi kuitenkin jo olevansa kaupungin virastossa. Hän otti vuoronumeron, ja huomasi että hermostuksissaan oli rypistellyt lappua niin, että siinä näkyi enää juuri ja juuri tiedot, jotka hänen pitäisi antaa virkailijalle.

Pian hänen vuoronsa tuli, hän ojensi lapun virkailijalle ja todisti oman henkilöllisyytensä, kun pyysi lapulla olevan henkilön osoitetta. Virkailija ei ollut moksiskaan lapun kunnosta vaan näpytteli siinä olevat tiedot koneelle. Hetken kuluttua Morgan sai tulostetun lapun käsiinsä.

"Kiitos paljon!" Morgan kiitti ja lähti pikapikaa ulos, jossa vasta uskalsi katsoa lappua. Mitä jos siinä lukisikin ettei osoitetietoja löytynyt?

Hän raotti lappua pikkuhiljaa ja hän tunsi kämmentensä hikoavan. Siinä oli kuin olikin osoite! Näinkö helppoa se oli? Kaikkien näiden vuosien jälkeen, hän näkisi sittenkin toisen vanhemmistaan elossa! Nyt hän tiesi, hän halusi ehdottomasti tavata, hän halusi kuulla mitä sinä kamalana iltana oli tapahtunut, ja miksi?

Morgan selvitti puhelimensa kartasta missä kyseinen osoite sijaitsi ja huomasi että se olisi noin puolen tunnin ajomatkan päässä. Bussilla saattaisi mennä hieman kauemmin. Hän silti valitsi bussin, sillä ei halunnut lainata Roryn autoa, sillä hän ei halunnut kertoa kenellekään mitä aikoi tehdä.

Hän käveli bussiasemalle ja kysyi millä bussilla pääsisi kyseiseen osoitteeseen. Asiakaspalvelija kertoi ja Morgan osti vuorokausilipun, joten hänen ei tarvitsisi välittää ajankulusta. Hän kiitti lipusta ja palvelusta, ja meni odottamaan omaa bussiaan. Se tulikin aika pian, joten matka Troy Atkinsonin luo saattoi alkaa!

Maisemat vilahtelivat ja meri kimmelsi aamuauringossa kunnes se jäi taa ja alkoi enemmänkin metsäinen maisema. Peurat olivat ruokailemassa metsän reunalla olevalla pellolla, sillä siellä oli varjoisia paikkoja, lintujakin näkyi ruokailevan niiden seurana. Bussissa ihmiset olivat aika hiljaisia ja tuntuivat nauttivan bussin tasaisesta ja pehmeästä kyydistä.

Morgan ajatteli harmissaan aamuista tappelua.

Oli joskus kauhean vaikeaa ajatella muiden tuntemuksia kun ei omistaankaan ollut selvillä. Hän ei kuitenkaan tehnyt sitä satuttaakseen, tosin, kyllä hän nyt oli ottanut opikseen. He olivat Roryn kanssa viisikosta eniten kuin sisarukset. He eivät rakastaneet toisiaan romanttisessa mielessä, mutta olivat todella läheisiä keskenään.

Morgan tunsi paljon, ja ajatteli paljon mutta hänen oli hirveän vaikea saada niitä sanottua. Ehkä se johtui lapsuudesta, mutta ei kaikkea elämässään voinut laittaa lapsuuden piikkiin. Oli osattava ajatella itse, jokaisella oli vastuu silti kasvaa ja kehittyä elämässään. Varsinkin sen jälkeen kun asian tajusi itse. Ja Morgan oli nyt tajunnut. Hän keksisi keinot saada ajatuksiaan ja tunteitaan ulos. Hän pyytäisi anteeksi Rorylta kunhan pääsisi kotiin, ja vannoi mielessään, että olisi parempi ystävä…melkein sisar, jatkossa.

Pian maisema muuttui ja peltojen sijaan ikkunoista alkoi näkyä kerrostaloja ja pian edessä siinsi iso kauppakeskus. Morgan painoi stop-nappia, sillä oli ajatellut hakea tuliaisen. Jos he eivät keksisi heti mitään juteltavaa, he voisivat ainakin sitten puhua siitä.

Ihmisiä oli vain vähän liikenteessä näin aikaisin aamulla, joten hän sai kierrellä kauppakeskusta melko rauhassa. Hänen oli vaikeaa keksiä tuliaista, sillä ei tiennyt omasta vanhemmastaan yhtään mitään, paitsi tietysti sen että hänet oli tuomittu murhasta. Se tuntui uskomattomalta. Hetken aikaa Morgan mietti että olikohan järkevää lähteä tapaamaan Troytä kenellekään siitä sanomatta. Sitten Morganin silmät osuivat kahteen kauniiseen lyhtyyn ja hän unohti epäilyksensä. Hän osti lyhdyt, niihin kaksi led-kynttilää ja jatkoi matkaansa Troyn luo.

Lähestyessä osoitetta, joka osoittautui rivitalon pätkäksi, Morganin kädet alkoivat hikoilla. Hän katsoi ovea, jossa luki se numero, jossa Troy asui. Hän seisoi asunnon oven edessä tummanruskeat lyhdyt molemmissa käsissään ja oli jähmettynyt paikoilleen.

Morgan näki hahmon ikkunassa ja hänen vatsansa oli kääntyä ympäri. Jalat tuntuivat heikoilta ja hänen teki mieli lähteä karkuun, mutta hän ei saanut itseään liikkeelle. Ei karkuun, eikä oveen koputtamaan.

Hetken kuluttua ovi aukesi ja sen takaa kurkisti pää.

"Voinko jotenkin olla avuksi", oven avannut henkilö kysyi ja katseli kummastuneena pihallaan seisovaa paikalleen jäykistynyttä ihmistä.

Eihän Morgan voinut tietää asuiko Troy yksin, joten hän ei ollut varma oliko oven avannut henkilö juurikin Troy.

"Olen…olen Morgan Atkinson."

Morgan ei saanut mitään muuta sanottua, joten yhtäkkiä oven avannut henkilö käveli hänen viereensä, otti toisen lyhdyn hänen kädestään ja ohjasi taluttaen Morganin sisään.

Kun Morgan sisällä otti hupun pois päästään ja riisui takkinsa, Troy Atkinson sanoi:

"Niin toden totta oletkin, olet aivan Ellisin näköinen! Voi hyvänen aika sentään, miten sinä oikein minut löysit!"

"Sain lapsuuteni liittyviä asiakirjoja orpokodista, jossa lapsuuteni vietin, ja hain tänä aamuna osoitteesi kaupungin virastosta."

Morgan oli kyllä toisen kasvonpiirteistä tunnistanut omiaan kunhan oli selvinnyt paniikkihäiriön tapaisesta tilastaan Troyn oven edustalla.

"Istu alas, Morgan."

"Toin nämä lyhdyt…toinen on minulle ja toinen on sinulle. Ostin ne koska…koko lapsuuteni ajan tähän asti olin pimeässä, sillä en tiennyt kuka olen enkä sitä mistä tulen. Sain vasta tietää että olet elossa, joten nyt näen vähän valoa. Nyt kun meillä on nämä lyhdyt, eli toisemme siis, emme…ainakaan toivottavasti, joudu enää pimeään."

Troyn silmät täyttyivät kyynelistä ja hän sanoi:

"Lapsikulta, haluat varmasti kuulla ihan kaiken."

"Vaikka siinä menisi ikuisuus ymmärtää, niin kyllä, tahdon kuulla aivan kaiken. Rehellisesti. Et voi suojella minua miltään sillä minä olen pahimman jo kokenut", Morgan sanoi ja hänen suunsa asettautui viivaksi allekirjoittamaan sanotut sanat.

Hetkisen kuluttua Morgan istui Troyn kanssa keittiön pöydän äärellä kupit kuumaa edessään.

Troy alkoi kertoa:

"Kun olit vasta ajatus ja tunne sydämessäni, meillä alkoi mennä huonosti Ellisin kanssa. Tai sanotaan näin että me lakkasimme ottamasta vastuuta parisuhteestamme. Huomasin ettei Ellisiä kiinostanut juuri keskustella kanssani enää, ei lähteä yhteisille kävelyille, ei elokuviin tai syömään. Huomasin olevani parisuhteessa, mutta silti yksin siinä. Enkä minä kerjää, minä en ole sellainen.

Annoin Ellisille aikaa, sillä ajattelin hänen olevan vain hetkellisesti kyllästynyt. Arkeamme pyöritti paljon molempien kiireiset työt, jotka olimme pitkän etsinnän jälkeen löytäneet ja koimme töistämme kiitollisuutta, eikä yhteistä aikaa juuri ollut. Haave lapsesta ahdisti Ellisiä yhtäkkiä, vaikka hän oli aina rakastanut lapsia. Useasti hän ihmetteli ääneen sitä, kuinka meillä voisi olla aikaa lapsi-arjessa toisillemme, kun ei meillä ollut sitä silloinkaan.

Jossain vaiheessa vain tiesin, että hänellä on suhde. Sellaisen aavistaa, kun on tuntenut toisen jo kauan. Ihmisen käytös muuttuu kun hänen omatuntonsa soimaa, jos siis sellaista on, ja Ellisillä oli. Puhuimme asiasta, sillä kysyin eräänä iltana siitä häneltä ihan suoraan ja kiertelemättä, kun hän tuli taas todella myöhään kotiin.

En vaatinut vastauksia tai selityksiä, sillä selityksiä en kaivannut siksi, sillä tiedäthän sen sanonnan jonka mukaan sontaa ei voi selittelemällä kullaksi muuttaa? (Morgan pudisti päätään.) Joka tapauksessa, se on juurikin niin. Tiesinhän itsekin missä jamassa suhteemme oli eikä sellaiseen jamaan kukaan yksin päädy. Keskustelimme asiasta ja me odotimme jo sinua Morgan. Olit suurin ja tärkein syy siihen, miksi me jäimme suhteeseen ja päätimme tehdä muutoksia arkeemme. Asiat alkoivat sujua kuukausien myötä oikein hyvin.

Sinun syntymäsi oli ihme ja me rakastuimme sinuun välittömästi. Sinun syntymäsi vahvisti ja tiivisti suhdetta Ellisin kanssa. Sinä olit jotain ihanaa ja loit elämää välillemme, me rakastuimme toisiimme nyt perheenä. Valvotit meitä öisin, mutta se oli meidän haasteemme, jonka yhdessä koimme ja voitimme.

Valitettavasti, koko tänä aikana Sawyerin, jonka kanssa Ellisillä oli ollut pari tapaamista kestänyt lyhyt suhde, petetty kumppani Kamryn ei ollut suopein mielin, sillä heidän yhteinen elämänsä ei jatkunut.

Minä en sytyttänyt sitä paloa, Morgan. Minä en ole murhannut Ellisiä enkä Sawyeria. Uskon Kamrynin tehneen sen, niin kerroin kuulusteluissakin, mutta hänellä oli alibi, jonka uskon olleen ennalta sovittu. "

"Mutta  kriittiseltä paikaltahan löytyi sinun paitasi kuituja ja hiuksia."

"Tietenkin löytyi, se oli minun kotini! Miten minun paitani oli päätynyt Kamrynin käsiin, ja rikkoutuneen lasin palasiin, tai sen käsiin joka sytytti palon, en tiedä. Se oli paita jota pidin terassilla ollessani ja se jäi usein ulos tuolin reunalle."

"Vannot siis että et tehnyt sitä?" Morgan kysyi ja oli tukahtua tunteeseen joka hänessä alkoi syntyä.

"Vannon. Uskon, että Kamryn liittyy siihen, ellei siis jopa tehnyt sitä. Ehkä hänellä oli rikoskumppani?"

"Miksi sitten Ellis ja Sawyer olivat silloin samaan aikaan talossamme?"

"Joko heidän suhteensa ei ollut päättynyt, niin kuin kuvittelin, tai sitten Sawyer kertoi Ellisille vainoamisesta jota Kamryn oli alkanut tehdä myös meille. Minä en sytyttänyt paloa, enkä ole murhannut ketään, minä vannon sen koko sydämestäni."

Morganin sydän tiesi, että Troy puhui totta.

"Oliko Kamryn naimisissa Sawyerin kanssa?" Morgan yllättäen kysyi.

”Silloin oli, kuinka niin?”

”Ei, ajattelin vain miksi hän oli niin katkera. Naimisiin meno on joillekin koko elämä ja siitä pidetään kynsin hampain kiinni, sillä ero on suurin häpeä maailmassa.”

He katsoivat merkitsevästi toisiaan.

Morgan ja Troy keskustelivat myös muista asioista, siitä mitä Morgan opiskeli ja että hän haki töitä omalta alaltaan, sillä olihan hän juuri valmistumassa. Morgan kertoi millaista elämä oli ollut orpokodissa, miltä se oli tuntunut, ne ilon hetket mutta myös ne musertavat hetket aina kun hän ymmärsi että hänen vanhempansa eivät koskaan hakisi häntä kotiin. Oli ollut vaikea hyväksyä, että orpokoti oli todella hänen ainoa kotinsa. Morgan kertoi myös että ilman Rorya, Skyleria, Scoutia ja Blakea hänen elämänsä olisi voinut olla kovin tyhjää ja yksinäistä.

Viimein Morganin oli aika lähteä kotiin mutta hän lupasi tulla käymään uudelleen.

Silti hämmentynein mielin lyhty kädessään, hän lähti kohti kotiaan. Hän oli saanut yllättäen Troyn takaisin, siitä tulisi olla kiitollinen ja sitä hän myös toden totta oli. Samalla hän oli vihainen siitä, että joku oli kieroillut Troyn pois hänen elämästään ja pakottanut Morganin orpokotiin.

Morgan alkoi siksi etsiä puhelimellaan kaipaamaansa tietoa, ja kun hän hämmästyksekseen löysi mitä etsikin, hän tiesi missä seuraavaksi kävisi, ennen kuin menisi kotiin. Ennen varsinaista kohdettaan, hänen pitäisi käydä yliopistolla.

Morgan odotti pihalla puiden suojassa oikeaa hetkeä. Pian hän näkisi murhaajan silmästä silmään ja hän oli valmistautunut siihen. Kun hän näki auton pysähtyvän ajotielle, Morgan alkoi tulla hiljaksiin puiden kätköistä. Kun hän oli varma että se oli juuri Kamryn joka oli lähellä, Morgan astui esiin ja tervehti.

Kamryn katsoi Morgania säikähtänein silmin.

"Noh, mikäs nyt on, näitkö kummituksen?"

"Mitä helvettiä tämä tarkoittaa…", Kamryn mumisi.

"Sinä tunnistat minut, etkö tunnistakin!"

"Olet aivan kuin…"

"Niin olen, olen murhaamasi ihmisen kaksoisolento! Toisen niistä!"

"Mene pois!"

"Miksi sinä murhasit Ellisin? Miksi sinä murhasit Sawyerin?" Morgan kysyi jäätävällä äänellä ja jatkoi:

"Sinun takiasi minä jouduin orpokotiin, koska sinä keplottelit Troyn vankilaan murhasta jonka sinä teit ja sillä aikaa sinä jatkoit elämääsi tällä hienosto-alueella!"

"Häivy, tai soitan poliisit!" Kamryn yritti vältellä Morganin katsetta.

"Teepä se, niin teet minulle palveluksen! Kerro minulle miksi murhasit heidät, olet sen velkaa!"

Kamryn kääntyi vihaisena Morgania kohti.

"Minä en ole sellaisen nöyryytyksen jälkeen, jonka Ellis ja Sawyer saivat aikaan, velkaa kenellekään! Enkä minä ole jatkanut elämääni, ettäs sen tiedät. Elän yksin tällä mainitsemallasi hienostoalueella ja seuranani on vain syyllisyys siitä tulipalosta ja murhasta, ja se murtaa minut ilta illan jälkeen niin pieniksi palasiksi, etten enää ole edes varma olenko olemassa! En edes tiennyt jäikö se pieni vauva henkiin, jonka vein turvaan autotalliin, jotta se säilyisi tulipalosta hengissä. Eihän pieni vauva ole mihinkään syyllinen…. ja nyt sinä… se vauva…oletkin yhtäkkiä näiden kamalien vuosien jälkeen siinä…", Kamrynin ääni oli alkanut murtua.

"Sääli", Morgan sanoi halveksien ja kääntyi pois. Hän oli kuullut tarpeeksi ja jätti Kamrynin säälimään itseään pimeälle tielle.

Hän irrotti takkinsa napista kameran jossa oli mikrofoni ja laittoi sen turvaan muovikoteloon.

*Nyt* hän oli saanut toisen vanhemmistaan takaisin ja rauhan kuolleille.


Kun Morgan viimein myöhään illalla saapui takaisin kotiin, olivat muut juuri pakkaamassa laukkujaan.

"Hei, missä olet ollut koko päivän?" Scout kysyi ohimennen ja lauseen loppu kuului vain pienenä muminana Scoutin huoneen vaatekomerolta.

"Olin vain hoitamassa…perheasioita", Morgan vastasi hieman hajamielisenä ja hänestä tuntui kuin olisi vastannut seinälle. Ja niinhän hän oikeastaan vastasikin.

"Mihin te olette menossa", Morgan kysyi kun Blake puolestaan sujahti kylyphuoneesta hänen ohitseen hygieniatarvikkeita käsissään. Kaikilla neljällä oli pakkaaminen käynnissä.

"Olemme lähdössä työhaastatteluun, Wade soitti Rorylle tänään ja hän haluaa nähdä meidät kaikki, sinutkin", Scout kertoi.

"Minähän olen jo sanonut, että en nyt halua tulla. Minulla on sellaisia perheasioita hoidettavana etten tahdo sitoutua työhön. Missä asti se Wade sitä paitsi asuu, kun kerran pitää pakata?"

"Kolmen tunnin lentomatkan päässä täältä. Itseasiassa siellä missä asuimme ennen kuin vanhempani hylkäsivät minut ja päädyin sieltä tänne orpokotiin." Rory sanoi ja oli selvästi innoissaan päästessään takaisin juurilleen.

"Kolmen tunnin!" Morgan huudahti ja jatkoi:

"Milloin te tulette takaisin?"

"Wade haastattelee meitä omassa kodissaan huomenna, ja me lennämme samana iltana takaisin."

"Omassa kodissaan? Oletteko te ihan kahjoja? Mitä jos se on joku mielenvikainen ja lukitsee teidät kellariin tai…"

"Juu, juu, juuri niin Morgan", sanoi Rory ja jatkoi:

"Aivan samoin kun orpokoditkin ovat hylättyjä taloja synkässä metsässä."

"Sinä se niin sanoit enkä minä", Morgan muistutti. Hän vei lyhdyn parvekkeelle ja napsautti sen led-kynttilän päälle. Se valaisi hienosti kuvioitaan parvekkeen kattoon kun oli jo pimeää.

Mentyään takaisin sisään, hän istahti sohvalle huokaisten ja riisui takkinsa. Hän ei pitänyt tunteesta joka hänessä alkoi syntyä.

*Epäilys.*

Hänen taskustaan tipahti jotain samalla, eikä hän huomannut sitä.

Ehkä pitäisi lakata olemasta huolissaan joka asiasta, Morgan ajatteli itsekseen ja pakotti itsensä toivomaan, että toisten haastattelu sujuisi hyvin. Hän nousi sohvalta ja meni hetkeksi omaan huoneeseensa ja antoi toisten touhuta rauhassa, ei heistä seuraksi ollut nyt muutenkaan.

Skyler oli pakkaamassa omaa laukkuaan samalla sohvalla jolla Morgan oli istunut, ja tapansa mukaan hän asetteli vaatteensa ensin sohvalle ja siitä vasta laukkuunsa. Toiset olivat ilkkuneet häntä siitä aina, sillä muiden mielestä tavassa ei ollut hitusenkaan järkeä vaan se oli aikaa vievää.

Skyler puolestaan sanoi, että kun niin teki, ei ottanut vahingossakaan liikaa tavaraa mukaan. Kun kaiken laittoi ensin sohvalle, näki koko tavaramäärän jota aikoi kuljettaa mukanaan sillä mukaan kannatti ottaa vain tarpeellinen, eikä yhtään "varmuuden vuoksi"-vaatetta.

Rory näki tilaisuutensa koittaneen ja kysyi kiusoitellen muina henkilöinä Skyleriltä, mitähän hänen toiminnastaan psykologi olisi mieltä.

"Ehkä vähän pakkomielteistä?"

"Jos jokin on pakkomielteistä niin sinun autosi siisteyden taso."
Skyler sivalsi nauraen takaisin.

"Oletko ihan varma, ettet tule mukaan? Wade on ostanut
sinullekin lipun", Rory kysyi keittiöstä katsoen Morgania vielä
hieman alta kulmien.

"En tule nyt", Morgan sanoi hieroen ohimoitaan ja sanoi
menevänsä suihkuun ja nukkumaan jos kukaan ei enää tarvinnut
kylpyhuonetta.

"Hyvä on sitten. Me lähdemme ihan pian. Nähdään viimeistään
ylihuomenna", Rory vastasi ja laittoi Morganille tarkoitetun lipun
yöpöytänsä laatikkoon.

Morgan päätti, että oli parempi pyytää anteeksi kun he olisivat
kahden kesken.

Morganin tullessa suihkusta, eteisessä oli lähdön jälkiä ja sen
aiheuttama kummallinen kaiku. Hän meni katsomaan ikkunasta ja
ehti vielä nähdä jo isolla tiellä siintävät auton takavalot. Häntä
kadutti sekunnin verran, ettei ollut lähtenyt, mutta hän käski
päätään lopettamaan moisen itselleen motkotuksen heti. Hänen
elämässään oli nyt menossa niin tärkeä vaihe, että se vaati ja
ansaitsikin hänen kaiken keskittymisensä.

Hän meni keittiöön tekemään iltapalaa sillä suihku oli hieman
virkistänyt ja nälkä oli niin kova ettei uni tulisi ennen syömistä.
Hänhän oli syönyt viimeksi aamulla sen taivaallisen pehmeän
sämpylän ja pari hassua keksiä Troyn luona teen kanssa.

Morgan ajatteli tehdä salaatin, hieman ruokaisamman, joten hän
otti esiin kurkun, tomaatit, punasipulin, fetaa ja
auringonkukkaöljyssä säilöttyä tonnikalaa mikä oli vastuullisesti
pyydystettyä. Lautasen pohjalle hän laittoi oliiviöljyä ja sen päälle
rucolan, pinaatin ja vuonankaalin, sitten lautaselle päätyi loput
ainekset.

Morgan nautti touhuta asunnon hiljaisuudessa, kerrankin oli niin ettei joku huudellut olan yli toisilleen tai hänelle.

Hän otti ison tuopillisen vettä, istahti sohvalle ja avasi Netflixin. Moderni perhe oli jo aikoja sitten ilmestynyt sarja, mutta hän oli vasta pienen aikaa sitten löytänyt sen ja ihastunut sen huumoriin ja välittömyyteen ja ainakin edes yritykseen kuvata perheenjäsenten mahdottomuuksia mahdollisimman totuudenmukaisesti mutta olihan hahmoissa paljon värikynää. Ihmiset olivat oikeassa elämässä ihan tavallisia, vähemmällä draamalla höystettyjä. Ihan jokaisen vanhemmat eivät onneksi kuolleet tulipalossa tai olleet murhasta syytettyinä.

Ehkä sarjaan oli helppo olla ihastunut siksikin, ettei hänellä ollut koskaan ollut sitä ihan virallista omaa perhettä, sitä jonka myötä Rory, Scout, Blake ja Skyler olisivat "vain" hänen ystäviään.

Morgan nautti taas sarjan tuomasta hauskuudesta ja jakson loputtua vei lautasen ja lasin tiskiin. Kello oli jo reippasti yli puolenyön joten hän päätti mennä hammaspesun kautta nukkumaan vaikka oli ensin ajatellut katsovansa sen kuinka Kamryn tunnusti murhan.

Väsymys alkoi kuitenkin viedä voittoa murhan tunnustukselta ja kun hän oli menossa omaan sänkyynsä, oli tyynyn päällä käsin kirjoitettu lappu jossa luki:


"Haluan puhua kanssasi, kun tulemme kotiin. Olet ihmisistä kaikkein tärkein minulle."
-Rory


Morgan nukahti alle sekunnissa lappu kädessään.

Seuraavana aamuna, kun Wade oli haastatellut neljää nuorta aikuista, hän oli varmistunut siitä, että hän halusi palkata juuri heidät. He olivat säälittävän kiinni toisissaan ja juuri siksi häntä kiinnosti se yksi joka ei tullutkaan. Hän saattaisi olla suunnitelman toteutumiselle esteenä, varsinkin jos hän oli kovin ajattelevainen ja itsenäinen.

"Miksi tämä…Ma…Mon…"

"Morgan", Skyler auttoi Wadea.

"Niin juuri, miksi Morgan ei tullutkaan tapaamiseen? Eikö hän haluakaan töitä?"

"Kyllä hän haluaisi, hänellä on vain nyt…perhejuttuja menossa."

"Perhejuttuja…vai niin, ne voivat olla toisinaan melko vaikeita asioita", Wade sanoi ja kuulosti siltä kuin hänellä voisi olla ihan aidosti ymmärrystä ja empatiaa sisimmässään.

Wade näki Skylerin näpräilevän pientä muovista koteloa ja sitten avaavan sen. Skyler hämmästyi. Wadekin hämmästyi ja siksi kysyi:

"Onko se jokin, mikä liittyy tähän tapaamiseen? Onko sinulla siellä jotain referenssejä?"

"En tiedä mikä tämä on. Löysin sen aamulla tänne lähtiessä paitani hihasta kun olin pukemassa sitä ylleni."

"Näytäs", Wade sanoi ja ojensi kätensä.

"Kappas, tämähän on salakuuntelulaite." He kaikki hämmästyivät ja Wade suuttui!

"Mitä te helvetin kakarat oikein yritätte!" Wade huusi.

Skyler kalpeni ja sanoi ettei taatusti tiennyt mikä se oli, eikä sitä, miksi se oli edes ollut hänen laukussaan. Hän vannoi, ettei ollut ikinä ennen nähnyt koko kapistusta. Hän vannoi vannomistaan, kunnes Wade rauhoittui.

"Hyvä on, jos et tiedä mitä siellä on, sittenhän me voimme varmasti katsoa sen." Wade haki läppärinsä ja liitti vakoilulaitteen siihen.

Pian kohinan keskeltä, Rory kuuli tutun äänen.

"Se on Morgan!" hän huudahti.

Kaikki viisi tuijottivat ja pian pimeässä näkyi hämmentyneen ja kauhistuneen näköinen ihminen, joka pimeässä myöhäisessä illassa lopulta tunnusti murhanneensa Ellisin ja Sawyerin.

Videon loputtua vain neljä kuulijoista järkyttyi, viides haistoi rahan ja tilaisuuden saada suunnitelma toteutumaan nopeammin ja hänen aikaisempi epäilyksensä Morganin haitallisuudesta hävisi.

*Tämähän kävisikin helpommin kuin mitä olin koskaan osannut unelmoidakaan*, Wade hihkui mielessään!

Rory, Scout, Blake ja Skyler huomasivat muutoksen ilmapiirissä. Wade nousi hitaasti nahkasohvaltaan ja hieroi käsiään yhteen ja lopuksi taputti. Sitten hän haki pienen laitteen takaisin itselleen, laittoi sen muovikoteloon ja taskuunsa. Nelikko alkoi aavistaa pahinta. Mutta se, mitä heiltä tultaisiin vaatimaan, ei ollut tullut yhdenkään heistä mieleen.

*Morgan aavisti oikein*, Rory ajatteli masentuneena.

Wade syötti kotinsa seinällä olevaan ohjauspaneeliin numerosarjan, sen jälkeen hän painoi aktivointinäppäintä ja sanoi: "No niin, nythän te voitte asua täällä ja työskennellä minulle. Ovet ja ikkunat aukeavat koodilla, jonka vain minä tiedän."

"Ei tuo video ole varmastikaan mikään aito…", Rory yritti mutta Wade keskeytti hänet välittömästi. Hän otti taskustaan muovikotelon ja heilutteli sitä puhuen ivalliseen sävyyn, mikä ärsytti Roryä erityisesti.

"Tämä tässä on teidän vakuutenne siitä, että te todella työskentelette minulle aivan todella, aivan kaikella sillä älykkyydellä ja potentiaalilla, mitä olette aiemmilla töillänne osoittaneet. Kun olette tehneet työnne, saatte tämän murhatunnustuksen takaisin."

"Se murhatunnustus on varmaan jotain Morganin elokuvakurssiin liittyvää", Skyler valehteli huolettomasti.

"Ai niinkö?" Wade kysyi jatkaen ivallista äänensävyn käyttöä ja jatkoi:

"Sittenhän sinä varmaan soitat hänelle ja kerrot, että hänen on otettava uusi otos."

"Niin hän varmaan tekee joka tapauksessa kun huomaa tuon kadonneen", Rory sanoi ja ymmärsi samalla että oli olemassa toivoa. Muut nyökyttelivät päätään. He tunsivat Morganin, varsinkin Rory. Tuo oli todistusainestoa ja kun Morgan saisi sillä Troylle loppuelämäkseen vapautuksen siitä että hänet oli tuomittu murhasta, hän menisi uudestaan hakemaan tunnustuksen.

"Sitten sellainen täytyy jotenkin estää", Wade sanoi kylmäävästi.

"Tämä on tunnustus murhasta ja siis todistusaineistoa. Sen täytyy merkitä jotain, sillä se on tehty salaa. Minä selvitän tämän kyllä", Wade uhosi ja poistui jättäen nuoret aikuiset lukkojen taa isoon halliin, hän oli todella turhautunut, sillä nyt pitäisi sotkea lisää ihmisiä niin hyvin suunniteltuun asiaan.

Blake huomautti Waden lähdettyä, ettei Wade ollut vieläkään kertonut heille, mikä heidän työnsä olisi. Skyler ajatteli heti että se liittyisi seksirinkiin ja Scout tuhahti.

"Sinä ja sinun ainaiset seksirinkisi! Mitä hittoa ne sinun vanhempasi tekivät työkseen?! Mutta katsokaa nyt tätä laitosta. Kuka tai mikä hitto kutsuu tällaista kodikseen? Uskon että tuo robotti tarvitsee meiltä aivan toisenlaisia kykyjä", Scout sanoi turhautuneena ja potkaisi tuolia niin että se lensi seinään rämähtäen.

Morgan heräsi ja kaikki eilen tapahtunut tuntui siltä, kuin hän olisi uneksinut kaiken: hänen sittenkin elossa olevan vanhempansa Troyn tapaamisen, ja sen että Kamryn oli tunnustanut murhan ja hän oli saanut sen videolle.

Hän potki peiton pois päältään ja meni kylpyhuoneeseen huuhtomaan kasvojaan, jotta heräisi kunnolla. Peilistä katsoi uniset, mutta kauniit, mantelinmuotoiset ruskeat silmät. Kulmakarvat olivat tuuheat kuin Frida Kahlolla, huulet kuin marjainen metsä ja komean nenänvarren molemmin puolin pilkistävät pisamat jättivät kasvoihin lapsekkaan kaiun.

Keittiön kello näytti yhdeksää, kaupunki oli herännyt jo ja ikkunasta näkyi kuinka ihmisiä käveli töihin ja kouluun, minne ikinä. Lentokone lensi jonnekin ja vei ainakin osan matkustajista vapauteen. Lentokoneiden ääneen oli tottunut asuntoon muuton jälkeen nopeasti ja vain harvoin enää sen ääni sai aikaan sen, että Morgan alkoi kaivata valtavasti johonkin muualle omista nahoistaan.

Nyt hän kaipasi kuitenkin kahvia ja alkoi keittää sitä. Kun herkullinen kahvin tuoksu alkoi vallata tilaa, Morgan jäi seisomaan keittiön ja olohuoneen väliseen tilaan ja pohti pitäisikö tunnustus katsoa. Hän meni takkinsa luo toiselle sohvalle ja alkoi penkoa sen taskuja mutta ei löytänytkään muovikoteloa taskuistaan.

Hän juoksi eteiseen, katsoi siinä olevan lipaston päällisen ja sen kaikki laatikot. Hän juoksi takaisin olohuoneeseen, ja tutki koko sohvan. Hän heitteli tyynyt lattialle kunnes löysi sen! Hän kyllä muisti että kotelo olisi ollut toisen värinen, mutta hän oli lukenut jostain, että ei stressaantuneena muistanutkaan kuin korkeintaan kolme asiaa kerrallaan.

Hieman tutisevin käsin hän meni keittiöön, otti kahvikuppinsa kaapista ja kaatoi siihen kahvia. Sitten hänet yllätti yhtäkkinen herkistyminen.

Morgan oli vain niin järjettömän iloinen siitä, että voisi kertoa
Troylle, että hän olisi vapaa kaikin tavoin, paitsi tietysti siitä mitä
oli jo joutunut tämän asian vuoksi kokemaan.

Morgan tiesi että Troylle olisi tärkeintä se, että teon tehnyt myönsi
syyllisyytensä.

Lusikka kilahteli lautaseen vimmatusti, aivan kuin tekemällä
asioita nopeasti hän päätyisi uuteen elämään Troyn kanssa
vauhdikkaammin.

Hän ei siksi ehtisi katsoa tunnustusta, eikä hän edes halunnut. Hän
pelkäsi mokaavansa ja kadottavansa tunnustuksen jos koskisi nyt
siihen. Hänen pitäisi suorinta tietä marssia poliisilaitokselle ja
jättää tunnustus sinne asiantuntijoiden hoidettavaksi.

Hän joi kahvinsa loppuun, vaihtoi vaatteensa ja lähti melkein
juosten kohti poliisiasemaa.

Noin parisenkymmenen minuutin kuluttua Kamrynin kotikadulla
hän huomasi kauempana välkkyvät siniset valot.

*Mitä ihmettä?*

Morgan järkyttyi tajutessaan, että siniset ja muut välkkyvät
valot kuuluivat poliiseille ja ambulanssille. Ne olivat Kamrynin
talon pihalla. Morgan käveli kauhistuneena ja vartalo
jännittyneenä poliisien ohi ja yritti olla kuin olisi vain tapansa
mukaan kävelemässä töihinsä kuin kuka tahansa aikuinen.

*Ruumisauto!*

Pihalla oli ruumisauto! Sitten hän näki kuinka peitettyä ruumista
kannettiin juuri ovesta ulos kohti ruumisautoa. Hän ei siis nähnyt
oliko se Kamryn.

”Anteeksi, mitä oikein on tapahtunut?” Morganin oli pakko kysyä
vieressään olevalta poliisilta.

”Näyttää itsemurhalta.”

”Voi Hyvä Jumala!”, Morgan huudahti ja oli kauhuissaan syystä
jota poliisi ei tietenkään tiennyt.

”Tunsitko hänet?”

”Ei…en, en, asun vain tässä aika lähellä niin mietin että eihän vain
kukaan ole käynyt hänen kimppuunsa tai…”
”Ei. Siinä mielessä voitte olla huoletta.”
”Surullista silti, ja aivan turhaa.”
”Sanos muuta”, sanoi poliisi ja lähti töihinsä.

Wade ei soittanutkaan sellaista puhelua niin kuin oli ensin ajatellut. Hänen mielestään ei kannattanut sotkea tähän enempää ihmisiä, kuin asiassa jo oli. Hänellähän oli neljä nuorta ihmistä huoneessa, jotka voisivat osoittaa kiitollisuutensa uutta työnantajaansa kohtaan ja hoitaa homman. Miksi hän ei ollut sitä heti ajatellut?

Impulsiivisuus oli huono piirre, asioita kannatti aina ajatella tarkasti ettei vain tekisi tyhmiä virheitä elämässään. Virheiden tekeminen oli noloa.

Hän käveli siis takaisin huoneeseen josta oli vain parisenkymmentä minuuttia aikaisemmin lähtenyt, ja sanoi huoneeseen päästyään:

"Hei kuulkaas, ilmaantui heti sellainen työtehtävä, johon teitä tarvitsisin. Tai, tavallaan tämä on sellainen esitehtävä, jonka suoritettua hyvin saatte korotetumpaa palkkaa kuin mistä aiemmin puhuin."

Nelikko vaihtoi kaseita keskenään, Rory olikin pelännyt pahinta.

"Millainen se on?" Scout kysyi.

"Teidän pitää päästä eroon siitä henkilöstä joka tunnustaa murhan siinä videolla, jonka juuri katsoimme."

"Päästä eroon", Roryn äänessä oli epäröintiä.

"Niin, kyllähän te elokuvia katsotte."

"Haluat siis, että me tapamme hänet? Miksi hänestä sinulle niin tärkeä tuli?"

"Teette nyt vain mitä minä käsken!" Wade kimpaantui toden teolla.

"Me emme todellakaan tapa ketään! Mikään työpaikka ei ole sen arvoinen!", Rory huusi vihastuneena.

"Mutta henkikultanne varmaan on?", Wade sähisi takaisin hampaittensa välistä.

"Huoneen nurkissa on aukot, joista saan levitettyä tähän huoneeseen hermokaasua. Kuolemanne tulee olemaan hidas;

kouristelette, kuolaatte, paskannatte ja kusette housuunne ja vasta sitten kuolette!"

"Olet sairas!"

"Minä tiedän mitä haluan, ja aion saada sen."

"Mistä sinä olet muka hermokaasua saanut?", Scout kysyi epäillen.

"En pelleilisi tällaisella asialla", Wade vastasi.

"En usko sinua", Scout sanoi ilmekään värähtämättä ja jatkoi:

"Miksi et sitten saman tien vaan tapa meitä, me emme nimittäin aio tappaa ketään sinun ja joidenkin sinun sairaiden haaveittesi vuoksi. Tapa hänet itse!"

Wade poistui huoneesta vihaisena, lukitsi heidät huoneeseen ja meni ohjaushuoneeseen jossa hän katseli näytöltä sitä huonetta jossa nelikko oli. Kameroita oli oltava kaikkialla.

Nelikko kävi kiivasta keskustelua keskenään;

"Oletko hullu! Nyt hän tappaa meidät!"

"Ei varmasti tapa, tuo mies on juuri niin uskottava ja rehellinen kuin myyntityypit yleensä ovat!"

Wade painoi nappia ohjauspaneelista ja huoneen nurkista alkoi levitä sisään kaasua. Nelikko joutui paniikkiin siitä huolimatta että huoneen korkeus oli ainakin kuusi metriä. Pian he huusivat liki yhteen ääneen:

*"Me teemme sen, hyvä on, sinä voitit, me teemme sen!!"*

Ai *mistä* minä olen hermokaasua saanut, Wade ajatteli pilkallisesti. Rahalla sai mitä vain, ja kun sitä oli tarpeeksi niin toden totta, mahdollisuudet vain kasvoivat. Toinen napin painallus, niin ilmaan levinnyt kaasu saatiin haihtumaan.

Wade oli käyttänyt tätä samaa hermokaasua kun hän oli aikoinaan vaivuttanut ikiuneen Parkerin avustuksella -siksi ettei itse tarvinnut koskea kehenkään-, tehtaan työntekijät, jotka oli kutsuttu pikaiseen neuvotteluun aina muutama henkilö kerrallaan. Työntekijäparat olivat tosin olleet siinä uskossa, että asia koskisi jotain heille edullista asiaa. Moni heistä oli oikein hyvin pukeutunut tilaisuuteen tajuamatta että sellainen oli ollut vain rahan tuhlausta, ja ne jotka katosivat, heistä sanottiin että olivat saaneet ylennyksen ja muuttaneet toiseen maahan.

Ja sillä tavoin, yli kaksikymmentä vuotta sitten, hän oli laittanut alulle koko Euroopan köyhdyttämisen. Tehdas oli pikkuhiljaa kuollut, sillä uusia työntekijöitä ei palkattu kadonneiden tilalle, ja siitä Wade oli pitänyt huolen, olihan hän silloinen toimitusjohtaja. Vanhan tehtaan päälle oli rakennutettu tämä uusi laitos kymmenien vuosien jälkeen, sillä turvallisuusteknologia oli tullut aina vain tärkeämmäksi ja tärkeämmäksi asiaksi maailmassa ja sekös sopi täydellisesti Waden suunnitelmaan.

Muutaman tunnin kuluttua nämä onnettomat neljä nuorta aikuista istuivat jo lentokoneessa, jokaisella takaraivossa uhkavaatimus siitä, että henki lähtisi jos tehtävää ei suoritettaisi. Wade oli sanonut tarkkailevansa heitä jatkuvasti, eikä kukaan heistä epäillyt Waden sanomisia hetkeäkään.

Huolimatta kaikesta tästä, Rory oli pystynyt nauttimaan lentokoneen noususta, sillä hän rakasti sitä tunnetta, kun lentokone lähti lentoon; kiihdytysvaihetta ja nousuun lähtöä. Odottaminen ja se kaikki hässäkkä turvatarkastusjonossa oli ärsyttävää, vaikka mukana olikin pelkkä käsimatkatavara. Ikkunan vieressä oli mukavan rauhallista, Blake, Scout ja Skyler istuivat jossain muualla koneessa, he eivät olleet varanneet istumapaikkoja joten istuivat kuka missäkin.

Rory ei tiennyt miten suhtautua tähän asiaan. Asia oli kuvottava, eikä hän olisi halunnut olla kenenkään tappamisessa mukana. Hän ei myöskään halunnut kuolla vielä ja uskoi Waden todella toteuttavan uhkauksensa jos he jättäisivät tehtävän toteuttamatta.

*Olisi pitänyt kuunnella Morgania, uskoa hänen epäilystään, suhtautua hieman ennakkoluuloisemmin,* hän ajatteli noin tuhannennen kerran lyhyen ajan sisällä.

Ehkä pitäisi jatkossa olla epäluuloisempi ja tutkia taustoja enemmän. Waden elämä vaikutti olleen ihan normaalilla perhedraamalla höystetty, joten ei heistä kenellekään ollut tullut mieleenkään, että hän olisi valmis tappamaan saadakseen niin sanotun unelmansa toteutettua, ja raukkamaisesti kaiken lisäksi välikäsien kautta.

Roryn vieressä istuva henkilö kysyi, saisiko hän ottaa Roryn yli kuvan ikkunasta avautuvasta näkymästä. Näky oli hieno; laskeva aurinko osui lentokoneen siipeen ja pilvet olivat patjana heidän alapuolellaan.

"Tottakai saat ottaa kuvan."

"Olen Jamie", pyynnön esittänyt sanoi ja ojensi kätensä tervehtiäkseen.

"Olen Rory."

"Onko kaikki hyvin, näytät hyvin huolestuneelta", Jamie kysyi ja jatkoi pahoitellen:

"Anteeksi, ei taida olla minun asiani tietää."

"Ei se mitään, olet ihan oikeassa, minulla on nyt paljon mietittävää."

"Uskon, että saat asiat selvitettyä, mitä ne ikinä ovatkin", Jamie sanoi lohduttaen.

"Kiitos, Jamie."

Rory katseli lentokoneen ikkunasta ulos ja tunsi ainoastaan pettymystä. Hän ei ollut huutanut muiden joukossa suostuvansa Waden vaatimuksiin. Hän mietti miettimästä päästyään kuinka pääsisi livahtamaan tästä, mutta se ei varmaankaan ollut mahdollista. Hän toivoi enemmän kuin mitään, että kohde olisi poissa kotoa eivätkä he voisi tappaa häntä. Se olisi parempaa kuin lottovoitto.

*Miksi hän ei ollut kuunnellut Morgania? Miksi Morgan oli aina oikeassa ihmisiin liittyvissä asioissa?*

Oliko Morgan heistä viidestä se, jolle oli kehittynyt normaali itsesuojeluvaisto ja he muut painoivat maailmalla kuin päättömät kanat uskoen kaikkia ja kaikkea, uskoen että ihmiset halusivat toisilleen vain hyvää. Kyllä Rory halusi niin uskoa, sillä se teki elämästä siedettävämpää. Tuntui mukavammalta uskoa siihen, että useimmat olisivat yhteisen hyvän kannalla.

Rory tajusi myös ihailla maisemia joista hän haltioitui aina, kun näki maailman niin korkealta. Se pelotti ja ihastutti samanaikaisesti. Oli upeaa seilata pilvilauttojen päällä ja hän muisteli lentoa, jolloin hän oli lentokoneen ikkunasta nähnyt kuun ja se oli tuntunut olevan aivan lähellä. Oli tuntunut kovin epätodelliselta nähdä kuu kuin vierustoverinsa.

Jamie puhui jossain kaukaisuudessa olevassa tilassa.

"Anteeksi, sanoitko jotain?", Rory pahoitteli kun tajusi puheen tulevan vierestään.

"Kyllä, kysyin vain kuinka elämäsi viimeiset kymmenen minuuttia ovat kohdelleet sinua?" Jamien hymy tuntui valaisevan koko matkustamon.

"Kiitos kysymästä, mielenkiintoisesti", Rory vastasi ja kertoi mitä oli juuri ajatellut.

"Ai oikein kuu vierustoverina!" Jamie naurahti ja jatkoi:

"Se kuulostaa hauskalta näyltä."

Jamie katsoi Rorya hetken verran ja sanoi sitten:

"Kuule, tuo kysymykseni, kuinka elämä on kohdellut sinua viimeiset kymmenen minuuttia. Kannattaa kysyä sitä itseltään aina välillä. Ei niin, että kuinka elämä on kohdellut sinua, vaan vain viimeiset kymmenen minuuttia.Varsinkin jos on juuri kokenut jotain rankkaa. Koko elämänjanan pohtiminen ei kannata kaikkein herkimmillään ollessa."

Roryn ilme sai Jamien jatkamaan;

"Silloin olet myös läsnä elämässäsi, tässä hetkessä. Olet paremmin ohjaksissa elämääsi."

"Oletko jonkinlainen elämäntapa-valmentaja?"

"En ole", Jamie naurahti, "olen vain kokenut kaikenlaista."

Rory nyökkäsi ymmärtäväisesti.

"Okei, no entäs sinun elämäsi viimeiset kymmenen minuuttia. Kuinka ne ovat kohdelleet sinua?"

"Hyvin, olen tavannut mielenkiintoista juttuseuraa matkallani sukuloimaan."

*Minähän se olenkin todella mielenkiintoinen, orpo piru matkalla tappamaan täysin tuntemattoman ihmisen, tuntemattoman ihmisen käskystä,* Rory ajatteli tuskastuneena mutta onnistui pitämään kasvoillaan hymyn tapaisen, joka ei paljastanut liikaa sitä tuskaa jota koki tämänhetkisestä tilanteestaan.

Lento laskeutui lähes ajallaan. Kun he saivat irrottaa turvavyönsä Jamie rohkaistui kysymään Roryltä:

"Lähtisitkö kanssani joskus ulos?"

Rory oli iloinen kysymyksestä ja olisi halunnut vastata kyllä tuolle ihmiselle joka oli selvästi empaattinen. Mutta hän joutui vastaamaan:

"En voi. Elämäni seuraavat kymmenminuuttiset hyvin pitkällä aikajanalla tulevat olemaan hyvin ikäviä, enkä halua niiden kymmenminuuttisten sotkea omiasi. Tulin tekemään tänne vain nopean työkeikan."

"Näinkö on todella?" Jamie kysyi kummissaan.

"Todella."

"Soita minulle sitten, kun kymmenminuuttisesi ovat ikäviä vähän lyhyemmällä aikajanalla. Ok?" Jamie ojensi korttinsa.

Rory hämmästyi, puki farkkutakkinsa ylleen ja kiristi vaaleaa, kiharaa nutturaansa päänsä päällä. Jamie odotti.

"Hyvä on sitten." Rory lopulta sanoi ja otti kortin.

Rory, Scout, Blake ja Skyler astuivat koneesta. Rory mietti missähän Morgan nyt oli. Varmaankin kotona, treenin jälkeen suihkussa tai mahdollisesti jossain Troyn kanssa kun vihdoin tämän löytäisi, ellei ollut jo löytänyt. Hän oli kateellinen tajutessaan kuinka ihanalta oma aiempi, ihan tavallinen elämä tuntuisi juuri nyt ja hän kaipasi sitä!

Nelikko käveli määrätietoisesti kohti autonvuokrauspaikkaa, heillä oli kiire sillä tarkoitus oli lentää ensimmäisellä aamukoneella takaisin. Wade oli antanut osoitteen, eikä kukaan heistä halunnutkaan tietää kuinka Wade oli sen saanut selville. Heidän piti vuokrata jokin tietty auto. Aikaa toteuttaa suunnitelma ei juurikaan ollut, sillä kello oli jo yli puolenyön.

He saivat käsiinsä juuri sen auton minkä pitikin, ja Rory oli laittamassa osoitetta vuokra-auton navigointilaitteeseen, kunnes Blake ehti sen estää.

”Ei, älä tee sitä! Mitään jälkiä siitä missä olemme olleet, ei saa jäädä yhtään mihinkään! Tässä on kartta jonka Wade antoi.”

”Tiedän että hän antoi tuon mutta tuo on niin….tyhmää.”

”Me emme voi jättää mitään jälkiä, kai sinä nyt sen ymmärrät!”, Blake sanoi vihaisesti.

”Hyvä on, näytä sitä karttaa”, Rory mumisi.

Pian he ajoivat hiljaisuuden ja pimeyden vallitessa. Yksikään heistä ei olisi halunnut olla tällaisessa tilanteessa.

”En pidä tästä”, Scout sanoi. Hän piti käsiään puuskassa, ja oli vetänyt lippiksen paksujen hiustensa suojaksi. Huppari näytti siltä kuin se olisi ollut muutamankin räppärin kiertopalkintona.

”Ei kukaan meistä pidä”, Blake vastasi.

”Mutta ei meistä kukaan myöskään halua kuolla.”

”Missähän Morgan on?”, Skyler kysyi ja nosti silmälasejaan. Skylerillä oli komeat piirteet, joita silmälasit vain korostivat. Varsinkin poskipäitä.

”Jossain jatkamassa ihanaa ja huoletonta elämäänsä”, Rory vastasi.

”Minulla on häntä ikävä”, Blake myönsi.

”Niin on minullakin”, loput sanoivat liki yhteen ääneen.

”Mitä jos ajettaisiin kodin kautta”, Skyler ehdotti.

”Mennään sitten kun...sitten kun…”, Rory aloitti, mutta ei voinut edes sanoa ääneen asiaansa.

”Hyvä idea, saadaan sen jälkeen muuta ajateltavaa.”

He olivat perillä ja jättivät auton vain pienen matkan päähän Kamrynin talosta. Autossa oli välineet valmiina, joita he tulisivat tarvitsemaan. Aseet, tiirikka, läppäri ja taskulamppuja.

Yksi heistä jäisi autoon vahdiksi ja he arpoivat kuka se olisi.

Arpaonni osui Blakeen ja hän riemuitsi mielessään.

”Tsemppiä”, hän sai vaivoin sanottua sillä hänestä tuntui toisten puolesta oksettavan kamalalta.

Muut kolme lähtivät pimeän suojin kohti Kamrynin suojaisaa kotipihaa. He kiersivät talon, Rory yhdisti läppärin talon hälytysjärjestelmään, katkaisi yhteyden ja tiirikoi sen jälkeen heidät sisään taloon, jonne he astuivat hiipien. Kaikkien kolmen sydämet takoivat hurjasti.

Talossa oli pimeää ja hiirenhiljaista. Skyler meni edellä, kun hän yhtäkkiä liukastui johonkin ja oli vähällä kaatua.

”Perhana! Varokaa”, Skyler kuiskasi lujaa.

”Hys!”, Rory hyssytti.

”Mitä helvettiä se on?”

Skyler osoitti lattiaan taskulampullaan.

”Verta! Se on jumalauta verta!”

”Nyt painutaan helvettiin täältä!”

”Emme me voi! Meidän piti ottaa kuva Wadelle.”

”No ota tuosta verilammikosta sitten!”

"Menen kiertämään huoneet", Rory sanoi ja jätti kaksikon kinastelemaan keskenään.

Rory hiipi hiljaa talossa, sillä jos verijäljet aiheuttanut olisikin vielä talossa, niin he olisivat vaarassa. Huone kerrallaan ja kaappien ovet yksitellen avaten, hän kävi läpi koko talon. Kylpyhuoneessa hän avasi peilikaapin ovet ja huomasi sen olevan aivan täynnä lääkepurkkeja. Yksi kiinnitti hänen huomionsa. Se oli taaimmainen pitkä purkki, jossa oli sisällä jotain pitkulaista. Rory otti purkin hyllyltä ja avasi sen. Siellä oli lappu johon oli kirjoitettu:

*Olen pahoillani aiheuttamastani surusta Atkinsonin perheelle. En nähnyt silloin sinä synkkänä aikana vaihtoehtoja, näin ratkaisuna ainoastaan minua väärin kohdelleiden tappamisen. Poistun oman käden kautta, sillä tekoni on vainonnut minua siitä saakka, enkä kestä sitä enää enempää.*

*–Kamryn*

Melko omintakeista ja hullua symboliikkaa jättää itsemurhaviesti pilleripurkkiin. Kuin murhaajalla! Mutta murhaajahan Kamryn olikin. Rory oli toivonut hänen olevan poissa, mutta ei ollut osannut ajatellakaan, että toive toteutuisi näin perinpohjaisesti.

"Näemmä asia on todella vaivannut sinua", Rory sanoi katsellen pilleripurkkeja, joita oli ties mihin vaivaan:

ahdistukseen, unettomuuteen, kutinaan, levottomuuteen, tärinään ja vapinaan, itsetuhoisuuteen, aggressiivisuuteen, ihottumaan, rytmihäiriöihin, vatsavaivoihin, päänsärkyyn…

Rory piilotti purkin taskuunsa eikä aikonut kertoa kenellekään siitä.

"Ei täällä ole mitään eikä ketään, lähdetään pois täältä", Rory sanoi palatessaan Skylerin ja Scoutin luo.

"Mennään nyt käymään siellä kotipihalla ennen kuin päästään hetkeksi nukkumaan."

He ajoivat kotitalonsa pihalle ja he katsoivat ikkunoita jotka olivat pimeinä.

"Morgan on jo varmaan nukkumassa", Skyler sanoi.

"Haluan käydä sisällä", Rory sanoi yhtäkkiä.

"Et saa! Jos Wade saa tietää niin…"

"Niin mitä? Ojentaa pitkän kouransa ja kuristaa minut? Käyn ihan nopeasti vain -viisi minuuttia?"

"Hyvä on. Morgan ei saa nähdä sinua."

Rory avasi kotinsa oven ja ilahtui kodin tutusta tuoksusta astuessaan sisään. Hän hiipi hiljaa huoneeseensa, ja tajusi hyvin pian, että Morgan ei ollut kotona.

Rory piilotti purkin kenkälaatikkoon juhlakenkiensä sisään vaatekaappiin ja kirjoitti äkkiä Morganille viestin.

*Tiedän, että Kamryn on tunnustanut murhan, video oli päätynyt Skylerin matkalaukkuun ja nyt tunnustus on Waden hallussa. Toivottavasti sinulla on kopio.*
*-Rory*

Hän jätti viestin eteiseen lipaston päälle, josta Morgan näkisi sen varmasti. Rory kiiruhti takaisin autolle ja mietti olisiko sittenkin pitänyt kertoa Kamrynin viestistä kenkälaatikossa. Ei. Jos Waden kätyreitä olisi tarkastamassa heidän jälkiään ja he löytäisivät lapun, kaikki olisi piloilla. Waden oli luultava, että he tappoivat Kamrynin.

"Oliko Morgan kotona?"

"Ei ollut."

"Mitä sinä kotoa hait?"

"Luettavaa vain lennolle, tiedelehden", Rory sanoi ja oti povarista uusimman lehden.

"Noitahan saa asemalta."

"Nimenomaan.

Morgan saapui baarista kotiin melkein ihmisten aikoihin, sillä hänen pitäisi olla selvinpäin seuraavana päivänä iltapäivällä alkavassa työhaastattelussa. Oli hyvä,että hän oli jo aiemmin käynyt viemässä  murhatunnustuksen poliisiasemalle, ennen työhaastattelua, sillä se voisi muutoin alitajuntaisesti häiritä keskittymistä. Krapulakin saattaisi häiritä, mutta hänen oli ollut pakko juhlistaa viimeaikaisia onnekkaita tapahtumia. Hän oli saanut baarista  mukaansa viehättävän ihmisen, jonka kanssa toivottavasti tapahtuisi jotain fyysistä. Hän heitti takkinsa eteisen lipaston päälle ja huikkasi baarista löytämäänsä ihmistä tekemään olonsa kotoisaksi sillä aikaa kun hän kävisi kylpyhuoneessa.

Lappu eteisen lipastolta liusui takin vuoksi, se tipahti lipaston ja seinän väliin lattialle.

Rättiväsyneet nuoret aikuiset jäivät taksin kyydistä pois ja
kävelivät pienen matkaa Waden  talolle.

” Miksi emme vain häipyneet, jääneet kotiin? ”

”Siksi koska ruumiimme sulatettaisiin hapolla täytetyllä tynnyrillä
jos emme olisi palanneet takaisin, pahimmassa tapauksessa niin
tehtäisiin meille kun olisimme vielä elossa,” Blake muistutti.

”Meidän täytyisi saada Wade uskomaan että me tapoimme
Kamrynin, mutta meillä on vain yksi kuva veriläntistä.”

”Sanotaan että niin irvokasta kuvaa, kuin kuva ruumiista, emme
vain kyenneet ottamaan.”

” Kukahan sen tyypin tappoi ja miksi?” Skyler oli ihmeissään.

”Meidän pitää nyt keksiä tarina jossa pysymme,” Rory sanoi ja
jatkoi:

” Blake oli autolla, juuri niin kuin olikin, ja Skyler ja Scout
yllättivät Kamrynin jolloin minä viilsin veitsellä kurkun auki
takaapäin, koska tulin takaovesta, kun te kaksi olitte meneet
etuovesta ja Kamryn oli sopivasti selin minuun.”

”Hyvä on, kuulostaa oikealta. Yritetään nyt sitten näyttää siltä
kuin oltaisiin tapettu joku oikeasti ensimmäistä kertaa,” Scout
sanoi ja he jatkoivat matkaansa.

Heille avattiin ovet, ja oven avaaja esitteli itsensä Parkeriksi.
Parker oli vanhempi henkilö, jossa oli Roryn mielestä kovasti
jotain tuttua. Silmät…poskipäät…huulien muoto ja jykevä leuka.
Luomi niskassa, jonka alla oli kuunsirpin muotoinen arpi!
Aika hidastui, veri kohisi korvissa…Rory halusi kätellä ja kiittää
siitä että Parker oli vastassa. Hän ojensi kätensä ja sitten hän vain
tiesi, että Parker oli hänen…vai oliko sittenkään?

Parker katsoi Rorya, kaikkien näiden vuosien jälkeen hän olisi ehdottomasti halunnut halata omaa lastaan. Tottakai hän oman lapsensa tunnisti! Miten upea hänestä olikaan tullut! Mutta miksi, voi miksi hän oli sekaantunut Wadeen? Mitä tekemistä näillä nuorilla oli sen sosiopaatin kanssa?

Parker oli oppinut kuitenkin pitämään tunteensa kurissa.

Rory katsoi häneen kuin tunnistaisi hänet, mutta he eivät voineet kaikkien kuullen sitä alkaa selvittää.

Roryn ja hänen itsensä turvallisuuden vuoksi, hän ei voisi koskaan sanoakaan olevansa hänen vanhempansa.

Parkerin tehtävänä oli näyttää missä heidän huoneensa sijaitsi, ja jättää heidät lukkojen taa kuin koirat joista ei huolehdittu. He kävelivät lähes peräkanaa suuren hallimaisen talon päätyyn josta nousi kiviportaat toiseen kerrokseen. Rakennus oli kolkko ja komea ja siinä oli suuret ikkunat, lattiasta kattoon saakka. Kun Parker jätti nuoret huoneeseen, hän toivotti hyvää yötä vaikka oli jo aamu, sillä he tuskin olivat koneessa nukkuneet. Oven liukuessa kiinni hän katsoi Roryyn ja Rory häneen niin kauan, kunnes ovi sulkeutui kokonaan.

Parker joutui taistelemaan sen eteen että sai pidettyä itsensä kasassa, hän meni aulan wc-tilan koppiin ja romahti siellä. Mitä ikinä hänen lapsensa joutuisi tai oli jo joutunut tekemään Waden puolesta, hän ei selviäisi siitä vammoitta.

Parker oli itse joutunut kuljettamaan ruumiita säkeissä ja heittämään niitä happoaltaisiin. Sitä muistellessaan hän oksensi. Mutta se oli silloin ollut ainoa tapa selvitä hengissä, nyt hän ajatteli että niiden muistojen kanssa eläminen oli niin tuskallista, ettei hän tiennyt oliko se elämisen arvoista.

Joissain niistä säkeistä oli ollut myös hänen aviopuolisonsa.

Kun Parker oli saanut itsensä siistittyä ja suunnilleen henkisesti kasaan, hän meni keittämään kahvia Wadelle. Wade oli ollut hyväntuulinen lukiessaan lehteä.

"Katsoppas, reippaat nuoret pääsivät jo tämän aamun ostikoihin."

"Arvostettu asianajaja Kamryn Melvin on löydetty kuolleena kotoaan. Kamryn valmistui lakimieheksi yliopistossamme ja aloitti uransa kaupungintalolla jossa hän tuolloin uudisti, nuoresta iästään huolimatta, verkostoa toimivammaksi. Hän sai suoritettua asianajajan kokeen ennen kuin muutti aviopuolisonsa traagisen murhan jälkeen toiseen maahan jossa hän tiettävästi eli loppuaikansa yksin. Kamrynin uskotaan tehneen itsemurhan ja useat lähteet epäilevät että hänen kumppaninsa kuolema on vaik..."

Enempää Wade ei jaksanut lukea. Riitti että Kamryn oli kuollut, se sai hänet hyvälle tuulelle. Aina parempi jos sitä luultiin itsemurhaksi. Nyt oli aika aloittaa oikeat työt.

Parker toivoi että itsemurha oli totta. Roryn puolesta.

Wade sai puhelun.

"Joko ne pennut on saaneet aikaiseksi sen mitä olet luvannut koko tämän ajan?" Raivostuttavan vaativa ääni kysyi, se oli ääni jolle Wade ei voinut sanoa ei, ei voinut sanoa vastaan. Hän jähmettyi henkisesti ja meni täysin puolustuskyvyttömäksi. Wade tiesi mitä tuon äänen kantaja teki omin käsin saadakseen mitä tahtoi. Hän oli ollut sellaisessa mukana, vaikkakaan ei toteuttanut mitään, vain suunnitteli, ja lopulta näki myös suunnittelunsa jäljet. Se oli ollut kamalinta mitä hän oli milloinkaan todistanut. Kymmeniä ruumiita oli lojunut pitkin hallia, joista osa oli palasina ja joita täysin tunteettomin silmin ja kasvoin jotkut vain laittoivat tynnyriin sulamaan.

Wade ei halunnut sulaa tynnyrissä viimeisinä hetkinään, joten syystäkin hänen olemuksensa ylivirittyi tämän äänen kuullessaan. Se ääni, mikä kuului juuri nyt puhelimen toisesta päästä, edusti kaikkea maailman pahaa.

"He parantavat taitojaan jatkuvasti. Olen saanut avukseni melkoisen joukon."

"Kyllähän sinä tiedät, että kun he ovat tehneet sen, on heistä kaikista päästävä eroon. Jälkeäkään ei pidä jäädä siitä, mitä on tapahtunut! Yhtään loista ei jätetä rahojani tuhlaamaan!"

Wade nieleskeli, sillä hän ei halunnut olla tekemisissä sen kanssa että joutuisi mitenkään koskemaan ihmisiin, ei rakkaudella eikä pahuudella.

"Minulla on suunnitelma", Wade sanoi ja tiesi ettei se riittäisi puhelimen toisessa päässä olevalle.

"Suunnitelma ja suunnitelma! Olet ollut aina tuollainen suunnittelija. Saamaton suunnittelija! Ihme ettet pyydä jotakuta toista suunnittelemaan elämäsikin puolestasi! Kerro nyt minulle mitä ne äpärät ovat saaneet aikaiseksi!"

Wade tärisi sisimmässään kun vastasi:

"He ovat tekemässä piirilevyä, josta tarvitsemme uskomattoman
määrän kopioita, ja uskomattoman määrän työntekijöitä lisää
ympäri Eurooppaa, jos aiomme todella toteuttaa tämän."
"Miten niin JOS! Me toteutamme tämän, sinulla on oma pieni
laitoksesi sitä varten ja osaajat siihen. Kai muistat mitä kaikkea
olemme tehneet sen eteen, että saat sen oman laitoksesi. Jos se asia
tulisi koskaan kenenkään tietoon…"
"Miksi ette vain suunnitelleet jotain virusta?" vaativa ääni sen kun
jatkoi kyselyään.

Wade vastasi, että virus oli yhtä mielenkiintoinen kuin moderni
ja epämukava tuoli. Se oli sitä paitsi oletetuin turvallisuusuhka.
Kukaan ei kiinnittänyt enää huomiota ihmisiin jotka
konkreettisesti tekivät jotain, koska kaikkien elämä oli
onnettomasti verkossa. Myös ajatukset ja uhat. Fyysisesti ihmisen
kohtaaminen oli monelle nykyään kauhistus, ja jos ei tarvinnut
suoraan kysyä keneltäkään *mitä hittoa touhuat*, niin sen jätti
ennemmin kysymättä.
"Ihan vakavasti, mikä on seuraava askel", kysyi Wadea
tunnekoukussa pitävä henkilö.
"Olen ollut yhteydessä alueen pankkeihin, ja olen antanut heille
tarjouksen huoltopalveluista joihin kuuluu myös IT-palvelut
serverihuoneen valvomoon liittyen. Tulevat asentajat lisäävät
parin kuukauden aikana Euroopan joka ikisen pankin
serverihuoneen päätietokoneeseen piirilevyn, joka on ohjelmoitu
reagoimaan kaikkiin tilitapahtumiin meille edullisella tavalla."
"Nerokasta. Oletko saanut yhtään hyväksyttyä tarjousta?"
"Olen saanut siltä joka on suurin. Pienemmät vielä miettivät."
"Seitsemänkymmentä prosenttia tämän maan asiakkaista on
suurimman pankin asiakaskunta. Kyllä silläkin saa pienen metelin
aikaiseksi."
He nauroivat asialle yhteen ääneen ja Wade tunsi hämmentävää
mielihyvää.

Rory suunnitteli  piirikaaviokuvaa piirilevyyn CAD-ohjelmalla. Oli tärkeää, ettei tehnyt vedoissa yli 90 asteen kulmia, vetojen paksuus sai olla vain 0,3 millimetriä sillä virtapiirin vaihtovirran aiheuttama vastus piti ottaa huomioon. Heidän oli tarkoitus tehdä jo valmiiseen tietokoneeseen ja sen piirilevyyn liitettävä kortti, jolloin pankkien toimintaan ei tulisi katkoksia.

Wade oli todella ottanut huomioon kaiken suunnittelussaan, ja piirilevyn syövyttämistä varten hänen omituisessa kodiksi kutsumassaan laboratorion ja teollisuushallin näköisessä talossaan oli vetokaappejakin sekä asiaan tarvittavia liuoksia, muun muassa ferrikloridia, jota oli omissa purkeissaan. Kaikissa purkeissa oli aiheellisesti joko syövyttäyydestä tai haitallisuudesta kertova varoitustarra. Paikka näytti enemmän oikealta työpaikalta kuin kodilta.

Kaappikin oli olemassa siksi, että ensimmäinen levy oli testi, jonka jälkeen he pystyisivät tekemään niitä sarjoissa. Melkein kaikki tuntui olevan valmista jyrsintäkonetta myöden ja se hämmästytti nelikkoa aivan valtavasti. Kaikki tämä vaiva vain siksi, että ihmiset päätyisivät köyhinä polvilleen.

Roryn suunnitellessa levyä, muut opettelivat miten tekisivät tämän kaiken sarjoissa. Wade päästäisi heidät ulos, jos heillä olisi siihen liittyen valmis suunnitelma.

Jos tämä koelevy toimi kuten sen piti, niin he alkaisivat valmistaa niitä.

Rorya oli siitä saakka, kun he olivat tulleet Waden taloon, häirinnyt myöskin se, miten tutulta Wade näytti. Hänelle tuli nopeita välähdyksiä lapsuudesta, välähdykset olivat heidän kotipihaltaan ja siellä oli juurikin tämä Waden näköinen henkilö ja hänen molemmat vanhemmat. Hän muisti sen siksi, että se tuntematon heidän pihallaan kesäisenä alkuiltana auringon laskiessa naapurin talon taa, katsoi häntä, polkuautolla polkevaa niin, että Rory oli silloin tuntenut…ehkä…inhoa tai kammoa? Jotain ikävää kuitenkin koska hän muisti sen.

Rory ei ollut sanonut mitään muille, koska asia oli saanut hänet itsensäkin jo ajattelemaan sitä, että oliko Wade hänen vanhempiensa katoamisen takana? Voisiko se olla mahdollista? Toinen heistä oli ainakin nyt täällä, Parker oli taatusti juuri se jota hän ajatteli! Mutta miksi häntä kutsuttiin Parkeriksi eikä oikealla nimellään?

Se, kuinka hän pystyisi asioita selvittämään…piti olla huolellinen sanoissaan ja teoissaan. Ettei vain paljastaisi omia muistojaan, vaikkakin hyvin, hyvin hataria.

Viimein pitkien päivien päätteeksi, nelikko oli valmis esittämään Wadelle suunnitelmansa.

Wade istui olohuoneeksi kutsumassaan huoneessa ja oli asettautunut niin, että hänen taskussaan oleva laite sai kuvattua kaiken ympäri Eurooppaa ennalta sovittuihin paikkoihin.

"No niin nuorukaiset. Avatkaa minulle nyt tämä asia, kuinka saamme tämän ideamme käytäntöön jotta köyhät ja laiskat saavat rangaistuksensa."

Skyler aloitti:

"Rory on suunnitellut jo valmiina oleviin emolevyihin liitettävät ohjelmoidut kortit. Piirilevyjen…eli tarkoitan siis juurikin näiden pienien korttien porausta varten onkin jo olemassa oma koneensa, johon levyaihio päätyy sitten kun se on saanut kuparikerroksen. Näytän tämän PowerPoint-esityksenä, niin ymmärrätte varmasti sitten paremmin."

Skyler liitti läppärinsä kiinni laitteeseen, joten kaikki näkisivät
presentaation isolta seinältä. Skyler alkoi selittää sivu kerrallaan;

"Porauksen jälkeen aihio laitetaan kemialliseen kuparointiin,
tällöin reikien sisäpintaan saadaan kuparikerros ja kuparihan
johtaa sähköä. Kuparipinta harjataan puhdistuskaralaikalla, eli
tarvitsemme vielä monitoimihiomakoneen siis. Harjauksen jälkeen
pintaan laminoidaan valoherkkä resistikerros."

"Onko teillä lista tarvittavista muista välineistä?" Wade kysyi
välillä.

"On toki."

"Hyvä on, jatka vain Skyler, tämä kuulostaa upealta."

"CAM-työstöllä puolestaan Roryn suuunnittelemat CAD-mallin
tiedot siirretään CAM-työstökoneen…noh, niin kutsuttuun
karttaohjelmaan, ja näiden tietojen tulostus aihioihin saadaan
onnistumaan laserilla.

Rasteritekniikalla, eli siis ihan samalla väritekniikalla kuin
esimerkiksi mainostoimistoissa tai paidan painatuksessa, filmit
kohdistetaan aihion molemmilta puolita ja johdinkuvio valotetaan
molemmille puolille yhtä aikaa valotuspöydän avulla. Sitten aihio
kehitetään jolloin johtimet jää paljaaksi mutta muuta aluetta suojaa
resistikerros."

"Välikysymys", Wade huomautti ja jatkoi:

"Mistä tiesit että valmiina oleviin emolevyihin riittää siihen
liitettävä meidän tarpeisiin ohjelmoitu kortti?" Wade kysyi
osoittaen kysymyksensä Rorylle.

"Muistatko kun kerroit että saimme huoltosopimuksen siihen
suurimpaan pankkiin ja päästit minut hakemaan samalla kaupasta
tarvikkeita illallista varten?"

Wade nyökytti.

"No, menin silloin ilta-aikaan juttelemaan pankin kiinteistöistä
vastaavan kanssa ja vähättelin osaamistani mitä tuli tietokoneisiin.
Sanoin, että osaan bootata koneen ja siinä se. Että vain osa meistä

osaa ne IT-touhut, mutta se en ole minä sillä olen vain huolto-
osastomme turvallisuudesta vastaava. Kysyin missä on
serverihuoneen valvomo sillä sinnehän osa meistä menisi
muutenkin. Hän antoi minulle osoitteen ja menin paikan päälle.

Kun pääsin paikalle, menin valvomoon esittäytymään, sanoin että
olen turvallisuusvastaava ja esitin korttini, jonka olen askarrellut
täällä iltojeni ratoksi.

Juttelin heidän kanssaan mukavia ja huomasin nopeasti, että he
olivat puutuneita töihinsä", Rory kertoi eläytyen tapahtuneeseen:


"Hei, jäisitkö hetkeksi tähän jos me haemme purtavaa ja kahvit?"
He kysyivät kuin taivaan lahjana.

"Totta kai", vastasin heille, "eikä mitään kiirettä", sanoin saaneeni
tunnin aikaa tehdä tämän turvallisuuskierroksen.

"Hienoa, saamme kerrankin pureutua siihen mitä syömme", toinen
valvomotyöntekijöistä sanoi mukamas hauskasti, ja nolosti nauroi
puujalkavitsilleen itse.

Wade nauroi ja Roryn sitä itse tietämättä, hänen kertomalleen
asialle nauroi Euroopassa hyvin moni muukin.


"Kun he olivat menneet, käytin toisen heistä korttia päästäkseni
räkkihuoneeseen. Se oli valtava ja luonnollisesti…TA-DAA!
Aivan täynnä räkkejä. Etsin päätietokonetta ja kaappi, johon
päätietokone oli sijoitettuna, olikin yllättäen lukittu. No, minä nyt
vain osaan tiirikoida lukon kuin lukon auki, ei se ole vaikeaa.
Tiirikointisetin saa netistä aika halvalla. Noin viidellätoista
eurolla", Rory tarkensi ja sai tietämättään pitkin Eurooppaa
hyväksyviä pään nyökytyksiä.

Wade kiemurteli tuolissaan ja ajatteli että hyvä kun nämä neljä
olivat huoneessaan koodin takana lukittuina.

"Siispä irrotin tietokoneen ruuvit ja katsoin koneen sisään,
mittasin työntömitalla minkä kokoinen piirilevy mahtuisi jo

olemassa olevaan levyyn. Laitoin ruuvit paikalleen ja poistuin takaisin valvomoon. Kelasin nauhureita ja poistin itseni videokuvista, laitoin kortin takaisin siihen missä se oli ollutkin ja istuin alas valvomotuoliin ja odotin että ne puupäät tulisivat takaisin."

Wade huomasi että Rorystä oli tullut jollain tavalla julmempi puheissaan. Tappaminen oli tehnyt Rorystä sellaisen.

"Jatka vain Skyler", Wade sanoi samalla sivusilmällä tutkaillen Rorya.

Skyler otti lappunsa ja jatkoi kohdasta jossa oli jännittyneenä pitänyt sormeaan koko ajan kun Rory oli puhunut:

"Johdinkuvio kasvatetaan powerpoint-esityksessäkin näkyvässä elektorilyysikuparilinjastossa sopivan vahvuiseksi, sellaista täällä ei vielä ole."

"Elektrolyysilinjasto olisi käyttäjäystävällinen, se on alipaineistettu ja kemikaalivapaa", Blake huomautti väliin.

"Johdinkuvio pinnoitetaan ohuella elektorlyysitinalla jonka on tarkoitus suojata johdinkuviota syövytyksen ajan. Resistin poiston jälkeen ohut pohjakupari syövytetään pois ammoniakkilinjastossa, jonka jälkeen poistetaan johtimien suojana ollut ohut tinakerros.

Tarvitsisimme vielä tarkastuskoneen, sillä levyt olisi hyvä tarkastaa sellaisella. Kone toimii niin, että siihen syötetään levyn kriittiset kohdat jonka jälkeen laite etsii katkoksia mittaamalla johtimet päästä päähän ja varmistaa ettei oikosulkuja tulisi, esimerkiksi jos johtimia onkin liian lähekkäin.

Juotteenestopinnoite laitetaan vasta tarkastuksen jälkeen ja sen jälkeen levy siirretään vielä infrapunakuivaukseen jonka jälkeen on saatava padit paljaiksi.

Ihan viimeiseksi paljaat kuparialueet pinnoitetaan, esimerkiksi kemiallisella hopealla, mutta muitakin vaihtoehtoja on.

Ohjelmoinnista Rory voi kertoa itse", Skyler lopetti oman esityksensä ja Rory tuli Skylerin tilalle.

"Olen ohjelmoinut PIC-piirin ja käyttänyt siinä MPLAB-ohjelmaa, sillä olen siihen kuuluvalla simulaattorilla voinut testata sitä, etsiä virheet ja korjata ne. Ohjelmoin piirin sellaiseksi, että syyskuun kahdeskymmenes päivä vuonna 2020, kaikki tilisiirrot, nostot ja sisäänkirjautumiset pankkitilille kytkevät päälle rahojen katoamisen tililtä. Ne katoavat sentti sentiltä sille tilille, jonka numeron sinä, Wade, olet minulle antanut. Katoaminen on aika hidasta mutta sitä ei pysty lopettamaan muulla tavoin, kuin menemällä Euroopassa jokaisen valitun pankin, jotka vain me tiedämme, serverihuoneiden valvomoihin ja ottamalla pienet kortit irti, jos niitä siellä edes havaitsee. Laskin töineen ja matkoineen, että yhdeltä henkilöltä siihen menisi yli kaksikymmentäviisituhatta tuntia, eli melkein kolme vuotta.

Eli vaikka minkä tahansa maan poliisit tai agentit pääsisivät jäljillemme, miljoonien saapuminen tilille on taattua, ja vaikka se saataisiinkin loppumaan, olisi se vienyt aikaa niin paljon, että me olemme kuitenkin lopulta rikkaita kuin kroisokset ja muut Euroopassa köyhiä."

Wade taputti ja muuallakin Euroopassa toimittiin samoin.

Rory jatkoi:

"Tätä on testattu niillä henkilöillä, joiden tiedot meillä jo olikin- oli äärimmäisen fiksua testata asiaa parempituloisilla ihmisillä, he eivät havainneet edes muutaman päivän vuotoa tilillään."

Wade oli hämmästynyt, hän oli hämmästynyt siitä, että tässä porukassa oli juuri niin fiksuja nuorukaisia kuin he olivat sanoneetkin olevansa.

"Mielestäni kannattaa tehdä joitain hämääviä kyberhyökkäyksiä, jotta viranomaisten fokus olisikin siinä, jokaisella minuutilla rikastumme huomattavasti", Rory vielä sanoi.

Wade taputti, vaikka Skyler olikin luntannut lapustaan useammankin kerran. Rory oli puhunut jotenkin maanisen innostuneesti. Rory oli alkanut todella ihastua rikolliseen puoleensa.

"Upeaa, nyt meidän vain täytyy alkaa tekemään lopullisia valmisteluita teollisuusalueella kodissani niin, että saamme tehtyä tarvittavat tuhannet ja taas tuhannet kortit, niin kuin oikeassa linjastossa tehtäisiin. Minun tavitsee vain tilata tarvittavat laitteet jotka vielä puuttuvat jotta työ sujuisi nopeasti, joten tarvitsen teiltä listan.

Minun pitää nyt lähteä tapaamiseen jossa vierähtää muutamakin tovi. Olen todella ylpeä teistä!"

Wade kehui nelikkoa kaikkien hämmästykseksi ja lähti.

"Olit oikeassa niistä sinun pennuistasi. Hehän osaavat tehdä vaikka mitä ja ajatella ihan itse! Se Power-point esitys oli hieman tönkkö, mutta saimme ainakin tietoomme, että emme tapa heitä ihan turhan takia! Soitin parhaalle assistentilleni välittömästi kun esitys loppui ja hän on tulossa tänne, jotta voitte alkaa soitella ympäri maailmaa ja tilata tarvittavat laitteet, ja palkata asentajia ympäri Eurooppaa. Työttömiä on mielinmäärin. Työhuoneenne on tässä osoitteessa, en halua että kotiisi saapuu enempää vieraita", sanoi Waden pomo ojentaen avaimet jossa oli osoite lapulla kiinni ja jatkoi; "Ole hyvä Wade! Ei kun hommiin!"

Seuraavana aamuna Waden uudessa työhuoneessa oli hänen lisäkseen assistentti, jonka kanssa he kuumeisesti etsivät asentajia tekemään joko tietämättään tai tietäen, rikollisia töitä. Mutta niin hyvällä palkalla että sellaisesta oli vaikea kieltäytyä. Kokeneita ja asiantuntevia ihmisiä oli vaikea löytää, mutta pikkuhiljaa he saivat kanavat auki ja lopulta aloitettua myös työhaastattelut. Osa pääsi fyysisesti paikalle, osa haastateltiin Skypen välityksellä.

Wade teki viisitoistatuntisia päiviä, samoin assistentti, mutta se kannatti, sillä lähes kahden kuukauden puurtamisen jälkeen heillä oli palkattuna joukko asentajia ympäri Eurooppaa, joista jokainen saisi ensin puolet palkkiostaan ja loput kun tehtävä oli loppuun suoritettu.

Jokainen asentaja jäi odottamaan merkkiviestiä, jolloin olisi aika toimia. He olivat valmiudessa koko ajan, eivätkä siksi voineet matkustaa muihin maihin, ennen kuin oma tehtävä oli suoritettu.

Wade lähettäisi sopimusten mukaisesti asentajille kortit lentopostina, jokaisen asentajan tulisi asentaa noin 160 korttia, sillä kaikkiaan kortteja tulisi olemaan noin kahdeksantuhatta kappaletta ja asentajia viitisenkymmentä. Asentajilla olisi siis hieman työsarkaa, mutta kortit olivat etäohjauksessa, niitä ei aktivoitu asennusten aikana, joten työ saatiin tehtyä limittäin. Pakettien perille menoa helpotti jos asentajalla oli oma firma, jonka osoitteeseen kortit voitiin lähettää. Jos tulli avaisi postin, ei

korttien määrä herättäisi epäilyksiä kun ne menisivät yritykselle
eivätkä yksityishenkilölle.

Rory otti heti Waden suomasta vapaudesta kaiken irti ja lähti
kaupungin kaduille. Illan hämärtyessä kadut alkoivat viiletä ja
kaupungin hälinä muuttui erilaiseksi. Iltaisin kuului enemmän
skootterin tööttäyksiä, kaskaat olivat lähes täysin hiljentyneet,
siellä täällä sirisi joitain yksinäisiä, päivän aikana itseensä lämpöä
keränneitä kaskaita.

Rory käveli hakemaan itselleen juotavan läheisestä kuppilasta ja
suuntasi istumaan penkille meren ääreen. Ulapalla näkyi
kalastusveneitä ja kumiveneitä joista lapset hyppivät kiljuen
uimaan. Kunpa vielä itsekin…

” Tuo ei näytä ollenkaan hassummalta kymmenminuuttiselta”,
joku sanoi Roryn vieressä ja istahti penkille.

”Hei, vieläkö muistat minut?” Jamie kysyi. Rory olisi mieluusti
halunnut valehdella ja sanoa ei, mutta…

” Tietenkin muistan, olet Jamie.”

Jamie istutti maastonvihreän asusteensa ja ruskettuneen vartalonsa
Roryn viereen penkille ja avasi hiuksensa. Ne valuivat selkää
pitkin kuin vesiputous joka tuoksui taivaalliselta, ja Roryn valtasi
halu koskettaa niitä. Hän puristi farkkutakkia sylissään ja joi
riivattuna juomaansa jotta sai käsilleen muuta tekemistä.

” Luulin, että olisit jo lähtenyt täältä.”

” On vielä keskeneräisiä töitä.”

”Minä muutin tänne viisi vuotta sitten. Pidän tästä verkkaisesta
elämäntyylistä. Stressittömydestä. Kyllästyin aiemmassa elämässä
siihen ainaiseen kilpajuoksuun johon oli oikeasti pakotettu, eikä
muuta elämäntyyliä ollut mahdollista saavuttaa. En oikein
ymmärtänyt sitä ettei töitä voinut tehdä siksi että se oli mukavaa ja
kutsumus, sitä piti tehdä ikenet verellä ja kantapäät kopisten. Ja
mitä happamampi naama, sen parempi.”

” Mitä sinä täällä sitten teet työksesi, samaa kuin ennen?” Rory
kysyi.

” Kyllä, olen puheterapeutti ja joskus iltaisin ohjaan joogaa.”

”Aivan, nyt ymmärrän tuon *ikenet verillä*-metaforan. Siis
pitikö…?”

”Kyllä, ihmisten auttamisessakin on bonusjärjestelmä.”

”Sehän on oksettavaa.”

”Tiedätkö Rory, minä uskon siihen, että universumilla on keinonsa
näyttää ihmisille mikä on tärkeää ja mikä ei. Pelkään vain että
mitä kurjemmaksi me teemme sen ympäristön jossa elämme, niin
sitä kovempi on universumin keino.”

”En oikein tiedä uskonko itse tuollaiseen. Ajattelen…ajattelen niin
että ihminen saa itse valita kuinka elää.”

”Niin minäkin ajattelin, mutta…kyllä ihan jokaisessa työssä on
kyse osakkeen omistajien hymyn ylläpitämisestä.”

”En oikein tiedä siitäkään ovatko he kovin hymyilevä
ihmisryhmä.”

He kuitenkin hymyilivät toisilleen. Aurinko yritti kovasti pysyä
mukana tässä mukavan romanttisessa hetkessä, lämpöisessä.
Mutta niin se vain lakien mukaisesti alkoi hiipua kohti meren
taustaa.

”Mentäisiinkö myöhäiselle illalliselle?” Rory kysyi. Hänellä oli
nälkä ja oli vaihteeksi mukava keskustella jonkun muunkin kuin
Blaken, Scoutin tai Skylerin kanssa.

”Mielellään.”

”Käykö pitsa, vai onko sinulla jokin erityinen joogaajien
ruokavalio?”

”Pitsa on oikein hyvä ruoka sielulle.”

”Kärsineillekin?”

”Varsinkin niille.”

He valitsivat ravintolaksi paikan jossa tehtiin vain pitsaa ja pastaa.
Tuoksu leijaili kadulle asti ja he saivat valittua istumapaikakseen

yläkerran terassilta pöydän, josta oli näkymä merelle jonka pintaa aurinko oli juuri hyväillyt hyvästiksi. Lokit kirkuivat ja uimarannalla oli lapsia ja koiria sulassa sovussa. Liikennesääntöjä ei juuri ollut,tai kai niitä oli mutta pääasiassa täällä noudatettiin "tyhmyydestä sakotetaan"-tyyppistä kirjoittamatonta lakia.

Rory ymmärsi hyvin miksi Jamieta viehätti tämä elämäntyyli ja se johtui tässä maassa aivan silmien edessä olevasta elämisen riemusta.

"No, kerro sinä nyt jotain vaihteeksi itsestäsi, mikä se sinun työsi on? Kauanko se vielä pidättelee sinua täällä?"

" Olen data-analyytikko, olen erikoistunut turvallisuus-asioihin, riskienhallintaan pääasiassa."

"Kuulostaa…vaikealta."

"Ja tylsältä?" Rory katsoi Jamieen ja hymyili. Monesta ihmisestä koodaus tai muu tietokoneisiin liittyvä oli tylsää, mutta sitä se ei ollut. Kokonaisia kaupunkeja ylläpidettiin juurikin niiden avulla aivan joka ikinen sekunti.

" Ei vaan ihan aidosti vaikealta, en osaa edes ajatella sitä kaikkea mitä sinä päässäsi mietit ja pohdit päivittäin työssäsi."

"Kyllä se maailma on erittäin mielenkiintoinen ja laaja, jatkuvasti suurentuva. Perässä on pysyttävä koko ajan tai päätyy linjastolle putsaamaan spriillä koneen osia."

Jamie katsoi Roryyn silmät suurina.

"No ei tietetenkään joudu. Mutta kyllä ne alkupään asiatkin on osattava jotta tietää mikä on mahdollista toteuttaa.Teemme paljon yhteistyötä tuotannon ihmisten kanssa. Emme me loppujen lopuksi ole ihan niin erakoitunut ammattiryhmä, emme voisikaan olla."

"Ei tässä nykyisessä huutavassa maailmassa voi mitään ammattia rauhakseen harjoittaa." Jamie myönsi.

"Siitä minä ihan todella ajattelen että se on ihmisen oma vika. Itseään ei ole pakko tunkea joka tuuttiin, joko lukijana tai katseiden kohteena."

He kippistivät asialle.

”Paitsi ehkä sitten kun työ on valmis, ja jos tahtoo edes hieman tienata tehdyllä työllään.” Jamie sanoi.

”Sen voimme hyväksyä nipinnapin.”

Jamien kanssa oli helppo jutella, Jamie kertoi omasta elämästään ja samoin Rory kertoi ihan rehellisesti kasvaneensa orpokodissa, josta Jamie myöhemmin käytti sanaa lastenkoti kysyessään asiasta jotain. Ihmiset kai pitivät sanaa *orpo* jotenkin yhtä kauheana kuin se olisi jokin kirosana. Rory oli orpo, hylätty orpo ja sillä hyvä. Mutta ei Rory koskaan puuttunut kenenkään sanavalintaan, se oli hänestä mielenkiintoinen ilmiö eikä hän siitä loukkaantunut, että ihmiset olivat sanoillaankin hienovaraisia. Hänhän oli tietysti itse asian kanssa sinut, uudelle ihmiselle hänen orpoutensa tuli uutena asiana.

Kun illallinen oli syöty ja juotavat juotu, oli aika lähteä. He kävelivät rauhallisesti, ikään kuin kumpikaan ei haluaisi illan vielä päättyvän vaikka oli jo myöhä. Rorystä oli huojentavaa olla niin kuin olisi ja eläisi jonkun toisen elämää eikä omaansa. Hänen takaraivossaan jyskytti kuin tuomarin kapula se tieto, että hän oli juurikin se rikollinen joka saisi muutaman viikon sisään aikaan sen, että mahdollisesti Jamienkin tili tulisi tyhjenemään.

”Kiitos illasta, Jamie, minun pitääkin tästä mennä. Huomenna on taas tärkeä päivä.”

”Huomenna on sunnuntai.”

Rory oli kadottanut ajantajun kokonaan.

”Kyllä vain, maailman ylläpitäminen on jatkuvaa työtä.”

”Minulla oli mukavaa, milloin näemme taas?”

Rory tiesi jo etteivät koskaan.

”Minä soittelen sinulle, ok?”

Ja niin he erkanivat. Jamie käveli huolettomasti kohti kotiaan eikä ollut moksiskaan Roryn välttelevästä asenteesta. Illallinen oli ollut kuitenkin mukava joten miksi pilata sitä turhilla odotuksilla.

Hänellä ei ollut aikomustakaan odottaa Roryn soittoa,sillä sitä tuskin tulisi.

Käveltyään Waden omistaman rakennuksen edustalle, Roryn askeleet hidastuivat entisestään.

Hänestä tuntui kun hän kävelisi karhupyydykseen, ja ihan omasta tahdostaan. Ennen kuin hän astui ovesta sisään, hän lähetti Morganille viestin, jossa hän pyysi Morgania etsimään hänen huoneestaan vanhan valokuvakansion.

Morgan oli parhaillaan valmistautumassa nukkumaan kun puhelin piippasi viestin merkiksi.

-Vaatekaapissani on tummansininen, pehmeäkantinen valokuvakansio. Etsisitkö sellaisen vanhan valokuvan, jossa minä olen lapsena polkuautossa ja lähettäisit sen kuvan minulle, kiitos Morgan!

Tämäpäs mielenkiintoista, Morgan ajatteli ja vastasi:

-Tietysti, koska te tulette takaisin sieltä?

-Emme vielä, saatiin itseasiassa se työ ja aloitettiin heti.

-Luulin että sitä voi tehdä etänä, tai että niin isolla firmalla olisi toimistoja muuallakin. Miksi teistä ei ole kuulunut yhtään mitään?

-Työhön koulutus tapahtuu täällä ja olemme olleet ihan todella kiireisiä. Päivät ovat olleet pitkiä ja olen nukahtanut heti kun olen vain ajatellutkin tyynyä. Hyvää yötä Morgan.

-Hyvää yötä, kerro terveisiä muille. Ai niin, minäkin sain töitä!

Rory ei vastannut enää mitään, ei edes onnitellut tai kysynyt uudesta työstä. Omituista, Morgan ajatteli ja katsoi kännykästä kelloa. 23:07. Pitäisi herätä seitsemältä. Siitä huolimatta hän meni Roryn huoneeseen ja avasi vaatekaapin ovet. Hän katsoi alas ja näki siellä useita kenkälaatikoita. Rory piti kengistä ja hänellä oli aina upeat tennarit jalassaan. Morgan nosteli laatikoita pois tieltä ja yksi tipahti lattialle. Juhlakengät olivat levinneet pitkin lattiaa. Kun hän oli nostamassa niitä takaisin laatikkoon, hän näki kengän sisässä jotain. Kaivettuaan sen jonkin kengästä esiin, huomasi sen olevan pitkulainen purkki. Sen avattuaan, hän otti käsiinsä käsinkirjoitetun lapun jossa luki Kamrynin tunnustus omasta itsemurhastaan sekä kahden muun murhasta.

Morgan nousi tärisevin jaloin jaloilleen. Miten helvetissä tämä lappu oli heidän kotonaan, ja erityisesti miksi se oli Roryn kenkälaatikossa! Hän katseli kauhistuneena ympärilleen, oliko joku murtautunut heidän kotiinsa! Milloin?

Hän siivosi kenkälaatikot kaappiin, nappasi kansion käteensä ja pisti purkin flanellihousujensa taskuun, käveli tarkastamaan oven turvalukon ja ikkunat, sitten makuuhuoneeseen samalla hengittäen syvään ja ajatteli menevänsä poliisiasemalle töiden jälkeen. Se ajatus rauhoitti häntä hieman.

Morgan istahti sänkyynsä ja alkoi selata Roryn kansiota. Siellä oli ihania kuvia lapsuudesta, Roryllä oli sentään valokuvia vanhemmistaan, omasta lapsuudestaan ja heidän kanssaan viettämästään ajasta.

Sitten hän löysi valokuvan jota Rory oli pyytänyt. Siinä Rory istui polkuautossa kyllä mutta ei kovin iloisen näköisenä. Hän tuijotti kuvassa olevaa henkilöä tuimasti. Miksi Rory halusi juuri tämän kuvan? Hän otti sen muoveista irti jotta saisi kuvan ilman valosta muoviin osuvaa heijastusta. Kuvan takana luki: "Rory kiukuttelee Wadelle. Uudelle pomollemme."

Morgan tunsi kuinka vatsassa nipisti, veri hänen suonissaan kylmeni ja jähmettyi.

Tärisevin käsin hän lähetti Rorylle kuvan ja kirjoitti viestiin tekstin mitä kuvan takana luki. Morgan aavisti jonkin olevan pielessä.

-Kiitos Morgan, tiesin että sinuun voi luottaa. Ja onnea uudesta työpaikastasi! Meiltä kaikilta.

Morgan oli vastata ja kysyä lapusta jonka hän löysi, mutta hän ei luottanut enää siihen, että hän viestitteli Roryn kanssa.

Seuraavaksi kun hän juttelisi Rorylle, se olisi kasvotusten. Joten hän vastasi valkoisella valheella:

-Kiitos.Sain työsuhdeasunnon, ja olenkin jo tehnyt muuttoa sinne. Vien huomenna viimeiset tavarani. En maksa tästä enää vuokraa, joten joudutte hoitamaan sen neljästään.

-Sehän kuulostaa kivalta, mistä sait asunnon.

-Kerron sitten kun nähdään. Soitellaan.

Morgan tiesi, viestittelijä ei ollut Rory. Rory olisi suuttunut siitä että hän ei olisi kertonut aikeistaan muuttaa, sillä Rory oli tarkka rahasta ja nyt hän ei edes kommentoinut sitä mitenkään. Ja Rory oli tarkka myös välimerkeistä.

Koko yön Morgan nukkui katkonaisesti ja jossain aamuyön hämärässä, silloin juuri kun oli sudenhetki, silloin kun yötaivas oli tummimmillaan ja pelloilla heinien juurista alkoi nousta kosteus, hän päätti, että heti kun töistä saisi vapaata, hän lähtisi katsomaan mitä hänen rakkaille perheenjäsenilleen kuului.

6.

Kului kuukausi, melkein toinenkin, kesä vaihtoi vaatteitaan ja puki ylleen keltaiset, oranssit ja tulenpunaiset vaatteet. Lämmin kesätuuli jäi muistoihin ja viileämpi otti yllättäen ja hyvin nopeasti luulot pois niiltä, jotka lämpimämpää kaipasivat.

Morgania oli alkanut vaivata unettomuus, hän heräsi usein aamuyöllä eikä tahtonut saada unenpäästä enää kiinni.

Hän vain säpsähti hereille, eikä se johtunut kännykästä sillä se oli aina öisin ja usein muutenkin äänettömällä, se ei johtunut siitä että hän olisi herännyt nälkään tai vessahätään, kylmyyteen tai huonoon asentoon.

Hän vain heräsi, ja oli sen jälkeen kovin levoton pitkän aikaa ennen kuin nukahti uudelleen, ja silloinkin sellaiseen uneen, joka tuntui siltä kuin nukkuisi palapelin palanen kerrallaan, heräten jokaisen palapelin palan naksahdukseen.

Arvatenkin hän oli väsynyt ja hänen työpaikassaan, jonka hän oli saanut, hänen esimiehensä oli kysynyt huolestuneena hänen voinnistaan.

"Kaikki on ihan hyvin, hetkellinen unettomuus vain", hän oli vastannut, vaikka todellisuudessa, sisimmässään hän tiesi, että hänen rakkailla "kuin sisaruksillaan", oli avun tarve.

Kuulaana alkusyksyn aamuna Morgan vastasi puhelimeen
penkoessaan Roryn yöpöydän laatikkoa. Hän oli aikoja sitten
kysynyt esimieheltään saisiko pitää lomaa, nyt oli sen aika. Kolme
seuraavaa viikkoa, sen verran aikaa hänellä olisi aikaa tutkia mitä
Rorylle, Blakelle, Scoutille ja Skylerille kuului. Hän oli viestitellyt
Roryn kanssa, tai siis "Roryn" kanssa aina välillä niitä näitä.

"Morgan Atkinson."

"Täällä puhuu rikostutkija Jean Morris. Minun oli…no, ihan vain
intuitioni vuoksi soitettava sinulle tästä sinun jättämästäsi
tallenteesta, joka vapauttaisi Troy Atkinsonin kahden ihmisen
murhasta. Siis hänhän on vapautunut, mutta toivot että hän saisi
julkisen anteeksipyynnön ja vapaudentunnustuksen siitä, että hän
ei kertomasi mukaan ole murhannut ketään."

Morganin sydän alkoi takoa, hänelle oli sanottu, että tutkijoilla
ei olisi aikaa vanhojen asioiden tonkimiseen, varsinkin kun Troy
oli jo vapaudessa.

"Hyvää iltaa", Morgan sanoi ja lakkasi penkomasta Roryn
laatikkoa.

"On ihan pakko kysyä, siis pelleilittekö, oliko tämä nyt joku
nuorten aikuisten pila?"

"Pila? Miten niin pila, ei missään nimessä ole! Videolla Kamryn
tunnustaa murhan ja…"

"Katsos kun tässä nauhoitteessa ei ole sellaista."

"Miten niin ei ole..?"

"Nauhoitteessa on ainoastaan videokuvaa nuorten illanvietosta…
mitä ilmeisemmin telttaretkeltä."

Morgan muisti sen illan. Blake, joka yleensä oli
rauhallinen, oli jollain konstilla sitonut makkaran haaroihinsa, toki
housut jalassa sentään, ja paistoi makkaraa nuotiolla sillä tavoin.
Humalassa Blakesta tuli kertakaikkisen hulvaton ja aika
sietämätönkin.

”Olen pahoillani että sinun piti ikinä nähdä sitä tallennetta. Se on väärä tallenne, en tiedä mihin on kadonnut se, jossa on tämä murhatunnustus.”

”Sellainen siis on olemassa.”

”Ihan todella on! Ja nyt on kulunut ihan kamalan paljon aikaa…”

”No mutta, tämä väittämäsi murhaaja, hänkin on…no, hänhän teki itsemurhan.”

”Hän pääsi liian helpolla verrattuna minun ja vanhempieni kokemiin asioihin”, Morgan sanoi kylmästi.

”Olen pahoillani puolestanne. Ja sitten oli vielä tämä lääkepurkki jossa oli käsin kirjoitettu tunnustus.Tätä emme voi pitää todistusaineistona, sillä tämän on voinut kirjoittaa kuka vain. Tämän lapun vuoksi pitäisi avata koko tutkinta uudelleen emmekä taatusti saa lupaa siihen, pitäisi  kuulustella ihmiset, varsinkin ne joiden sormenjäljet tästä löytyisivät…Olen pahoillani, me emme tee sitä nyt kun kaikki osapuolet ovat..no ikään kuin jo kantaneet vastuunsa. Ota yhteyttä minuun, jos löydät sen videon jossa Kamryn tunnustaa murhan.”

”Kiitos kuitenkin kun ilmoitit asiasta. Näkemiin.”

Morgan painoi päänsä käsien väliin ja huokaisi. Miksi rikostutkijat olivat niin mielikuvituksettomia ja tylsiä oikeassa elämässä? Morgania kiinnosti erityisesti se, miten se putkilo oli päätynyt Roryn juhlakenkään. Hän rauhoitti itseään hetken ennen kuin jatkoi laatikon penkomista.

”Löysinpäs sentään!” Hän oli muistanut Roryn sanoneen, että Wade oli ostanut liput kaikille viidelle. Morgan halusi vain varmistua, että lipussa olisi yksi sana: Flexible. Ja niin lipussa myös luki.

”Loistavaa!” hän hihkaisi.

Morgan pakkasi putkikassiinsa vain muutaman vaatekerran ja hammasharjansa, loput hän voisi ostaa paikan päältä. Hän tarkasti, että ikkunat olivat kiinni, otti roskat roskakaapista jotta ne eivät jäisi haisemaan, sitten hän sammutti valot ja lähti.

Syyskuu tuntui piristävältä. Aiemmin oli satanut ja nyt aurinko kimmelsi hauskasti maahan jo asettuneisiin lehtiin. Morgan oli kaivanut kaapista maihinnousukenkänsä, niin kuin aina syksyisin. Ne pitivät kostean sään kaukana varpaista ja vilustumisen kaukana hänestä.

Lentoasemalle päästyään, se oli luonnollisesti ruuhkainen. Onneksi hänellä oli mukanaan vain käsimatkatavarat, eli putkikassi jonka hän oli saanut orpokodissa ollessaan syntymäpäivälahjaksi täyttäessään viisitoista. Putkikassi oli viininpunainen ja siinä oli graniitinharmaa kompassin kuva keskellä.

Lipun ostettuaan hän ehti käydä pikaisesti Troyn luona kertomassa että lähtisi matkalle. He kävivät syömässä kauppakeskuksessa ja Morgan oli ilokseen huomannut ettei kukaan katsonut Troyta halveksuen.

"Oliko siitä tulipalosta silloin aikoinaan suuriakin juttuja lehdissä?" Morgan kysyi, kun oli havainnut että ihmiset eivät tunnistaneet Troyta.

" Siitä taisi olla yksi uutinen, siinä luki että kaksi henkilöä kuoli tulipalossa, yksi epäilty otettu kiinni. Asianajajani- rauha hänen muistolleen- oli soittanut kaikki lehdet läpi ja uhannut jokaista päätoimittajaa jos kukaan uskaltaisikaan laittaa kuvaani lehteen. Hän oli heti alusta alkaen varma syyttömyydestäni ja Kamrynin syyllisyydestä."

"Mitä sinä teit vankilassa, mietitkö koskaan minua?"

"Joka päivä! Mutta ikävä ja se kaikki tuska oli pakko tukahduttaa, muuten en olisi selvinnyt yhdestä ainoastakaan päivästä. Olin menettänyt hirveällä tavalla elämäni rakkauden ja minua syytettiin siitä. En saanut pitää sinua sylissäni, pientä rakasta vauvaani, en nähnyt sinun varttuvan tuoksi upeaksi nuoreksi aikuiseksi joka nyt olet. Se oli hirveä tuska jota ei saanut näyttää, olin todella sellaisessa ympäristössä jossa heikot syötiin elävältä.”

”Olen pahoillani.”

”Mistä ihmeestä sinä nyt pahoillasi olet?”

”Siitä että…epäilen koko ajan kaikkia ja kaikkea muuta, mutta en epäillyt koskaan sitä että kaiken takana olisikin ollut jotain tällaista.”

”Tämä oli jumalten rangaistus.” Troy sanoi totisena.

”Miten niin? Uskotko sinä Jumalaan?”

”Unohda, että sanoin mitään. Syö nyt niin jaksat reissata maailmalla. Harmi etten pääse mukaan. Minulla ei ole passia, en edes ollut ajatellut hankkivani sellaista. Olet tuonut tullessasi minulle paljonkin tulevaisuuden suunnitelmia. Kiitos kun etsit minut käsiisi.”

Koko lentomatkan ajan Morgan pelasi sanapeliä tai kuunteli ladattuja podcasteja. Laskeutuminen tuntui hänestä aina erityisen pahalta, se sai hänet aina uskomaan hetkeksi siihen, että hänen aivoissaan oli jotain vikaa, ja ettei kenestäkään muusta matkustajasta laskeutuminen tuntunut samalta kuin hänestä.

Noin kolmen tuskaisen tunnin kuluttua hän hyvästeli huojentuneena lentohenkilökunnan ja astui viilenneeseen ilmaan. Tähdet näkyivät taivaalla huolimatta lentokentän valoista, sillä niin mustana taivas oli. Aivan kuin samettiverho olisi aseteltu taivaalle.

"Wau!"

Hän otti taksin lentokentältä ja pyysi kuskia ajamaan huoneistohotelliin, johonkin mikä olisi edullisin.

Morgan näytti sovelluksesta löytämäänsä huoneistohotellia, jonka oli hakenut kun kuski oli sanonut ettei ollut varma mikä olisi edullisin.

"Tiedätkö tämän paikan?"

"Tiedän, sinne on hieman reilut kymmenen kilometriä."

"Hyvä on, ajetaan sinne, varaan huoneen sovelluksen kautta."

"Tehdään näin, ja tervetuloa maahamme."

"Kiitos", Morgan vastasi hymyillen.

Kovin paljon oli tapahtunut viimeisten kuukausien aikana, siksi Morganista tuntui hyvältä olla jossain muualla kuin siellä missä niin sanotusti puseron kaulus tuntui liian ahtaalta.

Noin kahdenkymmenen ruuhkaisen minuutin ja maksun jälkeen Morgan kiitti kuskia kyydistä ja toivotti hyvää yötä.

"Pidä hauskaa lomallasi!" Kuski vielä toivotti.

"Pidän kyllä!"

Vaikka hän hymyili ja oli kohtelias, hänen sisintään jäyti huoli ystävistään. Se jäyti häntä unettomuuteen saakka, hän unohteli asioita eikä rauhoittumisesta tullut mitään. Hän ei pystynyt keskittymään töihinsä, eikä tuntunut kuulevan mitään mitä hänelle puhuttiin. Siksi hän oli täällä nyt, hän ottaisi selvää ystäviensä kohtalosta, sillä muuten hän aivan pian sekoaisi.

Morgan astui sisään huoneistohotelliin jonka pikkuruisessa aulassa antoi valoaan vain pieni pöytälamppu, tiskin takana ei ollut ketään ja hän ehti jo vähän säikähtää, eikö saisikaan yöksi nukkumapaikkaa. Hän katseli ympärilleen ja huomasi, että nurkassa oli nojatuoli ja viltin alla nukkui vanhempi henkilö. Tai ainakin torkkui.

Morgan laittoi kassinsa tuolille ja meni varovasti herättämään nukkuvaa.

"Anteeksi, anteeksi…nukutteko te, vai torkutteko vain…?"

Viltin alla lepäilevä avasi viimein silmänsä ja tokaisi:

"No niin, tulithan sinä sieltä, minä tässä sinua odottelinkin. Oletko nälkäinen?"

"No kieltämättä vähän", Morgan myönsi.

"Voin valmistaa sinulle iltapalaa, mene vain istumaan niin tuon sinulle."

"Ei sinun tarvitse, voin mennä johonkin auki olevaan kioskiin…"

"Höpsis! Te nuoret syötte ties mitä palmuöljyllä ja vaikka millä muulla myrkyllä päällystettyjä kamaluuksia heti kun silmä välttää! Istumaan siitä nyt, niin tuon sinulle maissileipää, vihanneksia ja teetä. Aamupalaksi saat banaanilettuja ja marjoja, sekä itse jauhettua kahvia. *Se* on terveellistä, että ihmisistä oikeasti huolehditaan, eikä revitä viimeisiä rahoja ruoasta mikä sairastuttaa koko maailman väestön. Ja varsinkin ne joilla ei…noh, mikäs nuorukaiselle nyt tuli?"

Morgan oli herkistynyt. Häntä kosketti se, että joku täysin tuntematon huolehti hänestä. Majatalon pitäjä muistutti häntä Emmetistä ja Morganille tuli yhtäkkiä häntä ikävä. Ja samalla koko entistä elämää jossa he kaikki olivat olleet vielä yhdessä. Hän ei ollut käynyt Emmetin kahvilassa aikoihin, sillä oli tuntunut oudolta käydä siellä ilman Skyleriä, Roryä, Blakea ja Scoutia.

”Anteeksi, olen vain hieman väsynyt, ja minulla on ollut aika raskas… päivä. Olen kiitollinen että huolehdit minusta edes vähän, olen niin tottunut huolehtimaan itse itsestäni.”

”Minusta juuri se tässä maailmassa vähän piloilla onkin. Että itse itsestään huolehditaan ja ollaan pärjäävinään. Niin kauan kun olet vieraanani majatalossani, saat vatsasi täyteen terveellisestä ruoasta ja hyvät unet.”

”Kiitos, juuri sellaista lomaa tarvitsenkin.”

”No niin, nyt pyyhi kyyneleesi ja täytä tuo viranomaisten vaatima lomake ja jätä se tiskille. Avaa televisio, ota mukava asento, niin tuon sinulle sen paljon puhutun iltapalasi”, majatalon pitäjä sanoi taputtaen Morgania lempeästi olalle.

August heräsi uuteen päivään ja juoksemaan. Heidän lomansa oli pidentynyt huomaamatta jo yli kahden kuukauden mittaiseksi. Täälläkin alkoi jo olla syksyn tuntua.

Augustista hohtava energia säteili kilpaa vuorten takaa nousevan auringon kanssa. Kun hän oli juossut tovin, hän näki leijonan varjon istuvan sen pienen kaupan seinustalla, minkä edustalla hän oli törmännyt tuntemattomaan henkilöön, jonka tavarat olivat sen vuoksi lentäneet pitkin jalkakäytävää.

Se oli erikoista. Koskaan ennen leijona ei ollut näyttäytynyt näin. Sen oli pakko merkitä jotain, joten August astui kauppaan sisään ja huomasi sen olevan paljon suurempi kuin miltä se ulkoa katsottuna näytti. Kaupan takaosassa oli pieni kahvila. *Loistavaa,* August ajatteli ja meni ostamaan itselleen juotavaa.

Hän istui alas ikkunan viereen ja ilman ennakkovaroitusta hänen vartalonsa jäykistyi. *Leijona tuijotti suoraan häntä silmiin.Se oli aivan kuin oikeasti siinä hänen edessään.* Se ei tällä kertaa juossut kauempaa Augustia kohti, vaan se oli heti aivan silmien edessä. August tiesi siitä olevansa jonkin tärkeän lähellä.

Kauppaan astui samaan aikaan neljä nuorta aikuista. August huomasi heidät ja he erottuivat siksi että he näyttivät hieman eksyneiltä. *Ja kalpeilta*, August tajusi. Hän itse oli ruskettunut. *Olivatko nuo heränneet luolasta?*

Hän yritti olla tuijottamatta ja oli selailevinaan puhelintaan. Jostain syystä hän koki tärkeäksi ottaa heistä kuvan. Se oli luonnottomasti alaviistosta eikä siksi järin hyvä kuva, mutta sai siitä selvän.

August joi rauhassa juomaansa, neljä nuorta aikuista eivät puhuneet toisilleen sanaakaan kokonaiseen kymmeneen minuuttiin. Joko he olivat neloset eivätkä tarvinneet sanoja kommunikoidakseen, tai sitten heillä oli jokin todella pahasti pielessä. He näyttivät siltä, kuin olisivat saaneet annoksen Rohypnolia juomiinsa viime yönä.

August odotti nelikon tulevan kassalle päin, jonka läheisyydessä hän joi juomaansa. Kun hän näki nelikon tulevan, nousi ylös ja lähti heitä kohti. Yhden heistä kohdalla varsinkin, leijona ilmestyi taas. Augustin vihreänsiniset silmät ja sen toisen liki mustat silmät katsoivat toisiinsa. August oli huutaa kauhusta, sillä Augustin silmissä nuorten aikuisten kasvot muuttuivat sinisen hohtaviksi pääkalloiksi.

Se riitti- August tiesi että ne neljä olivat vaarallisia…tai olivat itse vaarassa.

Hän lähti nopeaan juoksuun kohti lomahuvilaa, ja yritti saada näkyä pois mielestään. Oliko hän sekoamassa, tekikö auringopistos tällaista? Leijonan ohjaus hänen elämässään oli ollut aina tähän saakka hienovaraista eikä näin…suoraa ja rajua.

Jos juoksisi vielä nopeammin, saattaisi ehtiä vielä aamupalalle, sillä hän oli herännyt taas todella aikaisin. Perille saapuessaan hän meni suoraa päätä suihkuun ja herätti sen jälkeen Alexin.

Alex olisi tapansa mukaan voinut nukkua vielä pidempään, mutta August sai hänet hereille ja nauttimaan toisen tekemästä aamiaisesta.


Alex kaipasi kotiaan, ja olikin pari viikkoa sitten käynyt hakemassa heille lisää vaatteita jolloin oli laittanut kodin sellaiseen kuntoon etteivät he tulisi takaisin vähään aikaan. Hän oli ollut kaksi päivää kotona ja nauttinut oman kodin rauhallisuudesta ja sen kotoisuudesta. Kettu oli tuttuun tapaansa ollut aamuisin katselemassa kun Alex teki pihatöitä tai joi aamukahviaan. Se oli ollut alusta saakka heidän vieraanaan, rakennusvaiheesta saakka katsellut kauempaa heidän touhujaan. Se oli aluksi saanut heidät tuntemaan itsensä tunkeilijoiksi, ja he pelkäsivät että olivat tulleet ketun kotikololle ja tappaneet sen pennut. Niin ei kuitenkaan onneksi ollut asian laita. Mistä tuo mystinen kettu sitten oli ilmestynyt niin…no ei sillä enää ollut väliä. Se ei koskaan tullut lähemmäksi, se vain oli ja ihmetteli.

Jotenkin Alexista tuntui että aika paljon kaikkea mystistä oli ilmaantunut hänenkin elämäänsä heti kun hän oli tavannut Augustin.

Muutamankin kerran August oli tuonut hänelle särkylääkkeen ja vettä ja sanonut "siinä siihen selkäkipuusi", vaikka hän ei ollut sanonut mitään. Se mitä Alex ei tiennyt, niin August oli yksinkertaisesti nähnyt unta käärmeestä joka puri Alexia selkään. Hän tunsi toisen kivun, sillä unessa ollessa ihminen on vastaanottavainen aivan kaikelle ja varsinkin vieressä nukkuvan tuntemuksille.

"Ei mennäkään tänään elokuviin", oli August toisinaan sanonut, tai syömään, mihin tahansa, ja kuinka ollakaan, myöhemmin oli saanut uutisista lukea tai kuulla, että paikalla oli sattunut joko vesivahinko, muu onnettomuus tai jopa jonkinnäköistä ihmisten vahingoittamista.

Kun ihmiset eivät nähneet toistensa mikroilmeitä, taisi August nähdä ne hidastettuna. Monesti August oli antanut hänelle käsiin juuri sen tavaran,  tai huutanut Alexille missä oli se tavara mitä hän etsi vaikka Alex ei ollut maininnut Augustille mitään.

Alex pisti paljon Augustin havainnointikyvyn piikkiin, mutta…mutta kyllä siinä oli jotain muutakin. Ja nyt tuo kettu.

Alex pyöritti päätään ja käski itsensä lopettaa hullun ajatusharhailun. Nyt oli aika hoitaa asiat kuntoon kotimaassa, jotta hän pääsisi takaisin Augustin luo.

Alex ilmoitti töihin että jatkaisi lomaansa ja samalla pyysi alaistaan hoitamaan hänen tehtäviään sekä raportoimaan viitenä päivänä viikossa työpaikan tapahtumista suoraan hänelle. Työntekijä saisi kyllä oman korvauksensa hetkellisesti lisääntyneistä töistä.

Alex ei ollut nähnyt Augustia pitkään aikaan niin touhukkaana ja onnellisena, eikä halunnut olla ilonpilaaja, he pärjäisivät kyllä, ja koti olisi paikoillaan heidän palatessaan takaisin.

Uusi aamu oli herättänyt myös uuden maahan matkaajan
herätyskellon avulla. Morgan oli nähnyt unta, että hän oli istunut
pikkuruisen leijonan kanssa pokeripöydän äärellä, ja leijona oli
istunut niin kuin ihmiset ja sillä oli ollut päässään silinterihattu.
Harvemmin untaan muisti, kun heräsi herätyskellon avulla, mutta
tämän näyn hän näki vielä avoiminkin silmin.

Morgan nousi sängystä ja meni huuhtomaan kasvonsa ja pesi
hampaat. Sitten hän lähti aamupalalle ja odotti innoissaan
saavansa banaanilettuja.

Aamupalalla oli muitakin, aamupalahuoneesta kuului pieni ja
hieman uninen puheensorina. Morgan haki ison kupin kahvia ja
istui ikkunan viereiseen pöytään. Häntä viehätti kahvikuppi, sillä
se oli merenvihreä ja se oli maalaamalla koristeltu mustin ja
valkoisin lainehtivin viivoin jotka himmenivät kupin yläreunaan
kohotessa.

Kupin korva oli musta, ja sen reunus oli kullattu.

Morgania vastapäätä istui pariskunta ja molemmilla oli pikimusta
tukka. Toinen heistä oli kuin Kung-Fu-elokuvien sankari ja toinen
kuin vanhoista intiaanilänkkäreistä. Toisen heistä silmät olivat
vihreänsiniset,vähän kuin topaasit, ja ne kiinnittivät Morganin
huomion. He hymyilivät toisilleen katseiden kohdatessa, Morgan
hieman ujommin.

Majatalon pitäjä tuli Morganin luo tuoden hänelle maissileipää,
lettuja ja marjoja samalla kysyen haluaisiko Morgan vielä jotain
muuta.

"Kyllä tämä riittää, kiitos, mutta minulla olisi yksi kysymys."

"No, anna tulla vain."

Morgan näytti puhelimestaan kuvan ystävistään ja kysyi oliko
majatalon pitäjä mahdollisesti nähnyt heitä?

"En valitettavasti ole, ainakaan täällä eivät ole olleet asiakkaina.
Ovatko he kadonneet?"

"En oikein tiedä miten suhtautuisin tähän, katoamisena vai oman elämän jatkamisena, mutta tiedän että he ovat tulleet tänne melkein kaksi kuukautta sitten. He ovat…tai ainakin he olivat minulle kuin perhettä."

"Olen pahoillani, etten voi auttaa, Tovottavasti kuulet pian heistä jotain."

Morgan sai syötyä aamupalansa ja teki lähtöä. Pikimustatukkainen henkilö, jolla oli vihreänsiniset silmät tuli hänen luokseen ja kysyi:

"Anteeksi, kuulin hieman kun keskustelit majatalon pitäjän kanssa…olisiko sinulla kuvaa niistä henkilöistä, joita etsit? Olemme olleet tällä noin kaksi kuukautta ja voisin vilkaista kuvaa, jos olisimme vaikka nähneet heidät jossain."

"Hetkinen, kaivan sen täältä kännykästäni", Morgan sanoi ja avasi kuvan, jossa he kaikki olivat.

August tiesi heti että hän oli nähnyt nämä neljä juuri kaupalla ja sanoi:

"Olen nähnyt heidät. Katso, minulla on heistä kuva", August sanoi ja näytti kuvaa omasta puhelimestaan.

"Milloin olet ottanut tämän kuvan?Miksi?" Morgan kysyi kauhistuneena. He näyttivät aivan kuin eläviltä kuolleilta!

"Tänä aamuna. Minusta tuntui että kaikki ei ole ihan kohdallaan."

"Voitko viedä minut sinne missä näit heidät?"

"Tietenkin voin, minä olen muuten August."

"Mukava tavata August, olen Morgan, ja nämä neljä ovat minulle kuin perhe. Minä pelkään, että he ovat joutuneet ongelmiin."

7.

Keskellä  kaupunkia, johon nyt myös Morgan oli saapunut, oli alkamassa pieni kaaos, suureksi kasvava sellainen. Keskustassa, suuressa viisikulmaristeyksessä olivat valot olleet punaisina pitkään, ja ihmiset olivat jo poistuneet autoistaan ihmettelemään asiaa. Risteyksen ympärillä olevista rakennusten ikkunoista näkyi, kuinka ihmiset katsoivat ihmetellen alas. Risteykseen pukkasi aina vain lisää ihmisiä. Hetken kuluttua paikalla oli muutamia poliisipartioita ja he yrittivät saada ihmisiä autoihinsa, jotta liikennettä voitaisiin alkaa ohjata muilla tavoin. Poliisit eivät onnistuneet tehtävässään täysin.

Yannickin puhelin soi, se oli Mael:

"No niin, nyt se sitten alkaa."

"Niin mikä?"

"Benevuenen ja Colertenin risteyksessä on parhaillaan partioitamme rauhoittelemassa ihmisiä, koko viisikulmaristeys on itse asiassa ollut punaisena jo kaksikymmentä minuuttia. Missä olet nyt?"

"Lähdin juuri sairaalan tarkistuskierrokselta, siellä oli kaikki kunnossa."

"Olen varma, että kohta tapahtuu jotain. Ole valppaana Yannick."

"Aina."

139

Yannick ajoi kiertäen kaupunkia, mutta vältteli ajamasta lähellekään jumissa olevaa risteystä. Hän aavisteli, että se olisi vain hämäystä. Mutta mille? Hän yritti soittaa liikenteenohjauskeskukseen, mutta soittoyritys meni jatkuvasti vastaajaan. Hän päätti ajaa nopeasti paikalle.

Yannick jätti autonsa mitenkuten liikenteenohjauskeskuksen pihalle ja juoksi etuovelle. Hän ei soittanut summeria, sillä ei halunnut kenenkään kuulevan häntä. Jos sisällä olisi vielä henkilöitä, jotka olivat vastuussa kaaoksesta kaupungin suurimmassa risteyksessä, hän halusi saada heidät kiinni. Sellaiset henkilöt suunnittelivat taatusti jotain suurempaa.

Ulko-ovessa ja sisäovessa oli lukot, jotka avautuisivat koodeilla, Yannick kuikuili lasiovista sisään infotiskille mutta ei nähnyt ketään.

Hän koputti varovasti. Uudestaan.

*Ei ristinsielua.*

Hän meni varoen keskuksen toiselle laidalle ja kirosi mielessään nykyaikaista tapaa rakentaa kaikki lasista. Hän oli aivan näkyvissä, vaikka kuinka yritti olla huomaamaton. Hän meni infotiskin takana olevan lasi-ikkunan taakse ja huomasi tiskin pöydän takana olevan hahmon joka retkotti lattialla. Koputellen ikkunaan tasaisesti, Yannick toivoi, että henkilö virkoaisi.

Meni tovi jos toinenkin, ja Yannickin maastonvihreä takki alkoi tuntua kuuman kostealta myöhäisessä illassa. Hän ei kuitenkaan ottanut takkiaan pois, sen huppukin suojasi häntä parhaillaan hyvin.

Pian lattialla alkoi tapahtua, hahmo liikahteli, mutta niin alkoi tapahtua koko alakerrassa, johon Yannickilla oli näkyvyys. Lattialla makaavan hiukset olivat sotkussa ja hieman märkänä verestä. Onneksi hän katsoi ulos ensin, jolloin Yannick laittoi suunsa eteen sormen, jotta toinen jatkaisi tajuttomuuttaan lattialla.

Yannick tarvitsisi molempien ovien koodit, jotta pääsisi sisälle. Sisällä oli lattialla makaavan lisäksi neljä henkilöä, joilla oli yllään mustat maastohousut, mustat hupparit ja mustat kasvot peittävät pipot. He kantoivat mukanaan aseita. Nämä neljä taisivat olla niitä, joiden kuvat olivat olleet heidän toimistonsa seinällä. "Pelkurit", Yannick sihisi ääneen.

Mustapukuiset katsoivat  lattialla makaavaa, ja yksi heistä kävi koittamassa kengän kärjellään, oliko henkilössä eloa. He puhuivat toisilleen jotain. Pian yksi heistä otti nippusiteet taskustaan ja sitoi lattialla makaavan jalat ja kädet niillä kiinni. Sitten he poistuivat rakennuksesta.

Hän alkoi kieriä ikkunan luokse heti kun tiesi toisten lähteneen ja ilmeisen hyvin tiesi mitä Yannick halusi sillä hän alkoi viestiä Yannickia ottamaan puhelimensa esiin ja sitten vuorotellen hän piti sormia pystyssä: kaksi sormea, kolme sormea, yhdeksän sormea, neljä sormea, etusormi ja peukalo yhteen eli nolla. -tauko- Kolme sormea, kuusi sormea, kahdeksan sormea, yksi sormi, kaksi sormea. Peukalo ylös?

Yannick nosti omansakin, sillä oli kirjoittanut luvut puhelimensa muistiinpanoihin ja juoksi ovelle.

Ovet aukesivat, Yannick livahti sisään ja juoksi irrottamaan häntä auttanutta irti nippusiteistä.

"Huimaako sinua, oksettaako? Miltä tuntuu?" Yannick kysyi huolestuneena.

"Päätä vain särkee, ei ole huono olo."

"Milloin ne henkilöt tulivat tänne, onko tapahtuneesta jo kauankin?"

"Iltapäivällä. He tulivat vauhdilla sisään aseet käsissään ja käskivät meidät kaikki maahan. En käsitä miten he ovat ohittaneet ovikoodit! Olin lähellä painaa hälytysnappia, kun yksi heistä näki sen ja potkaisi ohimooni. En ehtinyt painaa. Menetin tajuntani."

"Missä muut ovat?"

Liikenteenohjauskeskus oli suuri laitos, jossa työskenteli kaupungin poliiseja. Vaikka kaupungin jokaisessa virastossa ja laitoksessa varauduttiinkin pahimpaan, ei kaikkea selvästikään kyennyt ottamaan huomioon.

"En tiedä, ehkä heidätkin on sidottu johonkin. Tai jotain vielä pahempaa."

"Kuinka monta heitä oli, jotka tunkeutuivat sisään?"

"Neljä."

"Hyvä, näin heidän kaikkien poistuvan täältä. Entä kuinka monta työntekijää pitäisi talossa vielä olla?"

"Viisitoista."

"Ja olet aivan varma, että kukaan heistä ei ole poistunut?"

"En tiedä mitä on tapahtunut sinä aikana, kun olen ollut tajuttomana. Olen ollut tajuttomana… monta tuntia", henkilö sanoi kauhuissaan ja osoitti kelloa seinällä.

"Hyvä on. Soitan sinulle ambulanssin ja menen samalla tutkiskelemaan tilannetta. Odota tässä, tulen takaisin ennen kuin ambulanssi tulee."

"Selvä, kiitos tästä."

"Ei kestä."

Yannick löysi tiensä valvomoon ja seisahtui niille sijoilleen. Tila oli tyhjä, ja jokaisessa ruudussa näkyi kaupungissa vallitseva kaaos. Hän puhui samanaikaisesti hälytyskeskuksen kanssa ja sai tilattua ambulanssin paikalle.

Parhaillaan joka ikinen risteys oli punaisena, ja ihmisiä oli kaduilla kuin karnevaalien aikaan.

Autot olivat sikin sokin pitkin katuja, samoin tietenkin ihmiset. Vielä ei näkynyt mellakointia, mutta jostain syystä hänestä tuntui, että se ei olisi kovin kaukana.

Yannick istui tuolille ja yritti pysyä rauhallisena, hän alkoi järjestelmällisesti katsoa jokaista ruutua. Samalla hän soitti Maelille, joka oli juuri saanut laitettua suuhunsa suussa sulavan toffeepalan ja hänen vastatessaan puhelimeen, hän kuulostikin juuri siltä.

"Mael."

"Yannick täällä, olen liikenteenohjauskeskuksessa. Valvomo on tyhjä ja jokaisessa ruudussa näkyy kaupungin kaaos, jokainen risteys on punaisena."

Mael nousi tuoliltaan ylös ja sylkäisi toffeen suustaan roskikseen. Sääli, se oli ollut valtavan hyvää.

"Näkyykö mitään erityistä?"

"Ihmisiä on kuin karjamarkkinoilla", Yannick puhui ääni ihmetystä täynnä; "ihmiset ovat selvästi vihaisia. Poliisit yrittävät rauhoitella heitä."

"Ovatko kaikki ruudut samanhenkisiä?"

"Ovat, paitsi ehkä…"

"Mitä? Kerro mitä näet."

"Ruutu joka kuvaa keskuspankin pihaa, siellä on kolme rauhallista hahmoa ruudun kulmassa. Rangelinkadun päässä."

"Mene sinne."

"Täällä ohjauskeskuksessa on silminnäkijän mukaan ehkä ainakin viisitoista työntekijää avun tarpeessa, mutta en tiedä missä. Täällä oli neljä tummiin vaatteisiin ja kasvot peittäviin maskeihin pukeutunutta, aseistautunutta henkilöä."

"Ja missä nämä neljä aseistautunutta ovat nyt?"

"Ehkä katsoin osaa heistä juuri ruudusta, keskuspankin luona."

"Voisit poistua sieltä, ja minä lähetän sinne partion. Nyt heti. Sano silminnäkijälle, ettei poistu ennen partion tuloa."

"Miten partio pääsee tuon ihmismassan läpi?" Samalla tätä kysyessään, hän tajusi ettei ambulanssikaan taitaisi olla perillä kovin nopeasti.

"Ajavat sitten vaikka sen ihmismassan yli.

*Selvä se sitten*, Yannick ajatteli, eikä ollut yhtään yllättynyt pomonsa sanomisista.

Yannick juoksi takaisin infotiskin luo, ja sanoi päätään pitelevälle, että odottaisi partion sekä ambulanssin tuloa.

"Pärjäätkö?"

"Pärjään, päätä vain särkee. En ole saanut koskaan niin kovaa tälliä kuin tänään."

"Istu siinä rauhassa, ambulanssi on jo tulossa. Minun on nyt mentävä."

"Voit ottaa pyöräni", iskun saanut sanoi ja kaivoi avaimet taskustaan.

"Tiedän, ettei kaupungissa pääse liikkumaan, kuulin kun ne neljä juttelivat siitä toisilleen."

"Kiitos!"

Samassa Yannick tajusi, etteivät nämä neljä henkilöä millään olleet voineet ajaa keskustaan autolla ja osa heistä olla jo keskuspankin kulmassa. Keskustaan oli nimittäin matkaa.

Keskustassa oli korvia huumaava meteli, ihmiset huusivat toisilleen, poliiseille, jopa liikennevaloille potkien niitä samalla raivoisasti.

Yhtäkkiä automaateista, joita oli pitkin kaupunkia siellä täällä, alkoi valua seteleitä. Niitä tuli yksittäin ja tupoittain, eivätkä ne ihan lentäneet kaduille ihmisten keskelle, niin kuin elokuvissa saattaisi dramaattisesti tapahtua, vaan rahaa valui automaateista kaduille kunnes ne huomattiin. Ne lensivät tuulen mukana keskelle katuja ja pian alkoi mieletön taistelu rahasta. Aivan kuin koskaan aiemmin kukaan ei olisi seteliä eläessään nähnytkään, ihmiset kävivät raivoisasti toistensa kimppuun kuin juuri se seteli olisi itselle elämän kurjuudesta pelastava lipuke; pääsylippu autuuteen jota ei ilmaisjakeluista saisi.

Pian joku huusi:

"Älkää! Älkää! Ne ovat meidän kaikkien rahoja! Älkää koskeko niihin!"

Tämä joku, nimeltään Isa, kielsi ihmisiä, huutaen kovaan ääneen koskemasta rahoihin näyttäen samalla puhelimessaan olevaa oman pankkinsa sovellusta, josta hän oli kauhuissaan katsellut kuinka hänen tilinsä tyhjeni hiljalleen sentti kerrallaan. Eikä hän voinut kuin katsoa. Hän osoitti puhelimensa näyttöä ihmisille, niille jotka kuuntelivat. Hekin katsoivat puhelimiaan, ja pian kuin jonona ihmiset alkoivat apinoida tätä toimintoa. Hiljaisuus valtasi tämän kaupungin alueen. Ihmisten puhelimien näytöt heijastuivat kasvoihin ja näky oli kuin taidenäyttelyn avajaisista, jossa paljastettiin taiteilijan viimeisin ja odotetuin teos.

Näytöiltä näkyi kuinka summat pikkuhiljaa ja röyhkeästi lähenivät kohti nollaa, joka ikisen tililtä.

Siinä he seisoivat ympäri katua setelit jaloissaan, eikä kukaan enää koskenutkaan rahoihin. Seassa oli omat, ja…aivan kaikkien rahat. Rahat, joihin oli upotettu tunteja, päiviä, viikkoja, vuosikymmeniä. Vaikka rahaa oli ihmisten jaloissa, tajusivat he, että jokainen tuulen mukana tanssahteleva viattoman näköinen seteli oli jaloissa siksi, että joku oli varastanut sen kaiken, heiltä kaikilta.

Kun Yannick saapui keskuspankin lähelle pyörällä, ja jo ennenkin sitä, hänestä tuntui kuin hän olisi hiljalleen lipunut pyörällään performanssiesitykseen. Setelit olivat sen suurin elementti ja rahan voimasta paikoilleen kangistuneet ihmiset myös.

Jotkut nyyhkyttivät, joillain oli seteleitä rytyssä verisissä nyrkeissään ja olivat sen näköisiä, kuin eivät olisi tienneet mitä käsillään tekisivät. Paikalla vallitsi pahaenteinen hiljaisuus ja liikkumattomuus. Aivan kuin jokainen olisi katsonut ympärilleen hakien edes pienen pientä vihjettä siitä, kuin tapahtunut ei olisikaan totta.

Niin teki myös Yannick.

August oli lukemassa kirjaa kun yhtäkkiä hän näki saman näyn leijonasta, niin kuin kauan sitten oli käynyt.

*Hän näki sielunsa silmin leijonan, joka pöllytti hiekkaa etutassuillaan, se nousi lihaksikkaille takajaloilleen ja paukautti etutassunsa maahan. Ensin leijona näkyi etäämmällä, mutta se tuli koko ajan lähemmäksi.*

*Hurjasti leijona paukautti etutassujaan maahan, sen valtava harja hulmusi ja sen silmät katsoivat tiukasti Augustia silmiin.*

August laski kirjan käsistään ja lähti olohuoneen sohvalta makuuhuoneeseen, josta oli pääsy terassille.

Vihainen, rahansa pikkuhiljaa menettävä ja metelöivä ihmisjoukko käveli kohti Augustin ja Alexin loma-asuntoa, mutta heidän onnekseen ihmisjoukko jatkoi heidän ohitseen.

"Alex, meidän on seurattava heitä!", hän huusi Alexille joka oli makuuhuoneessa laittamassa vaatteitaan kaappiin.

"No ei varmasti ole! Heitähän oli varmasti satoja."

Augustin sisällä oleva tunne sanoi, että hänen olisi mentävä ihmisjoukon perään.

"Minun on saatava tietää mitä tämä tarkoittaa."

"Jokin poliitikko on taas hermostuttanut ihmisiä. Tällaistahan täällä on usein", Alex vastasi ärsyyntyneenä.

"Ei, nyt on jotain muuta, minä tiedän sen", August sanoi, eikä kertonut leijonan ilmestyneen hänen silmiensä eteen, etutassujaan maahan iskien. Hän ei ollut koskaan kertonut leijonan ohjauksesta hänen elämässään kenellekään. Hänen ammattinsa oli sen verran vastuullinen ja vaativa, että hän menettäisi uskottavuutensa heti.

August ei voisi koskaan kertoa kenellekään leijonasta. Ei koskaan. Se, että hänen intuitiollaan oli kuvallinen muoto, saattoi kauhistuttaa ihmisiä, sellaisia, joille ei ollut muuta maailmaa kuin se, mikä oli täysin kosketeltavissa ja todennettavissa kaikkien silmin. Leijonauros oli ollut hänen luonaan lapsuudesta asti, ja se oli ohjannut häntä. Se oli hänen järjen äänensä, sieluneläimensä.

Hän tiesi, että monet voisivat kavahtaa moista, eikä siksi ollut koskaan puhunut siitä kenellekään. Maailma oli kaikkea muuta kuin suvaitsevainen vaikka moni ihminen julisti sellainen olevansa. Monella oli kuitenkin huvittavan tarkat rajat suvaitsevaisuudelleen.

Vaikka August rakasti ja luotti Alexiin täysin, ei parisuhteessa voinut kuitenkaan kirjoittaa toista täysin auki, jotta tulisi sitten vasta hyväksytyksi. Ei niin voinut tehdä, että toisen sielun laittaisi laatikkoon jota itse piteli, ja pitäisi sillä tavoin järjestyksessä. Ikään kuin kaiken mitä toinen on, olisi parempi pitää sillä tavoin kontrollissa, ettei tarvitsisi sietää muutoksia, yllätyksiä tai toisen kehittymistä.

Jokainen huolehtikoon oman laatikkonsa sisällöstä ja sen järjestyksestä ihan itse ja siitä mitä sieltä toi julki, niin August ajatteli.

"Minun on nyt mentävä Alex, tulet sitten mukaan tai et", August sanoi ottaen avaimet ja puhelimensa eteisen pieneltä pöydältä. August huomasi vasta nyt, parisen kuukautta jo asuttuaan tässä, että pöydän yksi jaloista oli tuettu pahvin palalla.

*Minkään ei tarvinnut olla täydellistä*, hän ajatteli lohdullisena, ja laittoi ulko- oven kiinni ilman Alexia.

Alex rojahti sänkyyn ja tiesi jo sisimmässään, että tästä ei varmastikaan seurannut mitään sellaista, jonka vuoksi he olisivat lähdössä kovinkaan pian takaisin kotiin.

Yannick kulki ihmisjoukon perässä huolestuneena. Hän oli kuullut jo, miksi ihmiset käyttäytyivät, kuten nyt käyttäytyivät ja hänenkin tilinsä olisi nollilla aivan pian. Kuinka viisasta olikaan ollut se, että hän oli aina pitänyt kotonaan rahaa tallessa.

Hänen vierelleen juoksi mustatukkainen henkilö, joka katsoi pistävän vihreänsinisillä silmillään hän omiinsa.

"Tiedätkö sinä mitä täällä on meneillään?" tuo vihreänsinisilmäinen kysyi.

"Tiedän. On tapahtunut kyber- hyökkäys pankkitileille. Ihmisten tilejä tyhjennetään parhaillaan. Oletko katsonut omasi?"

August nappasi puhelimen takkinsa rintataskusta ja katsoi pankkisovelluksen kautta tiliään. Sen summa pieneni sentti sentiltä!

"Voi helvetti! Tilini todella tyhjenee! En ole täältä kotoisin. Voiko kyseessä siis olla jopa maailmanlaajuinen hyökkäys?"

"Sitä pelkäänkin, että jos ei koko maailman niin ainakin koko Euroopan", Yannick sanoi enemmän kuitenkin itselleen.

"Mihin nämä ihmiset ovat matkalla?" August kysyi vierustoveriltaan.

"Kaupungin reunamilla on kyberrikollisuuden tutkimuslaitos. Se erotettiin omaksi yksikökseen jo kymmenen vuotta sitten ainakin. Mutta tutkimuslaitos on suhteellisen uusi, vain parisen vuotta vanha. Ihmiset ovat aina epäilleet sen toimintatapoja, ja sitä, onko sen tarkoitus edistää turvallisuutta vai heikentää sitä."

"Miksi niin?"

"Hirveän monet ihmiset tutkimuslaitoksen käyttöönoton jälkeen kertoivat saaneensa jatkuvasti viestejä *muka* voitetuista palkinnoista, tulevasta perinnöstä maailman toisesta kolkasta. Mahdollisista suurista rahallisista voitoista. Osa kertoi saavansa sitten taas viestejä liittyen okkultismiin, astronomiaan ja ennustuksiin."

"Mitä ihmettä, miten ne liittyvät lainkaan toisiinsa?"

"Molemmissa viestintätavoissa ja niiden sisällöissä käytetään hyväksi ihmisen haavoittuvuutta ja heikkouksia. Kumpikin noista muodoista on tehokas. Raha, ja oman tulevaisuuden hallitseminen sen avulla on asia, joka helpottaisi aikuisen arkipäiviä. Mitä traumatisoituneempi henkilö on, sitä varmemmin hän tarttuu kiinni elämää helpottaviin asioihin. Oli se sitten paljon rahaa tai ennustukset. Tai halvat kehut."

"Tuntuu oudolta ja vähän kaukaa haetulta, että jokin laitos olisi perustettu vain ihmisiä harhauttamaan", August sanoi epäilevästi.

Yannick ei vastannut ensin mitään, mutta sanoi sitten:

"Olen ollut vuosia kyberrikosten ennaltaehkäisevän toiminnan piirissä. Harmikseni olen huomannut vuosien aikana, ettei tutkimuksia juurikaan tehdä kriminologisesta tai yhteiskunnallisesta näkökulmasta liittyen kyberrikollisuuteen. Ennen kuin liityin kyberrikosten osastolle, partioin kaduilla. Lamaannutuksen voima ihmiseen on täysin sama, tapahtui rikos sitten mitä kautta tahansa. Ihmisen päätäntävalta omaan itseen voi loppua myös tarot- kortteihin jos sellaiseen alkaa uskoa. Yhtään tapausta ei ole koskaan suoraan saatu kohdennettua uuteen tutkimuslaitokseen."

"Mutta olet epäillyt sitä?"

"Muutamia kertoja. Juuri siksi, että ne viestitkin, joita ihmiset saivat, olivat kohdennettu täysin oikein, mikäli itse tunnistin näissä ihmisissä ne piirteet oikein."

"Entä nyt?"

"Parempi pitää mieli avoinna", Yannick sanoi ja todella uskoi niin.

August ja Yannick kävelivät hiljaisina metelöivän ja reuhoavan ihmisjoukon takana. Yannick ei edes yrittänyt saada ihmisiä rauhoittumaan. Se ei itseasiassa ollut hänen tarkoituksensa, vaan hän halusi päästä sisään tutkimuslaitokseen. Hän ihmetteli vieressään kävelevän henkilön kiinnostusta koko asiaan, sillä hän ei vaikuttanut lainkaan vihaiselta, toisin kuin satapäinen muu ihmisjoukko.

Yannick yritti päästä kiinni toisen tarkoitusperiin.

"Mistä sinä olet kotoisin? Sanoit että et ole täältä."

"Kylmästä maasta", August vastasi ja tarkoitti lähinnä sen maan ihmisiä.

"Vai niin", Yannick sanoi oivaltava ilme kasvoillaan ja jatkoi:

"Olen Yannick, ja ihmettelen miksi sinä olet näiden vihaisten ihmisten mukana, et vaikuta itse yhtään vihaiselta", Yannick jatkoi kyselyään.

"Olen August ja olen lomalla. Ja minulla on rahaa tallessa. En voisi olla niin hölmö, että pitäisin kaiken tililläni. Tällainen on ollut mahdollista jo iät ja ajat."

"Niinkö ajattelet?" Yannick innostui.

"Kyllä. Olen…tai siis olin erään yrityksen turvallisuusasiantuntija. Pääasiassa verkkoliikenteen."

"Olit?"

"Niin, sanotaan näin, että yrityksen johdon ammattillinen viisaus ei vastannut omia odotuksiani, enkä minä noudattanut heidän sosiaalisuusperiaatteitaan."

"Et juoruillut?"

August katsoi hämmästyneenä toista.

"Mistä tiesit?"

"Jotenkin vain arvasin. Ensimmäisestä vastauksestasi sai jotenkin vihiä, että et välttämättä ole kaikkein avoin."

"Avoin olen läheisilleni. Muille avautuminen ei mielestäni ole tarpeellista. Olen aina ollut sen tyyppinen, että puhun sitten kun on asiaa, tai jos mielessäni on joku hiton hyvä vitsi."

"Nyt sellainen olisikin tarpeen", Yannick sanoi hiljaisesti ja osoitti Augustia katsomaan eteensä.

Heidän edessään kohosi valtava rakennus. *Siinä on sentään kunnon seinät*, Yannick ehti ajatella, kunnes hän kuuli valtavan pamauksen.

Ihmisjoukko oli ottanut pihalta moottoripyörän ja heittivät sen ikkunaan. Ikkuna ei hajonnut, joten ihmisjoukko yritti potkia ja lyödä ikkunaa säpäleiksi.

"Kohta joku satuttaa itsensä", August sanoi.

Yannick meni kohti tapahtuman keskipistettä ja oli aikeissa käskeä riehuvia rauhoittumaan. Samassa rakennuksen ylin ikkuna avautui ja siellä olevalla henkilöllä oli megafoni.

"Rauhoittukaa!" kuului huuto.

Tapahtui juuri päinvastoin, ihmiset alkoivat metelöidä kuin tuhatpäinen gorilla-lauma.

Yannick tuli takaisin Augustin luo, ja hänen kasvoiltaan näki, kuinka meteli otti korviin hänelläkin.

*Samassa August näki samaisen urosleijonan, jonka lapsuudestaan saakka oli nähnyt. Nyt se oli saman rakennuksen luona kuin he olivat nyt Yannickin kanssa, mutta sen sivuovella. Se näyttäisi reitin sisälle, leijona katsoi Augustia kohti sanoen: "Tulkaa tänne."*

"Tule Yannick, minulla on idea ja saatamme päästä sisään niin että muut eivät näe meitä."

"Mistä päättelet, että minä aion mennä sisään sinun kanssasi?" Yannick kysyi. Hänen hieman laineikkaat hiuksensa seikkailivat päälaella tuulen mukana villisti. Yannickin epäilevä katse ei silti jäänyt huomaamatta.

August tiesi että Yannick ei suostuisi hänen ehdotukseensa mutta yritti silti.

"Tehdään vaikka sitten niin, että sinä seuraat minua ja ainakin näytän sinulle mistä sinä pääset sisään."

"Mistä sinä edes tiedät…?"

"En minä tiedäkään, otin vain huomioon rakennuksen muodon ja sen, kuinka nämä yleensä tehdään. Tule jo", August hoputti ennen kuin toinen ehtisi kysellä lisää.

Oli parempi vain mennä eikä meinata, puhumalla tulisi vain sotkettua asioita.

"Sitten käänytään lasiovilta…"

Ihmismassa oli jäänyt heidän taakseen ja metelöinti kuului vain vaimeana.

"Hetkinen!" Yannick huudahti ja pysähtyi.

"Tule nyt Yannick, meillä ei ole loputtomasti aikaa", August maanitteli.

"Ennen kuin liikavarpaani ja luupiikkini liikahtavat yhtään mihinkään, minä haluan tietää miten helvetissä sinä voit tietää tämän kaiken!"

"Päättelen vain…"

"Ja paskan marjat! Oletko sinä itse töissä täällä?"

"No en todellakaan ole, mutta sinun pitää nyt vain…"

"Luottaa sinuun? Henkilöön, jonka olen tavannut vartti sitten?"

Yannick katsoi Augustia juuri kuten kuka tahansa rikostutkija. Kaikki antennit viritettyinä ja epäluuloisena.

"Ei, minä en työskentele täällä Yannick, sinun täytyy uskoa se. Minä vain tiedän, kuinka tämä rakennus on tehty, tämä on täysin samanlainen muodoltaan kuin entinen työpaikkani."

"Niin, siellä *kylmässä maassa*, niinkö?"

"No juuri niin, Yannick! Ja nyt meidän on mentävä ennen kuin…"

"Ennen kuin mitä?"

"Tätä", sanoi Yannickin taakse hiipinyt henkilö.

"No niin veijarit, kertokaahan millä asialla te täällä olette", taakse ilmestynyt henkilö kysyi.

"Me tulimme konferenssiin ja yritin juuri hoputtaa työpariani, sillä me olemme jo myöhässä omasta esityksestämme. Olin sanomassa hänelle, että mennään ennen kuin vuoromme perutaan ja yhtiömme voi jäädä ilman rahoitusta", August sepusti ja mietti valehdellessaan, että nyt ainakaan Yannick ei luottaisi häneen.

"Minkä yrityksen työntekijöitä te sitten olette", henkilö kysyi ja alkoi rentoutua. Yannick käytti havaintoaan heti hyväkseen ja oli kuin ottavinaan henkilökorttia povitaskustaan. Hän ottikin aseen asekotelostaan ja osoitti sillä henkilöä sanoen:

"Ja nyt sinä viet meidät ohjauskeskukseen."

"Minulla ei ole valtuuksia, en pääse sinne."

"No, sitten me teemme niin, että sinä keksit keinon, jolla me pääsemme sinne."

"Hyvä on, hyvä on, ehkä voisin keksiä miten se onnistuisi. Mutta en voi kuljettaa teitä mukanani. Täällä on kameroita joka puolella."

"Hae meille vierailijakortit."

"Millä nimellä?"

"Ei vierailijakorttiin tarvita nimiä, ne ovat numeroituja, sillä niissä ei ole kulkuoikeuksia. Nimen voit keksiä myöhemmin lomakkeeseen", August tiesi.

"Ala mennä nyt, me odotamme tässä. Jos et tule takaisin pian, etsin sinut ja…"

"Hyvä on, hyvä on…tulen kyllä!"

Henkilö lähti kuin ammuttuna ja August vain tuijotti Yannickia.

Yannick, jonka hiukset olivat paksut ja pörröiset kuin filosofian tohtorilla, oli näyttänyt itsestään hieman toisenlaisen puolen.

"Mitä?"

Yannick kysyi, kun August katsoi häntä melko pitkään.

"Ei mitään, melkoinen muutos vain aiempaan käytökseesi."

"Kuten sanoin, tapasimme noin vartti sitten", Yannick sanoi ja käänsi selkänsä Augustille. Se tuntui jostain syystä Augustista kurjalta.

8

Alex mietti loma- asunnolla Augustia, ja sitä kuinka intuitiivinen August oli aina ollut. Paljolti hän toimi sen mukaan, eikä läheskään aina voinut sanoa, että hän olisi silti joutunut tai ajautunut ongelmiin. Augustin mielestä ongelma ei ollut nytkään se, että hän sai potkut, vaan se, että edelleenkään maailmassa ei ymmärretty, että henkilö joka halusi esimieheksi vain siksi että saisi tittelin, ei olisi koskaan hyvä esimies, eikä koskaan kenenkään ammatillinen esikuva.

Työntekijä, joka jakoi työpaikalla väärät ja valheelliset oletukset muista tuli yritykselle kalliiksi.

Huono esimies puolestaan kuvitteli, että hyvä työpaikka olisi sellainen, jossa kaikki olisivat läheisiä ja samankaltaisia keskenään, tuntisivat toisensa kuin omat taskunsa ja huono esimies valitsikin työhaastattelun perusteella sellaiset henkilöt työhön, jotka sopisivat siihen muottiin. Jotta porukasta tulisi tiivis.

Alex oli Augustin kanssa tässä samaa mieltä. Oli jotenkin lapsellista jopa ajatella, että työpaikka olisi kuin hiekkalaatikko jossa kaikki olivat ystäviä keskenään ja jakoivat lelunsa keskenään. Kuka eli sellaisessa kuvitelmassa? Semminkin kun työpaikalla tehtiin töitä, ja vaikka siellä vallitsikin hyvä henki, se ei johtunut siitä, että henkilöstö oli kuin yhtä perhettä.

Työpaikalla ihmiset arvostivat ammattitaitoa ja ahkeruutta, kykyä ja halua oppia uusia asioita. Eniten yhteenkuuluvuutta työpaikoilla loi se että töitä tehtiin yhteistyössä ja ymmärrettiin oman työn tärkeys. Oman työn, oman itsensä ja muiden väheksyjät loivat ilmapiiriä, joka alensi ryhmän henkeä ja tuottavuutta.

Hyvä esimies valitsi työhön henkilön, jolla oli asianmukainen koulutus jos ei kokemusta työstä, henkilön, joka vähintään puhui vastatessa ja jonka elämänhalu ja toisen elämän kunnioitus oli normaalilla tasolla, sekä motivaatio tehdä kyseistä työtä tai oppia työ, oli kysytty suullisesti ja joka oli ilmennyt hakemustekstissä. Asiallisilla, tutkivilla kysymyksillä, joiden vastauksista sai lisäkysymyksiä työhaastattelutilanteessa, saattoi päästä pitkälle kun piti arvioida, kenet valitsee. Jos valitsi aina ne, jotka subjektiivisesti miellyttivät itseä, unohtaen yrityksen tarpeen ja tavoitteen, saattoi väärä rekrytointi maksaa yritykselle hirvittävän summan. Rekrytoinnissa oli tärkeää kysyä kaikilta samat peruskysymykset, riippuen tehtävästä yrityksessä. Silloin työhaastattelu oli tasavertainen ja oli helpompi verrata haastateltavia.

Ristiriitoja saattoi syntyä työpaikalla, mutta hyvä esimies uskalsi puuttua sellaiseen jos tilanne sitä vaati, usein ei. Hyvä esimies ei myöskään sellaista pelännyt, sillä jos sen perusteella teki työntekijävalintoja, aika harvassa olisivat työntekijät. Työpaikalla oli tultava toimeen ihmisten kanssa ja hoidettava omat työasiat. Jos ei pitänyt jostakusta, ei se oikeuttanut alentavaan tai halventavaan käytökseen. Työpaikalla yhdenkään työntekijän ei kuuluisi milloinkaan joutua sellaiseen tilanteeseen, jossa hän joutuu yli yrityksen arvojen valitsemaan henkilöstössä puolen jolle työskennellä. Jos työpaikan ilmapiirissä oli jo havaittavissa lokerot joissa lukee "pidän hänestä" ja "en pidä hänestä", oltiin jo niin sairastuneessa työilmapiirin pyörteessä, että siitä pois pääseminen vaati paljon osaavaa ja ammattimaista esimiesten ja päälliköiden yhteistyötä. Yrityksellä on aina oma, yksittäisestä työntekijästä riippumaton tavoitteensa jonka pitäisi olla kaikilla työhön itse hakeneilla työntekijöillä tiedossa, vaikka kuinka joku yksittäinen henkilö tai henkilöt, olisi tai olisivat mielestään oikeassa kiusatessaan omasta mielestään "väärät henkilöt" pois työpaikalta ja sairauslomalle. Olikin mielenkiintoista, miksi kiusaaja tai kiusaajat kokivat olevansa yrityksen arvojen ja tavoitteen yläpuolella luoden omia sääntöjään ja mielivaltaisia henkilökohtaisia tavoitteitaan yli työpaikan johdon?

Työpaikalla kenenkään muun kuin rekrytoijan ei kuulunut tehdä toisista henkilökohtaisia arvioita, se kuului työhaastattelutilanteeseen, sekä myöhemmin kehityskeskusteluun esimiehen kanssa, ei kahvipöytäkeskusteluun.

Alex oli itse yrittäjä ja tehnyt monia rekrytointeja. Hänen yrityksessään vaihtuvuus oli vähäistä, ja vaikka hän tiesi, että jotkin työtehtävät olivat hyvinkin staattisia ja tylsistyttäviä, hän pyrki tekemään työympäristöstä viihtyisän työntekijöidensä mielipiteitä kysymällä. Hyvin vähän vakavia kiistatilanteita heillä oli ollut, ja hän oli uskaltanut tarvittaessa puuttua niihin.

Ihmiset eivät olleet puusta veistettyjä joten oli luonnollista, että toisinaan saattoi tulla mutka matkaan. Ihmisen itsetunto oli yksi, aika isokin määräävä funktio työyhteisössä ja siinä kuinka työyhteisö toimi. Itsetunto kun ei ollut pysyvä tila, vaan se oli kehittyvä, ja siihen saattoi vaikuttaa myös negatiivisesti moni muuttuja. Ero, vaihdevuodet, riita kumppanin kanssa, lähestyvä eläkeikä, vammautuminen, oma tai läheisen sairastuminen. Toki, jos itsetunnon pohja oli huono, saattoi se vaikuttaa aikuisiän kriiseissä pitkäänkin, jollei ymmärtänyt itse käsitellä tai tutkiskella mahdollista lapsuudessa tai myöhemmin sattunutta traumaa.

August oli aina oikeassa ihmisistä ja se juuri hirvitti Alexia. Toisinaan se oli hyvin häiritsevä piirre, se, että hän arvioi tilanteita ja ihmisiä hyvin objektiivisesti. Aivan kuin hänen olkapäällään olisi istunut joku joka mittaili ja teki arviota, ja käski kokea kaiken objektiivisesti. Augustista se oli ainoa oikea tapa toimia ihmisten kanssa, lähinnä työyhteisössä. Hän käytti sanoja, joita ei voinut

ymmärtää väärin, hän oli valinnut alan, jossa eksakti kielenkäyttö
oli taattua.

Tässä maailmassa kukaan ei voisi koskaan varautua sellaiseen
Augustin suorittamaan suorapuheisuuteen kokematta, että hänen
minuutensa kokisi kolauksen, semminkin vaikka kuinka August
olisikin nähnyt tai kokenut väärinkäyttöä tai -kohtelua ja todisti
sanoessaan juuri sitä. Väärinkäyttäjät, kiusaajat, ahdistelijat, he
eivät koskaan myöntäisi tekojaan, vaan jatkaisivat senkin jälkeen
kun yksikin Augustin kaltainen oli saatu pois jaloista. Augustin
itsetunto oli luja kuin kivi, sillä hän hyväksyi itsessään
keskeneräisyyden ja se hirvitti varsinkin voimakkaan narsistisia
henkilöitä. Sellaiset eivät viihtyneet Augustin läheisyydessä.

Jos kaikki toimisivat kuin August ja puuttuisivat epäkohtiin,
niiden tekijöitä olisi vähemmän, Alex ajatteli. August oli hyvällä
tiellä, vaikka sillä olikin se hinta, että hän oli se, joka joutui
ahdistumiseen saakka miettimään omia toimiaan, omaa itseään.
Alex uskoi, että joskus koittaisi se päivä, kun August voisi olla
varma, että hän oli oikealla asialla juuri oikealla tavalla.

Nyt Alex oli kuitenkin huolissaan kumppanistaan jota ei ollut
näkynyt moneen tuntiin.

Hän haki makuuhuoneen yöpöydän laatikosta lompakkonsa ja
avaimensa, puhelin oli jo valmiina kädessä, olihan hän soittanut
Augustille jo muutaman kerran saamatta vastausta. Se oli
tyypillistä Augustia, mutta jokin Alexin sisimmässä sanoi, että nyt
olisi mentävä katsomaan missä toinen oli. Alex ei pitänyt
tällaisesta, sillä hän itse oli suunnitelmallinen ja tarkka. Nyt hän
joutui hyppäämään aivan tuntemattomaan, eikä ollut lainkaan
varma mistä aloittaisi etsimään.

Alex käveli loma-asuntojen läpi sen keskellä sijaitsevaan
ravintolaan, jossa oli tilaa järjestää erilaisia konferensseja tai
juhlia. Heidän lomahuvilansa sijaitsi loma-asunnoista vain noin
viiden minuutin matkan päässä.

Hän oli ajatellut hakevansa nopeasti syötävää, jonka voisi tuhota sormin samalla kun etsisi Augustia, mutta loma-asuntojen yhteydessä oleva keittiö olikin poikkeuksellisesti kiinni, sillä sen omistaja oli käsin kirjoitetun lapun mukaan sisarensa häissä.

Yhtäkkiä Alex kuuli hieman kauempaa kantautuvaa puhetta. Puhujalla oli vakuuttava ja vahva ääni, puhuja valitsi painotukset juuri oikeissa kohdin, Alex huomasi, ja hän siirtyi vaivihkaa sen tilan ovelle josta ääni kuului ja ymmärsi pian asian koskevan astrologiaa. *Humpuukia ja suoranaista ihmisten kusetusta*, Alex ajatteli vihaisena. Siihen oli syy minkä vuoksi CV:hen ei merkitty horoskooppimerkkiä. Elämä ja kokemukset muokkasivat ihmistä, horoskooppi sen sijaan ei ollut mitään muuta pahimmillaan kuin itseään toteuttava profetia. Viihteeksi se kyllä kävi.

Vaikuttuneena henkilön puhetaidoista, Alex kävi istumaan takariviin. Puhujan selän takana oli mainos, jossa oli nettisivusto, josta pääsi liittymään asiakkaaksi *selkeyttä elämään*-nimisen ennustuspalvelun piiriin. Hän katseli ympärilleen ja huomasi monilla olevan kännykkä kädessä ja kai jo makselivat liittymismaksuaan.

*Tämähän on suorastaan rikollista*, Alex huomasi ajattelevansa. Hän seurasi yleisöä ja näki, ettei ketään näyttänyt epäilyttävän puhujan sanoma, jonka mukaan ihminen kykenisi hallitsemaan itse elämäänsä jopa tarot-korttien avulla. Horoskoopeista tarot-kortteihin, mitä vielä! Alex ajatteli!

Nämä samat ihmiset, jotka eivät sietäneet vanhempiensa, appivanhempiensa tai puolisonsa neuvoja, luottivat enemmän kortteihin tai muihin ennustuksiin. Tietenkin, niitähän pystyi tulkitsemaan haluamallaan tavalla.

Pian Alex huomasi henkilön, jonka ilme ja olemus paljasti, ettei häneen uponnut lainkaan kyseinen asia, josta niin jämerästi paasattiin. Siitä hän muisti Augustin, ja livahti ulos salista. Se ei jäänyt eräältä huomaamatta. Paasaaminen kuitenkin jatkui;

"Ja niin kuin maa kiertää aurinkoa, niin mekin kierrämme elämää. Voimme joko ajautua sen vietäväksi, tai sitten ottaa oman elämämme haltuun, varata auringon lämpöä tasaisesti itseemme. Kenenkään ei ole tarkoitus vain oleilla maailmassa, meidän kaikkien olemassaoloon on syy.

Sen voitte selvittää Tarot-korteilla, kortti kerrallaan, sillä jokainen kortti jonka nostat, edustaa juuri sinun sieluasi, sinun karmaasi. Jokainen kortti edustaa entistä ja tulevaa, syytä ja seurausta. Korttien avulla voit olla se, joka hallitsee elämääsi, eikä sinun koskaan enää tarvitse elää epätietoisuudessa", puhuja lupasi kuulijoilleen.

Jokainen henkilö huoneessa istui hiljaa, kuin lumoutuneena puhujan äänestä, äänen vakuuttavuudesta, sanojen vakuuttavuudesta. Juuri tätä he olivat koko elämänsä kaivanneet, jotain selkeää, jotain mikä kertoisi tulevan ja selittäisi menneen, jottei koko ajan tarvitsisi yllätys toisensa jälkeen kerätä ihmisraakileen paloja. Nämä, joiden elämä oli ollut lapsuudesta saakka epävarmaa, lähinnä toimeentulo ja terveys, olivat helpottuneita siitä, että joku ojensi auttavan kätensä.

Tai ei ihan jokainen henkilö, Taylor istui takarivissä kädessään kutsu, joka oli ollut hänen postilokerossaan, kun hän oli saapunut töistä kotiin muutama päivä sitten. Hän ei ollut lainkaan lumoutunut kuulemastaan, vaan ajatteli, että jos hän kiroilisi, niin nyt hän kiroilisi kuin merenkulkija. Hän katsoi ympärillään olevia ihmisiä, eikä huomannut kovin monessa, jos kenessäkään, epäuskoisia katseita, ei edes liikahduksia jotka viittaisivat siihen, etteivät enää jaksaisi kuunnella. Taylorista kyllä varmasti näkyi Marsiin asti, että tuon edessä puhuvan höpinät eivät uponneet häneen lainkaan.

Hän oli tullut paikalle siksi, että kutsu oli ilmeisesti osoitettu asunnon aikaisemmalle asukkaalle vaikka siinä lukikin vain asunnon numero ja osoite. Tarot-kortti oli kuitenkin löytynyt siitä asunnosta, joten ehkä hän kuului tällaisiin piireihin.

Taylor halusi tavata hänet. Hän ymmärsi korttien koukuttavuuden, ne olivat vahvoja väreineen ja kuvineen. Kortit olivat uskottavia. Taylorista tuntui pahalta, että näillä ihmisillä täällä ei ilmeisesti ollut ketään luottohenkilöä, vaan heillä olisi nyt ja aina vain oma itsensä ja kortit joihin tukeutua.

Kun puhe lakkasi, ihmiset taputtivat ja nousivat seisomaan. Taylor teki samoin, sillä ei halunnut herättää huomiota. Hän katseli ympärilleen ja yritti etsiä ihmistä, joka voisi olla hänen asuntonsa entinen asukas. Ihmiset jalkautuivat avoimempaan tilaan, jossa oli tarjolla juomaa ja pientä naposteltavaa. Tilassa oli myös pöytiä, jotka olivat pullollaan kirjoja, joiden aiheina olivat juuri Tarot- kortit, okkultismi, ennustaminen, enkelit, pöydillä oli toki myös erilaisia pakkoja. Paikalla oli tietenkin myös ennustaja. Ennustajan pitkät hiukset olivat kiiltävät ja hyvin hoidetun näköiset. Ne olivat tuuheat kuin leijonan harja. Vaatteiden ketjut ja rannekorut kimalsivat, ja hänen sormensa liikkuivat näppärästi kortti kortin jälkeen.

Taylor ei tajunnut tuijottavansa, ennen kuin ennustaja käänsi katseensa häneen ja hymyili.

”Hei, haluaisitko nostaa kortin?”

”Ei, en minä…anteeksi”, Taylor takelteli ja teki lähtöä.

”Et usko lainkaan mitä juuri kuulit, minä näen sen sinun olemuksestasi. Se suorastaan huutaa sitä, että et kuulu tänne. Mutta istu silti alas. Katsotaan yksi kortti.”

”En oikein tiedä…”

”Katsotaan vain. Sinä itse päätät mitä kortin sanomalle teet.”

Taylor ajatteli että lause kuulosti yhtä typerältä, kuin joku sanoisi hänelle palkkapäivänä että joko otti palkan vastaan tai sitten ei. Hän katsoi ympärilleen, ja toivoi ettei hänen asuntonsa entinen asukas vain ehtisi lähteä.

”Hyvä on sitten, mutta vain hetkeksi.”

Taylor istui alas vastapäätä ennustajaa, jonka silmät olivat kuin vihreää, kimaltavaa kultaa. Niissä oli ruskeita pilkkuja. Hänen nenällään oli pisamia, ja hänen huulensa olivat täyteläiset. Ennustaja otti pakasta kahdeksan korttia ja asetti ne pöydälle ympyrän muotoon.

"Ota elämänpyörästä yksi kortti", hän pyysi Taylorilta.

Taylor otti itsestään katsoen kortin, joka oli oikealla keskimmäisenä.

Taylorin silmät rävähtivät lautasen kokoisiksi, kun ennustaja käänsi kortin ja laski sen pöydälle siihen kohtaan missä se oli ollut nurinpäin käännettynä. Kortti oli samanlainen, jonka hän löysi kotoaan sinä päivänä, kun hän muutti sinne.

"Ei voi olla totta", Taylor mumisi ja jatkoi;

"Mitä tuo kortti oikein tarkoittaa?"

Ennustaja katsoi Tayloriin ja kysyi;

"Olet siis nähnyt tämän kortin aiemmin, missä?"

"Löysin uuteen kotiin muuttaessani samanlaisen kortin. Mitä tuo kauhistuttava kuva kertoo?"

"Torni edustaa muutosta. Mutta myös sellaista egoa, jonka olemme rakentaneet itsemme ympärille suojaksi. Se ei välttämättä palvele sinua ja tarpeitasi niin kuin olet ajatellut. Muutos tähän on tulossa, ja se saattaa olla juuri niin kivulias kuin kuva kertoo, mutta juuri se muutos tuo sinulle vapauden. Tuli tässä symboloi parantavaa tulta, ei tuhoavaa.

Huomaatko nuo kruunut jotka ovat ihmisten päässä, noiden ihmisten jotka tippuvat tornista alas? Ne edustavat aiempaa ylpeyttä, vahvaa luottoa siihen, että oma arvo on pysyvää, jokin tapahtuma on jo kenties murskannut tai on murskaamassa valta-asemaasi."

"Vai niin", Taylor sanoi ja nousi ylös tuoliltaan. Hän otti taskustaan kukkaron ja antoi setelin ennustajalle.

"En tarvitse seteliäsi", hän sanoi katsoen Tayloriin ja jatkoi;

"Mutta voisin haluta sen korttini takaisin, sillä omaan käyttöön tarkoitettu pakkani ei ole luotettava ilman sitä."

Alex oli livahtanut tiehensä paikasta, jossa oli ollut vallalla sellainen maailmankäsitys, josta hän ei tiennyt mitään, ja johon hän ei millään voinut uskoa. Hän löysi kioskin, josta meni ostamaan kupin kahvia ja sämpylän. Hän ojensi korttinsa myyjälle, joka ojensi sen heti takaisin sanoen:

"Valitettavasti korttisi ei toimi."

"Ei varmaan toimikaan kun et edes koita sitä," Alex katsoi myyjään hämmästyneenä.

"Kenenkään kortit eivät toimi, jos sinun korttisi toimisi, saattaisit olla tekijä."

"Tekijä? Minkä tekijä? Mistä sinä oikein puhut?"

"Etkö sinä tosiaan tiedä mitä ympärilläsi tapahtuu? Missä sinä olet oikein ollut?"

"Lomalla", Alex sanoi ja naurahti. Myyjä ei nauranut.

"Katso pankkitiliäsi", myyjä sanoi jatkaen; "veikkaan että kyber-itikat ovat imeneet sieltä sinunkin elinvoimasi."

Alex katsoi vakavailmeistä myyjää ja avasi pankkinsa sovelluksen. Ja juuri niin kuin myyjä oli sanonut, hänenkin tililtään katosi pikkuhiljaa rahaa.

"Miten helvetissä tämä on mahdollista?"

"Ja edelleen minä kysyn, miten helvetissä on mahdollista, ettet sinä tiennyt tästä."

"Kuten sanoin, olen lomalla!"

"Olet kyllä taitava siinä, on nostettava hattua", myyjä vastasi nostaen tympääntyneenä kartionmuotoista merenvihreää hattuansa, jossa luki mustin kirjaimin Beastlicious Bread and Burger ja jossa oli kuminauha leuan alla.

Alex ojensi myyjälle setelin kun sai mitä oli tilannutkin.

"Pidä loput", Alex sanoi myyjälle ja lähti.

Alex tajusi heti, että August oli jossain tutkimassa jotain sellaista, mikä liittyi siihen mitä oli juuri aivan itse omalla tilillään todistanut. Kaupunki oli kuitenkin suuri, vaikkakaan mahdollisuuksia ei pitäisi olla kovin montaa kun puhuttiin riskien hallinnasta ja turvallisuudesta.

Alex googlasi kaupungin nimen ja turvallisuusalan yritykset, tietenkin hän löysi lukkoseppiä ja turvakameroita myyviä yrityksiä, mutta sitten löytyi myös tietoa kaupunkiin noin pari vuotta sitten uudisrakennetusta kyberrikollisuuden tutkimuslaitoksesta. *BINGO!* Alex ajatteli riemuisasti. Se oli taatusti paikka, johon August oli jollain lailla päätynyt tai ainakin päätymässä. Alex luki lisää ja huomasi, että tutkimuslaitoksen uudistaminen oli aikoinaan aiheuttanut paljon närää kaupunkilaisissa. Huhujen mukaan ihmisiin kohdistui enemmän huijauksia kuin aiemmin ja jotkut kertoivat alkaneen saada ehdotuksia astrologisista palveluksista, sekä muista ennustamiseen liittyvistä palveluista. Samoin jossain keskustelupalstalla ihmeteltiin aiemman yrityksen työntekijöiden katoamisia, ja heidän uskottiin olevan murhattuina jossain. Kukaan ei tuntunut uskovan, että noin vain ihmiset luopuisivat työpaikastaan ja omasta firmastaan lähes ilmaiseksi ja että noin vain perheineen olisivat muuttaneet maasta vähin äänin.

”No niinpä tietenkin”, Alex sanoi itselleen ääneen.

*Miten nämä liittyivät toisiinsa? Rahojen katoaminen tileitä ja ennustukset? Murhaepäilyt? Mikä tämä toinen firma oli ollut?*

Alex liikkui joutuisasti ja päätyi syvemmälle keskustaan ja jumalattomaan kaaokseen; *Sotaa ilman verta, toistaiseksi.*

Paniikki, viha, ja epäusko tuntuivat vallanneen tämän kaupunginosan tilan kokonaan. Aivan kuin koko kaupunki olisi tullut yhdessä suremaan tapahtunutta juuri tänne.

August olisi taatusti jossain täällä, Alex tiesi ja käveli ihmisjoukon läpi niin kuin taisi. Väkeä oli kuin festareilla ja meteli oli korvia huumaava, kunnes hän näki sen, mille ihmiset möykkäsivät; Kyberrikollisuuden tutkimuslaitoksen.

Se oli valtavan korkea punakivinen rakennus, jossa oli metallisia pylväitä, ja suurten ikkunoiden puitteet olivat hiilenharmaata metallia. Lasiovet näyttivät ylväiltä, juuri siltä, kuin niistä saisi astella sisään ainoastaan valtaa pitävät ja ulos ne päästivät silloin kun ovista siltä tuntui.

Mystinen rakennus, aika nykyaikainen, mutta jokin siinä tuntui epämiellyttävältä, jotenkin väärältä, Alex huomasi ajattelevansa. Hänestä tuntui omituiselta kuvailla edes mielessään rakennusta sanoilla, joita käyttäisi jostain elollisesta. Hän kiersi rakennuksen sivulle, liikkui ihmisten ohi ja toivoi ettei kukaan kiinnittäisi huomiota häneen.

Hän tunsi sisimmässään aivan varmaksi sen, että August oli rakennuksessa. Alex kuuli joidenkin tulevan ja hän meni portaikon alle. Kaksi henkilöä, jotka askelsivat varmoin askelin sanomatta sanaakaan, menivät ovesta sisään.

Alex ei ehtinyt millään samalla oven avauksella sisään, sillä ovi sulkeutui hyvin nopeasti.

Hän päätti lähteä takaisin lomahuvilalle, sillä ei uskonut pääsevänsä rakennukseen sisään ilman, että olisi ensin tutustunut siihen.

Ja ne kaksi henkilöä olivat olleet erikoisen raskaasti aseistettuja ollakseen pelkkiä vartijoita.

Alexin päästyä loma-asunnoille, paikalla ollut vastaanoton henkilö kiiruhti kohti Alexia.

”Kuulkaa, kuulkaa, teille on tullut kirje!”

”Kirje? Minulleko? Kuka tämän toi?”

”En tiedä ollenkaan, kirje oli tiskillä, kun tulin puutarhasta.”

”Vai niin, no kiitos oikein paljon”, Alex sanoi ja alkoi avata kuorta ennen kuin oli edes huvilassa sisällä.

Kirje näytti melko lailla viralliselta.


Päivätty 22.02.1978


Heimomme jäsenet Troy ja Ellis ovat päättäneet luovuttaa lapsensa adoptioon, sillä eivät halua lapsensa kasvavan heimon tietäjäksi, kuten nykyisen heimon tietäjän näyissä on ennustettu. Lapsen vanhemmat karkotetaan heimosta ja lapsi luovutetaan kaupungin sosiaalitoimeen, jossa hänelle valitaan uusi perhe.


Heimon päällikkönä, minun on huomautettava, että jos lapsella on kykyjä siihen mitä ennustuksessa on sanottu, ei hänen kasvuympäristönsä vaikuta siihen, sillä ihmisen sielua ei voi padota muuksi kuin miksi se on tarkoitettu.

Lapsi on nimetty August Dakota Leoksi heimomme menoin, ja se nimi olkoon hänellä aina.


Parhain terveisin

Vuorten Laulujen heimon päällikkö,

Dakota Sion

Alexin piti istahtaa alas. Kaikki alkoi pyöriä hänen päässään;

*asiat joita August tiesi ja ymmärsi sanomatta, asiat joita hän teki ennalta, hänen pahoinvointinsa joidenkin ihmisten lähellä ja suoranainen sairastuminen, Augustin fyysisyys, selvänäköisyys, intuitio, loputon uteliaisuus...ja se kettu...*

Ja sitten Alex ymmärsi: selvä yhteys johonkin mitä ei voinut koskettaa. Hänen kumppaninsa oli tietäjä. August taatusti tiesi itse, miksi hän ei ollut koskaan kertonut Alexille?

Asia suretti Alexia, sillä hän hyväksyi Augustin kaikki puolet ja hänen olisi turha hävetä mitään itsessään.

"Voi sinua, August..."

Ennustaja, joka juuri pyysi korttiaan takaisin Taylorilta, ei koskaan, varsinkaan suhteen alussa, kertonut kyvyistään. Hän ymmärsi myös sen näkökannan jonka mukaan korteista ei voi tulevaisuuttaan nähdä, sillä eihän kaikilla sitä kykyä olekaan ja se todella tarkoitti sitä, että silloinhan on äärimmäisen vaikea ajatellakaan toisin.

Ennustaja ei ennusta pelkästään korteista, vaan on muillakin tavoin intuitiivinen.

Kun hän oli aikoinaan tapaillut muutaman kuukauden ajan erästä asunnonvälittäjää, hänen sisimmässään oli alkanut tuntua siltä, kuin vatsan seudulla olisi voimakkaasti pyörivä ja tärisevä pallo. Siksi hän oli päättänyt ennustaa itselleen.


Silloin oli satanut kaatamalla, ilta oli ollut jo pitkällä kun ennustaja, Harley, odotti asunnonvälittäjän tulevan kotiinsa jonne Harley oli jo saanut avaimen. Pihan puut huojuivat ja lehdet olivat kastuneet läpimäriksi. Harley oli katsonut ikkunasta huoli kasvoillaan vaikka näky olikin oikeastaan ollut kaunis.

Pimeässä kimmeltävät märät puut ja autojen, kaupugin ja asuntojen valot olivat hohtaneet märkään, tummaan katuun kauniisti. Aina välillä, kun tuuli oli hetkeksi yltynyt, sade oli soittanut ikkunanpieliä niin kuin pianisti jonka intohimona olisi ollut kauhuelokuviin säveltäminen.

Harley oli tiennyt varmasti sisimmässään, että hänen nykyinen seurustelukumppaninsa teki jotain niin hämärää, mikä päivänvaloon osuessaan ei miellyttäisi katselijaa.

Hän vain tiesi.

Harley halusi varmistua asiasta, ja oli kävellyt varmoin askelin eteiseen kohti laukkuaan ja ottanut esiin arki-tarot-pakan. Hän oli tehnyt olohuoneen pöydälle tilaa, katsonut kelloaan ja varmistanut, että saisi olla vielä hetkisen rauhassa.

Hän hengitti viisi kertaa syvään ennen kuin istui lattialle matalan olohuoneen pöydän äärelle ja otti pakasta kolme korttia:

menneisyys, nykyhetki, ja viimeinen kortti sisältäisi kysymyksen, joka liittyi tulevaisuuteen:

"Onko kumppanini tuhoava rikollinen?"

Harley käänsi kortin, eikä häntä milloinkaan ennen ollut pelottanut kortteja nostaessa.

Sade yltyi ja se alkoi ropista voimalla ikkunaan, hän säpsähti kun yhtäkkiä salama kirkasti koko huoneen ja hetken perästä kumahti vihainen ukkonen. Hän katsoi kääntämäänsä korttia ja parahti:

"Ei voi olla totta, olin oikeassa!"

                    "Mitä helvettiä sinä touhuat!"

Harley nousi säikähtäen. Asunnonvälittäjä oli tullut kotiin hänen huomaamattaan.

"En kaipaa elämääni tuollaista huuhaata, sinähän olet sekaisin! Painu ulos kodistani ja vie nuo paholaisen kortit mennessäsi!"

"Minä tiedän mikä sinä olet"…Harley oli saanut sanottua.

Hän keräsi korttinsa ja käveli sitten eteiseen, kaivoi käsilaukustaan avaimet jotka laittoi eteisen pöydälle. Hän lähti sanomatta sanaakaan vaikka ajattelikin paljon.

Asunnonvälittäjä, Hayden, oli huomannut lattialle tippuneen kortin. XIV. Torni ja tulenlieskat. Hän sulloi kortin niin syvälle roskakaappiin kuin vain sai.

Harley palautui nykypäivään kun kuuli toisen sanovan
ilahtuneena;

"Ai tämä on sinun korttisi?" Taylor henkäisi ja otti kortin
repustaan.

Taylor oli huojentunut, sillä hän oli nähnyt sielunsa silmin lähes
spiritistiset istunnot jossa joku henkilö nostaa tämän kyseisen
kortin ja juoksee ulos asunnosta  kuin pistetty sika.


"Ota se vain, en tarvitse sitä yhtään mihinkään."

"Niin ajattelinkin", Harley sanoi ja jatkoi:

"Miten tämä kortti sinulle päätyi?"

Taylor oli vastata, että eikös ennustaja näe sitä itse
kristallipallostaan, mutta ei viitsinytkään olla töykeä. Eihän Taylor
sitä päättänyt kuka mitäkin todeksi uskoi, joten hän kertoi juuri
muuttaneensa asuntoon, josta kortin löysi.

"Miksi muutit niin kauniista asunnosta pois", Taylor puolestaan
uteli ennustajalta. Ennustaja katsoi Tayloriin kirkkaan vihreillä
silmillään ja sanoi:

"Henkilö, jota tapailin asui siellä. Ennustin siellä kerran itselleni ja
tämä kortti jäi ilmeisesti silloin sinne."

"Erikoista…",Taylor sanoi hiljaa.

"Kuinka niin?"

"Kortti oli tungettu niin syvälle roskalaatikon kannattimien väliin,
että hyvä kun edes sain sen pois sieltä."

Harley vain hymähti.

"Taitaakin uskoa ennustuksiin enemmän kuin myöntääkään."

   Taylor ajatteli lähteä, sillä korttiin ei selvästi liittynyt mitään
elämää suurempaa, kunnes ennustaja yhtäkkiä kysyi häneltä:

"Näitkö asunnon aikaisempaa omistajaa lainkaan?"

"En, asunto oli tyhjennetty tavaroista eikä nimikyltissä ollut enää
nimeä silloin kun asunnon esittelijä oli siellä kanssani."

”Minkä näköinen hän oli?”

”Vaaleahiuksinen, aika lyhyt mielestäni mutta toisaalta minä olen aika pitkä, hänellä oli todella haalean siniset silmät ja jotenkin erikoisen kimakka ääni.”

Harley tiesi nyt varmasti, että kyseinen henkilö oli Hayden. Mutta miksi oli ollut tärkeää esittää uudelle asukkaalle, ettei olisi muka itse koskaan asunutkaan siinä? Silmääkään räpäyttämättä hän tiesi vastauksen; koska hän *halusi* juuri Taylorin asuvan siinä!

”Oletko kunnossa”, Taylor kysyi, kun näki ennustajan järkyttyneen ilmeen.

”Saanko kysyä ammattiasi?”

”Olen palkanlaskija, kuinka niin…miten se tähän…?”

”Teetkö töitä kotona, onko sinulla etäyhteys työpaikkasi verkkoon jossa on asiakkaittesi tietoja?”

”Kyllä.”

”Pidä varasi,” ennustaja sanoi ja katsoi Tayloria silmiin ja jotenkin niiden ohi. Se kylmäsi.

Taylor ei päässyt tunteesta eroon vielä kotonakaan. Hän istahti sähkönsiniselle sohvalleen, kääntyi makaamaan selälleen ja nosti jalat ylös seinää vasten. Hänen punertavat pitkät hiuksensa osuivat lattiaan. Hänen lakatut varpaankyntensä säihkyivät seinään osuvan auringonsäteen vuoksi, nilkkakorun pikkuruiset tähdet kimmelsivät.

”…*onko sinulla asiakkaittesi tietoja…*”

”…*pidä varasi…*”

Mutta voisiko ennustajaan luottaa? Oliko hän itse nyt aivan hölmö edes pohtiessaan tätä? Jos ennustajaan voisi luottaa, niin kuinka hän siinä tapauksessa voisi suojella asiakkaita?

Hän ei voisi soittaa omalle esimiehelleen ja selitellä asiakkaiden pitämisestä turvassa koska *ennustaja nimenomaan häntä varoitti.* Hänhän saisi potkut!

Hän voisi poistaa asiakkaat palkkarekisteristä, tai ei poistaa, mutta ottaa täpän pois kohdasta *aktiivinen*.

Jos hän aloittaisi nyt, hän olisi valmis…ehkä kolmelta yöllä.

Hän saattaisi saada potkut.

Joku sanoi että tällaiset aavistukset olivat suojelusenkeleitä. Gut feelings are guardian angels, oli lukenut erään teekaupan seinälläkin.

Taylor huokaisi syvään, nousi sohvalta, ja kaatoi itselleen lasin viiniä, käveli työhuoneeseensa ja alkoi hommiin. Hänen oli jätettävä muutamia satoja asiakkaita aktiiviseksi, jotta selviäisi oliko tästä mitään hyötyä yleensäkään. Jos hän saisi potkut, niin sitten saisi. Hän voisi sanoa saaneensa hermoromahduksen, mutta tätä asiaa ei voinut jättää lojumaan kuin likaista sukkaa.

Yannickin ja Augustin odottama henkilö saapui kuin saapuikin ja toi heille vierailijakortit.

"Kiitos, nyt voit poistua vähin äänin", Yannick sanoi.

"Mutta te tarvitsette minua", henkilö sanoi ja esitteli itsensä Parkeriksi.

August ja Yannick katsoivat toisiaan epäuskoisina.

"Miksi me muka tarvitsemme sinua?"August kysyi.

"Siksi, koska minä olen tässä yrityksessä se henkilö, joka esittelee rakennusta vieraillemme, eli mahdollisille asiakkaillemme."

"Eli me olemme siis…?"

"Te olette yrityksestä, joka tarjoaa henkilötietojen salassapidon valmiuksia. Olemme juuri kilpailuttaneet palvelun, joten sopisi profiiliin."

August ei saanut Parkerista erityisiä tuntemuksia, ei pahoja eikä hyviä, joten hän nyökkäsi Yannickille joka ei voinut aloittaa kinaamista siitä tulisiko August mukaan vai ei, vaan joutui nyt myöntymään.

"Selvä sitten, saatko kuljetettua meidät ohjauskeskukseen?"

"Saan, mutta meidän on oltava kuin olisimme kierroksella. Valvomo on tyhjillään noin tunnin kuluttua, joten tähdätään siihen."

"Kauanko se on tyhjillään?"

"Noin kaksikymmentä minuuttia."

"Se saattaa juuri ja juuri riittää."

"Miten sinulla nyt voi olla oikeudet päästä ohjauskeskukseen, kun hetki sitten sinulla ei niitä ollut", August äkkiä kysyi.

"Koodasin nopeasti kulkukorttiini lisäoikeuksia. Minun on peruttava koodaus viimeistään iltaseitsemään mennessä, jolloin järjestelmä alkaa suorittaa automaattista kulunvalvontaan ja oikeuksiin liittyvää tarkistustaan.

Se lähettää virheilmoituksen automaattisesti turvallisuudesta
vastaavien sähköpostiin, jos löytyy muutoksia, joita heidän
tunnuksillaan ei ole tehty.”

”Sitten on varmaan parasta liikehtiä”, Yannick sanoi.

Noin tunnin kuluttua, August istui upealla työtuolilla ja katseli
edessään olevia ruutuja, jotka näyttivät kuvaa aina sieltä, mitkä
koordinaatit laittoikaan hakukenttään. Ihan kaikkialla maailmassa
oli kameroita! Hän pyysi tekstiviestitse Alexilta heidän loma-
asuntonsa koordinaatteja ja Alex lähetti ne samalla kysyen että
missä hän viipyi, ruoka oli jäähtynyt jo monien ihmisten
päivällispöydässä ympäri maailman.

August laittoi koordinaatit ruutuun ja hänen eteensä ilmestyi kuva
heidän loma-asunnon etupihalta, moni ruutu täyttyi kuvista ja
Augustia inhotti että yhdessä ruudussa näkyi myös Alex. Se ei
olisi häirinnyt muuten, mutta Alex oli sisällä, keittiössä.

”Ei voi olla totta!” August huudahti.

”Mitä nyt”, Yannick kysyi juosten samalla Augustin luo.

”Tässäkin maassa on näemmä kameroita aivan kaikkialla.”

”Kuka tuo on?”

”Hän on minun kumppanini Alex, ja nuo kuvat ovat kaikki loma-
asunnoltamme ja ne ilmestyivät ruutuun vain laittamalla
koordinaatit hakuun.”

”Vaihda ne, muuten ne jäävät muidenkin nähtäviksi. Keksit vain
jotain!”

Yannick tajusi samalla miten näitä voittoja, mainontoja ja
ennustuksia oli saatu kohdennettua niin tarkasti. Täältä käsin aivan
konkreettisesti seurattiin ihmisiä omiin rahanahneisiin
tarkoituksiin. Oli eri asia kohdentaa mainontaa netissä, kuin
seurata fyysisesti ihmisten jokapäiväistä arkielämää. Sen sijaan
että tässä yrityksessä tehtäisiin kehitystyötä ja tutkimustyötä
kyberrikollisuuden ehkäisemiseksi, täällä kehiteltiinkin jotain
rikollista.

Yannick istahti toiseen tuoliin ja alkoi tutkia tiedostoja, joita löytyi huomattavat määrät. Ne olivat videotallenteita ja niitä oli noin kahden vuoden ajalta, juuri saman verran kuin minkä ikäinen tämä laitoskin oli.

Tallenteita oli kymmeniä, ei, vaan satoja tuhansia!

Heidän aikansa ei millään riittäisi näiden penkomiseen ja tutkimiseen nyt.

*August näki sielunsa silmin leijonan juoksevan vauhdilla häntä kohti murahdellen.*

"Meidän pitää poistua! Nyt heti!" August käski.

He häipyivät huoneesta ja piiloutuivat ensimmäiseen huoneeseen jonka käytävältä löysivät.

Yannick kurkisti oven raosta kuinka kaksi aseistautunutta henkilöä palasivat takaisin työpisteilleen, eli huoneeseen josta August ja Yannick olivat juuri poistuneet.

"Mistä sinä tiesit, että he tulisivat takaisin aiemmin?"

"Tuli vain sellainen tunne."

"Vai niin", Yannick tokaisi katsoen kummissaan uutta tuttavuuttaan, ja jatkoi:

"Mitä muita tuntemuksia sinulla on, tähän liittyen?"

"Eipä oikeastaan muuta kuin että ajattelin hakeutua tänne töihin."

"Anteeksi mitä? Et varmasti pääse työkaveriksi ainakaan tuohon huoneeseen", Yannick naurahti.

"En ajatellutkaan sitä, vaan…", August aloitti virne naamallaan osoittaen takanaan olevaa siivouskärryä.

-Kaikki on ok, jänniä asioita, olen tulossa.

August vastasi Alexille viimeinkin kun hän istui Yannickin auton kyydissä.

”Haluan nyt selventää, että vaikka saankin sinulle väliaikaisen luvan työskennellä täällä, sinä ET ole minun työparini”, Yannick sanoi määrätietoisesti.

”Mutta silti joudun raportoimaan sinulle.”

”No kyllä…mutta siksi vain, että tämä on erittäin väärin ja ystäväni rikkoo nyt lakia vuoksem…vuokseNI, jotta saamm…MINÄ saan tämän asian ratkaistua.”

”Ahaa, ajattelitko sinä hypätä siivouskärryyn ja kuikistella sieltä? Vai miten SINÄ ajattelit tämän ratkaista?” August kysyi huvittuneena.

”Hyvä on, teemme yhteistyötä.”

”Kiitos Yannick.”

”Mutta et ole työparini. Sinä olet apulainen.”

Se oli selvästi tärkeää Yannickille, ja August antoi asian olla niin. Eikä sillä ollut merkitystä, August pystyi tekemään yhteistyötä ilman virallisia määritteitä siitä millä nimikkeellä kuka oli kenenkin työpari. August uskoi itse siihen että elämä heitti hänen tielleen juuri ne ihmiset joiden pitikin hänen tielleen osua. Joskus se vain huvitti Augustia. Se, että ihmiset piti nimetä työn puitteissa ennen kuin he pystyivät toimimaan toistensa kanssa. Monen ihmisen käytös perustui siihen minkälaiset natsat vastapuolella oli. Ilmeisesti joillekin yhteistyöstä tulisi kaaosta ilman niitä, selkeitä määritteitä ja valmiiksi purtuja käytösmalleja.

Ahdasmielistä.

9.

Lomahuvilalleen päästyään, August kertoi Alexille hänen ja Yannickin suunnitelmasta samalla kun kertoi illan tapahtumista.

"Et voi olla tosissasi! August, me olemme lomalla! Voit päästä hengestäsi! Minkä takia sinun pitää sotkeutua tähän?"

"Siksi, koska he ovat varastaneet myös meiltä."

"Mistä sinä tiedät että heillä on mitään tekemistä tämän asian kanssa?"

"Aivan taatusti on! Näkisit ne puitteet, joilla ihmisten elämää vakoillaan. Minä näin sinutkin tämän asunnon keittiössä, vain syöttämällä koordinaatit hakuun!"

Alex valahti kalpeaksi.

"He saavat tietoonsa kaiken, sen verran ehdin kurkata tallennettuja videotallenteita, että kokonaisia sukuja on seurattu vuosia. He tietävät jokaisen heikkouden, jokaisen huonommuuden tunteen, ilot ja surut. Ne kaikki ihmisyyden osat ovat  tallennettuna siellä."

"Mutta jotenkin sitä tiedonkeruuta on hallittava. Millä perusteella nämä henkilöt valitaan? Miksi jokaisen ihmisen pankkitili tyhjenee…ja minne?" Alex äimisteli.

Liittyivätkö nämä asiat edes toisiinsa?

"Hetkinen, puhuit heikkouksista? Mitä ne voisivat olla?", Alex kysyi.

"Noh, esimerkiksi nyt vaikka porno, uhkapelaaminen…", August
aloitti.

"Astrologia ja ennustuksiin uskominen", Alex jatkoi.

"Nettivalmennukset, esimerkiksi jooga ja urheilu. Tiedätkö kun
nykyään pitää pakonomaisesti olla parempivointinen. Sitten
tietysti verkko-koulutukset", puolestaan August keksi.

"Ostaminen, kun on saatava jotain koko ajan niin sitä tehdään
sitten netissäkin kaiket päivät."

"Nettideittailu ja muu some-elämä."

"Onhan tuossa jo iso osa ihmisistä", August huokaisi.

"Siis kaikki. Luettelimme juuri kaikki maailman ihmiset", Alex
sanoi huokaisten syvään.

"Ja meillä kaikilla olisi rahat tilillä ilman koko elämän siirtymistä
verkkoon."


*Hyviä ajatuksia kaikki, kyse oli kuitenkin vain palkasta. Jokaiseen
päivään kuuluvasta palkkajahdista josta oli tullut aikuisuuden
ainoa päämäärä ja symboli, päiviä kannatteleva voima ja
oikeastaan myös murheenkryyni. Monella rahaa oli niin paljon
ettei sitä tarvinnut edes ajatella, enemmällä niin vähän että siitä
perheissä tapeltiin ja ne laskettiin viimeiseen asti.*


"On eräs toinenkin asia mistä meidän pitäisi puhua ihan
vakavasti", Alex sanoi yhtäkkiä ja otti pöydältä kirjekuoren.

"Tämä oli tuotu sinulle jostain syystä minun nimelläni sillä välin,
kun lähdin etsimään sinua ja jotain syötävää."

August otti kirjeen käsiinsä ja luki sen.

Hän luki sen monta kertaa eikä halunnut ymmärtää, että siinä
puhuttiin hänestä.

"Mistä sinä sait tämän?"August kysyi epäuskoisena.

"Sain vastaanoton työntekijältä sen, joka oli tuonut sen siihen."

”Kuulostaa omituiselta. Haluan nähdä valvontakamerat.”

”Et siis usko tähän?” Alex ihmetteli.

”En todellakaan, kuka muka yhtäkkiä toisi virallisen kirjeen juuri
tänne enkä saisi sitä kotiosoitteeseeni? Miksi se oli sinulle
osoitettu?”

”Mennään katsomaan”, Alex sanoi ja he lähtivät majatalon aulaan.

Majatalon pitäjä oli palannut häistä ja antoi juuri avaimia uusille
asiakkaille kunnes heidät nähdessään ilostui kovin:

”Hei, saitteko kirjeen? Jätin siitä viestin vastaanottoon.”

”Kyllä saimme ja sen virallisuus ihmetyttää minua, saisinko nähdä
videotallenteet ajasta jolloin se on tuotu?”

”En oikein tiedä…saisin antaa ne vain viranomaisten käsiin ja
silloinkin vain pakon edessä…”

”Minä olen turvallisuusalan asiantuntija, ja kirje koski minun
vanhempiani, joita en ole koskaan nähnyt.Tämä olisi hyvin
tärkeää.”

”Hyvä on sitten, mutta et saa kertoa kenellekään että olin niin
höveli ja rikoin vuoksesi lakia.”

”En tietenkään, olen vain kiitollinen. Lait muuttuvat koko ajan,
kuka niiden perässä pysyy muutenkaan?”

Majatalon pitäjä kävi avaamassa takahuoneen oven ja meni itse
keittiöön sanoen että *eihän hän voi tietää mitä kukakin sillä aikaa
touhuaa kun itse on keittiössä.*

Alex kun tiesi edes suunnilleen ajan, jolloin kirjekuori olisi
mahdollisesti tuotu, niin hän alkoi etsiä mahdollista kirjeen tuojaa.
Meni tovi jos toinenkin kunnes tärppäsi:

”Katso August, tuossa!”, Alex sanoi ja tunnisti henkilön heti.

”Olen nähnyt hänet ennenkin! Hän piti jotain luentoa astrologiasta
ja tarot-korteista, puhui kun Jumala itse. Hän oli todella
vakuuttava.”

”Mitä hittoa hän minusta haluaa? Miten hän voi tietää kuka minä
olen?”

Majatalon pitäjä oli tullut takahuoneeseen ja sanoi:

"Tuo on huuhaa koko ihminen. Kaikki tietävät sen, paitsi ne, jotka eivät asu täällä."

August ojensi kirjeen majatalon pitäjälle ja sanoi samalla:

"Minkähän vuoksi hän olisi keksinyt jotain tällaista?"

Kun majatalon pitäjä oli lukenut kirjeen hän sanoi:

"Sen kyllä tiedän että hän ei ole tästä kaupungista, mutta voisiko hän olla sinulle jotain sukua? Vanhempiesi tuttava? Tässä kirjeessä on leima, vaikuttaa aidolta. Tuon henkilön tietäen, se vain tuntuu kovin epätodennäköiseltä. Jotenkin tätä kakkua on kaunisteltu."

"En todella tiedä muita kuin adoptiovanhempieni sukulaisia vain muutaman."

"Tuo kaveri videolla on River Gerritsen. Huijari ja silmänkääntäjä. Pystyy muka ennustamaan kädestä, hyvä jos ei syljestä. Isommat hotellit ottavat hänet esiintyjäksi siksi, että saavat lisää asiakkaita, on hän pyrkinyt tännekin mutta tuollaista energiaa en kaipaa tähän majataloon."

August ei ollut saanut vastauksia mihinkään, vaan lisää kysymyksiä.

Googlehan oli aivan mainio ensitiedon saantiin, tosin, varauksella. Silti se mitä August löysi vielä myöhään illalla lojutessaan läppäri sylissään terassilla, oli erittäin mielenkiintoista.

Jääkahvi tilkkasella Bayleysia, ja hiljalleen himmenevä taivas toivat sellaista rauhaa, jota hän oli koko päivän kaivannut. Meren yltä, hiljalleen pimenevän taivaan alta viimeisetkin linnut lensivät kotipesäänsä.

River Gerritsenillä tuntui olevan suuri yhteisö takanaan, ainakin instagramin mukaan jonka tiliä hän ilmeisesti itse ylläpiti. Sivusto oli ammattimaiseen tyyliin toteutettu ja lause ”Selkeyttä elämään” toistui moneen kertaan niin kuvissa kuin videotallenteissa. Monet avasivat henkilökohtaista elämäänsä instagramissa, mutta River Gerritsen ei. Ainoastaan jotain hänestä itsestään sai irti viimeisimmästä päivityksestä, joka koski surua ja hautajaisia. Ilmeisesti hyvän ystävän. Päivityksestä ei kuitenkaan selvinnyt kenestä oli kyse mutta hautajaisista ei ollut kulunut kovin pitkää aikaa.

*River Gerritsen, kuka sinä todella olet? Piiloudut ainakin ison yhteisön taakse, mutta miksi ja mihin heitä tarvitset?*

August klikkasi linkkiä instagram-tilillä, joka johti ”Selkeyttä elämään”-sivustoon, jossa tarjottiin astrologisia palveluita. August ei tiennyt sellaisesta juuri mitään, mutta ei mielessään ottanut kantaa suuntaan eikä toiseen, oliko tällainen huuhaata vai ei. Itse hän ei uskonut horoskooppeihin ihan siksikin että jos ihminen oli ilkeä ja kusipäinen, tai aikaansaava ja empaattinen, sellaiset piirteet eivät johtuneet horoskooppimerkistä vaan siitä että kyseinen ihminen sitten vain oli sellainen.

Mutta astrologia taisi olla aika paljon muutakin kuin pelkkä horoskooppimerkki, August huomasi.

Aika pian hänkin huomasi ajautuvansa siihen mielentilaan, että aiheesta piti saada tietää lisää. Oma itsekin alkoi kiinnostaa ja tottahan oli tilattava oma astrologinen kartta.

Sen sai omaan sähköpostiin vain minuuteissa, kunhan oli ensin laittanut lomakkeeseen oman koko nimensä, syntymäpaikkakuntansa ja syntymähetken kellon ajan.

Kuitenkin karttansa luettuaan, August vain enemmänkin pohti sitä, kuinka koukuttavaa tällainen oli, ei edes sitä oliko teksti lähelläkään totuutta.

Hän tunsi itsensä, joten tekstissä olisi voinut lukea mitä vain sen enempää vaikuttamatta häneen. Mutta kuinka tämä vaikutti ihmisiin joiden itsetuntemus oli huonolla tolalla?

Sivustolla oli yhteydenottolomake, jollainen oli jokaisella hyvällä sivustolla.

August kirjoitti aivan rehellisesti että toivoi pikaista yhteydenottoa Riveriltä itseltään, sillä halusi tietää mistä siinä kirjeessä oli kyse, jossa sanottiin että August olisi tietäjä.

Itsekseen hän ajatteli ettei hän sen tiedon saantiin olisi mitään kirjettä tarvinnut, kyllähän hän sen tiesi millainen hän oli. Siksi olikin mielenkiintoista miksi joku halusi tuoda julki oman tietonsa asiasta?

August klikkasi lomaakkeen kohtaa *lähetä*, sulki läppärinsä, laittoi kannen kiinni ja siirsi läppärin pienen pöydän päälle.

Hän sulki silmät, varmisti että kieli oli pois ylhäältä kitalaesta, rentoutti posket purematta hampaita yhteen, rentoutti hartiat, hengitti syvään nenän kautta ja puhalsi rauhallisesti ilmaa ulos tehden näin kolme kertaa.

Ja sitten hän alkoi odottaa vastausta.

Taylor ja hänen kollegansa olivat saaneet pitkin päivää vihaisia puheluita työntekijöiltä, jotka eivät olleet saaneet palkkojaan, juuri niin kuin Taylor oli ajatellutkin. Hän ansaitsisi Oscarin näyttelijänlahjoistaan, vaikka toisaalta hänen ei ollut ollut kovin hankalaa esittää asiantuntijaa joka oli tilanteesta ymmällään, sillä kyllähän hän sitä oli.

Tilanne oli ollut sietämätön, sillä puhelin oli soinut kymmenen sekunnin välein.

Taylorin nyt ollessa kotona, kiitollisena siitä, että oli eilen käynyt kaupassa, hän vieläkin kävi päivän tapahtumia läpi mielessään. Hän muisti muutaman asiakkaan sanoneen, että olivat nähneet rahat tilillä, kunnes luku oli alkanut yksitellen pienentyä, kuin röyhkeästi härnäten.

Asia oli ollut niin omituinen, että Taylor oli ilmoittanut siitä oman kaupunkinsa kyberrikosten osastolle. Hän varmasti jäisi kiinni siitä että oli se, joka oli tuntien ajan poistanut osan asiakkaiden tiedoista *aktiivinen*-täpän. Jokaisesta toiminnasta jäisi jälki, ja tietysti myös tunnukset joilla oltiin aktiivisena, ja sen he selvittäisivät ensin. Siis hänen esimiehensä, ei siihen viranomaisia tarvittaisi.

Taylor istui sänkynsä laidalla hieroen ohimoitaan. Jos kerran työntekijöiden tileiltä oli kadonnut rahaa, entä hänen tilinsä?

Hän otti puhelimen käsiinsä, kello näytti olevan 19:38, kun hän avasi pankkinsa sovelluksen.

Hän kirjautui sisään ja kauhukseen huomasi saman, minkä jo todennäköisesti kaikki koko maailmassa. Hänenkin tilinsä alkoi tyhjentyä.

Samassa puhelin alkoi soida, ja Taylor vastasi siihen.

”Taylor Ferguson.”

”Täällä puhuu tutkija Yannick Carmine, Kyberrikollisuuden osastolta. Olit ilmoittanut tänään aiemmin asiasta, joka koski asiakkaitanne. Milloin voit tulla asemalle ja kertoa minulle siitä lisää?”

”Minä voin tulla vaikka huomenna aamulla, minunkin tilini tyhjenee juuri silmieni edessä sentti kerrallaan.”

”Milloin saitte tiedon ensimmäisestä tällaisesta tapauksesta”, Yannick kuitenkin halusi tietää.

”Kello oli yhdeksän aamulla, kun saimme ensimmäisen puhelun, mutta onhan se mahdollista, että tämä on alkanut paljon aiemmin.”

”Sanoit, että sinunkin tilisi on tyhjentymässä.”

”Niin…”

”Ja muiden tilit ovat alkaneet tyhjentyä jo aiemmin päivällä…Eli se voi tarkoittaa sitä, että jokin liikenne pankkitilillä laukaisee tilin tyhjenemisen! Sisäänkirjautuminen tai tilisiirto!

Kiitos, Taylor! Sinun ei tarvitse tulla, tiedän kuinka toimia nyt, olisin kiitollinen jos voisin soittaa tarvittaessa”, Yannick sanoi.

”Ilman muuta, jos koet tarvitsevasi apuani.”

Puhelu katkesi jaTaylor jäi ihmettelemään mitä juuri oli tapahtunut.

Eli jos mikä tahansa pankkiliikenne laukaisi sen, että jokin virus, tai mikä ikinä olikaan, imi kaikkien tilit tyhjäksi, niin olivatko yritysten tilit turvassa, ja jos ei, hänen tekemänsä työ aamuyön tunteina oli turhaa.

"Mael! Mael!", Yannick huusi ja juoksi Maelin huoneeseen.

"Pidä lehdistötilaisuus ja ilmoita kaikille että ainakin tilille kirjautuminen tai pankkisiirrot laukaisevat sen, että tilit alkavat tyhjentyä."

"Miten sinä…?"

"Mael, tee se nyt!"

"Minä kutsun kaikki koolle, pidä sinä se", Mael sanoi ja tunki toffeeta suuhunsa. Yannick mietti että Maelin hampaat putoaisivat aivan kohta.

Puolen tunnin kuluttua Yannick seisoi kameroiden räpsyessä ja videoiden kuvatessa.

Hän käytti tilaisuuttaan hyväksi ja sanoi toivovansa videoiden vuotavan ympäri maailmaa sillä kyseessä oli ainakin Eurooppaan kohdistunut kyberhyökkäys.

"Tärkein asia tässä tilaisuudessa on se, että ihmiset kuulevat ja ymmärtävät sen, että ainakin omalle tilille kirjautuminen, sekä tilisiirrot aiheuttavat sen, että pankkitilit alkavat tyhjentyä. Tutkimuksemme ovat vasta alussa, mutta eräät seikat viittaavat siihen. Palkanmaksut ja etuuksien maksut on lakkautettava, ettekä saa kirjautua tileillenne ennen kuin asia on ratkaistu."

"Entä nostot pankkiautomaateilta?"

"En suosittele."

Ihmiset alkoivat meuhota ja huutaa:

"Millä me elämme, kaikilla ei ole käteistä niin pitkäksi aikaa että te saatte tämän ratkottua!"

"Pankista ei saa rahaa edes velaksi kun tilin katetta ei pääse näkemään!"

"Miten helvetissä tällaista pääsee tapahtumaan!"

Huudot, solvaukset ja asialliset kysymykset alkoivat sekoittua toisiinsa joten Yannick ohjattiin pois kameroiden ja mikrofonien lähettyviltä. Hänellä ja Maelilla tulisi olemaan pitkiä työpäiviä edessä.

Yannickin palatessa työtehtäviinsä, hän meni hakemaan kahvia. Claud oli tullut takaisin töihin jo kauan sitten ja nyt ojensi kupin kahvia parilleen.

"Etkö sinäkään keksi parempaa tekemistä elämälläsi kuin notkua täällä?"

"Olinhan minä viisi viikkoa lomalla", Claud vastasi ja sanoi että oli jo ollut yhteydessä Europoliin. Hän jatkoi:

"Meidän on saatava tilanne rauhoittumaan niin ettei lisää uhreja enää tulisi, ja ihmiset ymmärtäisivät olla käyttämättä korttejaan ollenkaan, työnantajat on saatava ymmärtämään että palkat on jätettävä maksamatta, kuntien on jätettävä sosiaalietuudet ja muut etuudet maksamatta, yrityksille ei saa maksaa tukia, vakuutusyhtiöt eivät saa maksaa palkanosaa tai muuta korvausta kenellekään…me tarvitsemme ison organisaation tähän nyt ja jokaisella on oltava selkeät sävelet siitä mitä kukin tekee. Tai siis jättää tekemättä."

"Onneksi sinä olet täällä", Yannick sanoi.

"Oletko syönyt?"

"En, en ole ehtinyt edes ajatella sellaista."

Parin päivän päästä August sai sähköpostia Riveriltä.

Hei August,

kiitos yhteydenotostasi. Minusta jokaisen kuuluu tietää oma historiansa, vaikka olisikin oma itsensä ja tyytyväinen elämäänsä. Olen Vuorten laulujen heimon päällikön veli. Veljeni ei puhuisi minusta hyvää, mutta joskus veljeksille käy niin että he alkavat seurata eri polkuja.

Miksi kirjoitan sinulle nyt, ja olen ottanut sinuun yhteyttä, johtuu siitä että nyt on minun aikani tunnustaa omat väärät tekoni. Mikä se sellainen astrologisen kartan tulkitsija on, joka ei omaa karttaansa lukisi ja toimisi sen mukaan?

Tunsin sinun vanhempasi, mutta tunsin myös Kamrynin. Olin Kamrynille kiitollisuuden velassa, sillä kun minut ajettiin pois Vuorten laulujen heimosta, Kamryn tarjosi minulle asuinpaikan.

En osannut aavistaa, että monia vuosia myöhemmin hän pyytäisi minulta jotain niin hirveää, mutta minun oli suostuttava hänen alibikseen sillä hänellä oli taitoa ja silloin jo vaikutusvaltaa tuhotakseen ihmisiä. Hänellä oli sosiaalisia taitoja sillä tavalla. Minun tehtäväni ei ollut silloin, eikä nytkään kuitenkaan tuoda sitä asiaa julki suurelle yleisölle.

Olin nuori ja tyhmä ja kadun sitä mitä tein. Koin silloin, että minulla ei ollut vaihtoehtoja. Toki olisin voinut mennä säilyketehtaalle purkittajaksi, mutta sinäkin tiedät että on tärkeää tehdä sitä mihin kokee intohimoa. Muuten ihminen näivettyy henkisesti ja on kuin elävä kuollut, tylsämielinen ja kaikille ikävä ihminen. Minun karmaani edustaa se, että voin tällä tavoin auttaa ihmisiä tekemään oikeita valintoja, minä itse uskon että voin tehdä niin, vaikka moni pitää tällaista huuhaana ja kusetuksena. Tämä yhteisö on minulle kuin perhe, ei se korvaa sitä perhettä josta minut ajettiin pois, mutta sitä se minulle edustaa.

On vuoro puhua hetki sinusta, ja minusta sinun on tärkeää tietää että sinun karttasi on erityislaatuinen. Vaikka et itse niistä ymmärtäisikään niin minä ymmärrän ja näen sen, että sinun vaikutusvaltasi on parhaimmillaan maailmanlaajuinen. Pystyt rakentamaan oikeudenmukaisuutesi vuoksi ympärillesi hyvää, ja oletkin sielunnumerosi mukaisesti rakentaja. Olet vahvasti tiedostava ja ehkä nuorempana olikin ongelmia olla vastaanottamatta kaikkea pahaa energiaa. Mutta mitä vanhemmaksi tulet, sitä paremmin osaat kanavoida näitä energioita ja opit mihin kannattaa ottaa kantaa. Ihan kaikkeen pahuuteen ei sinunkaan voimasi riitä. Siihen sinun voimasi kuitenkin riittää, että omalla toiminnallasi saat jotkut ihmiset ymmärtämään sen, että oikeudenmukaisuus on sellainen hyve jota kannattaa tavoitella vaikka siitä ei rahallisesti useinkaan hyödy itse.

Luota itseesi, luota vaistoihisi, ja muista ettei sinun tarvitse kenellekään selitellä itseäsi. Toimi sen mukaan mikä on oikein, ja uskoisin että olet jopa itse irtisanoutunutkin vääryyksien vuoksi, joita et voi hyväksyä ja joita olet todistanut esimerkiksi työelämässä. Uskon tietäväni että monista läheisistäsi se olikin hullua, heittäytyä irti työelämästä vääryyden vuoksi, siitä huolimatta juuri se asia on kanavoinut oikein juuri sinua ja sinun karmaasi. (Ja tiedät itsekin että puhun vakavista asioista, en siitä että liikuntaseteleitä ei enää saa.) Kun toimit oikein ja niin että yhteinen hyvä täyttyy, missä ikinä niin voitkin toimia, se palvelee sinun koko elämän karmaasi ja tulevaisuuttasi.


Miksi minulla oli sinun syntymääsi koskeva asiakirja? Jostain syystä silloin kun minut häädettiin heimosta, otin siitä kopion ja pidin sen itselläni. Ehkä siksi, että tiesin sinunkin joutuvan maailman tuuliin, ja jotenkin alitajuisesti ajattelin että joskus kohtaisimme.

Näin sinut ja kumppanisi kerran täällä majatalon aamiaisella, ja sinun silmäsi ja melkein sinisen mustat hiuksesi paljastivat sinut. Olet aivan kuin Ellis aikoinaan, kuin urhea intiaanisoturi.

Aion mennä kertomaan olleeni Kamrynin alibi ja otan vastaan sen mitä tulee.

Pyydän mitä syvimmin anteeksi, että olen sotkenut sisaresi asioita, sillä sinulla on sellainen. Varmaan sen sisimmässäsi tiesitkin?

Troylla ja Elliksellä on myös heimon nimet ja ne varmasti haluat kuulla.

Troy on heimonimeltään Viileä Kuu, Ellis on heimonimeltään Kuiskiva Tuuli.

Sinä et heimonimeä saanut, mutta sanoisin Aurinkoleijona.

Olenko oikeassa?


Toivon, että jatkat elämässäsi juuri niitä asioita, ja juuri sellaista oikeudenmukaisuuden puolesta taistelua, kuin mitä olet tähänkin asti tehnyt. Se on taistelua siksi, että se on vieläkin valitettavasti harvinaista; todellinen oikeudenmukaisuus, ja yhteiseksi hyväksi toimiminen.

Pysy vahvana August, mutta älä unohda pitää sydäntäsi ja sanojasi lempeinä.


Terveisin River Gerritsen


August ei tiennyt mitä ajatella lukemastaan. Hän nousi tuolilta ja asteli paljain jaloin parvekkeen aurinkovarjon suojaan. Kiviset laatat olivat auringosta lämpimiä.

*Hänellä oli sisar? Morgan? Miten Morganin elämä oli mennyt sekaisin Riverin takia? Kuka tämä Kamryn oikein oli?*

*Maailmanlaajuinen vaikutus? Hänhän halusi elää rauhassa, kilometrien päässä lähimmästä naapuristaankin.*

*Aurinkoleijona...*

Hän katsoi kaukana siintäviä vuoria ja tunsi yhtäkkiä voimakasta yhteenkuuluvuuden tunnetta. Kaikkialle. Heikompaa voisi sellainen hirvittää ja tuntua sekavalta, mutta Augustin mielen se yhtäkkiä maadoitti.

Morgan katsoi uutisia majapaikkansa yhteisessä olohuoneessa.
Hän ei ollut avannut pankkisovellustaan tänä aikana, hän ei ollut
nostanut rahaa eikä käyttänyt korttiaan joten hänen pitäisi olla siltä
osin turvassa. Hänen sisimmässään jäyti ahdistus, sillä hän tiesi
ketkä neljä tämän takana olivat.

Hän yritti soittaa Rorylle, mutta Rory ei vastannut. Hän jätti
viestin mutta ei saanut siihenkään vastausta.

Ulkona satoi eikä Morganilla ollut mitään tekemistä. Hän oli
käynyt aika päiviä sitten Augustin kanssa siinä kaupalla, jolla
August oli oletetusti nähnyt Skylerin, Scoutin, Blaken ja Roryn.
Kauppias ei ollut antanut heidän katsoa videotallennetta joten
reissu oli ollut yhtä tyhjän kanssa, sillä August ei ollut osannut
sanoa olivatko ne neljä henkilöä tulleet kävellen vai autolla.
Siitäkin olisi voinut päätellä jotain esimerkiksi asuinpaikasta.

Majapaikan omistaja tuli Morganin viereen ja toi samalla kupin
teetä ja keksejä.

”Ole hyvä nuorukainen”, hän sanoi.

”Kiitos, kovin ystävällistä.”

Omistaja istui Morgania vastapäätä ja sanoi pitävänsä sateesta.

”Se puhdistaa ja saa luonnon jatkamaan omaa kulkuaan. Ihmiset
voisivat ottaa luonnolta paljonkin oppia. Esimerkiksi elämän
poluilla kulkeminen, rauhoittuminen ja…”

”Ja se, että asiat tapahtuvat ajallaan”, Morgan ehdotti.

”Juuri niin nuorukainen, luonnollakaan ei ole koskaan kiire.
Kaikelle on aikansa.”

August saapui paikalle.

”Olen menossa töihin, haluaisitko Morgan tulla mukaani?”

”Tietenkin, en olekaan tehnyt oikein mitään koko päivänä.”

”Quinn, meillä menee aika myöhään tänään, August sanoi
yllättäen itsensäkin. Sanat vain tulivat hänen suustaan.

”Selvä on, ymmärrän vihjeen. Laitanko teille myöhäisen
iltapalan?”

”Laita vain”, Morgan vastasi ja hymyili Augustille joka myös nyökkäili myöntymisen merkiksi.

Morganista oli mukavaa olla taas ihmisten keskellä eikä yksin. Hän ikävöi kovasti Blakea, Scoutia, Rorya ja Skyleriä.

Jostain syystä hänestä tuntui kovin luonnolliselta olla Augustin kanssa, eikä hän ollut kokenut sellaista ennen.

August alkoi kysellä vuokraamassaan autossa Morganilta hänestä itsestään, ihan vain tutustuakseen:

”Kerro vähän itsestäsi Morgan, minkä ikäinen olet, mitä teet työksesi? Opiskeletko?”

”Olen 22-vuotias, juuri valmistunut tietoliikennealan insinööri, lyhyesti sanottuna. Tein opinnäytetyönä varojen siirron riskienhallintaan liittyvän työn.”

”Olet aika nuori insinööriksi.”

”Me olemme kaikki, valmistuimme etuajassa. Suoriuduimme opinnoista helposti ja nopeammin kuin muut.”

August oli nyrjähtää innosta, mutta hänhän ei voinut kertoa omaa ammattiaan jotta se ei vahingossakaan päätyisi nyt väärin korviin, varsinkaan kyberturvallisuuden laitoksessa, johon he olivat nyt menossa ja jossa hän oli ”siistijänä”.

August oli nähnyt jopa itselleenkin epätavallista unta. Siinä Morganin vieressä oli kävellyt aivan pikkuruinen leijona, ja se osui juuri ja juuri Morgania polvitaipeeseen. Se oli ollut kovin ihmismäisen oloinen ja August oli unessa kuullut sen ajatukset jotka olivat olleet ihan tavallisia, kuten ”pitäisi käydä kaupassa” tai ”olikohan salikortilla vielä rahaa”. Se käveli rennosti eikä ollut moksiskaan vastaantulijoista eivätkä vastaantulijat siitä. Ilmeisesti sitä eivät muut nähneet.

”Hienon kuuloinen ammatti!” August oli aidosti iloinen ja jatkoi kysyen:

”Oletko jo löytänyt työpaikan?”

”Olen kyllä, olen nyt lomalla. Ei minulla olisi vielä ollut sellaiseen oikeutta, mutta olen ollut huono-uninen viime aikoina. Sain pomolta ihan säälistä tämän loman.”

”Palkattoman?”

”Kyllä osittain, mutta minulla on rahaa aina sukanvarressa.”

August todella piti tämän nuoren ihmisen seurasta.

”Oletko niin huolissasi niistä ystävistäsi ettet saa nukuttua?”

”Olen. Olemme kaikki orpokodin kasvatteja. Olemme eläneet yhdessä aina. He saivat täältä ilmeisesti sen työn mitä tulivat hakemaankin, mutta emme ole kuin ihan kerran, kaksi soitelleet sen jälkeen kun tulivat tänne työhaastatteluun. Ja muutaman tekstiviestin olemme lähetelleet.”

”Mitä töitä he hakivat?”

”He hakivat tätä samaa alaa mitä minäkin teen”, Morgan vastasi ja sanoi että Rory esimerkiksi oli käsittämättömän taitava ohjelmoija.

”Ai niinkö?”

”Rory voisi ohjelmoida vaikka kaikki Toyotat peruuttamaan maailmanlaajuisesti samaan aikaan”, Morgan naurahti.

”Kuulostaa älykkäältä kaverilta.”

”Rory onkin. Hän tietää paljon kaikesta ja on kovin utelias. Olemme…tai no, olimme hänen kanssaan todella läheisiä.”

Kun he olivat perillä Augustin työpaikassa, he kävelivät sisään aulaan. Parker, eli aulan päävartija huusi:

”Hei, ei vierailijoita!”

”Tämä on siskontyttöni Morgan eikä mikään vierailija.”

”Kyllä sinä tiedät säännöt.” Parker iski salaa Morganille silmää.

”Ja sinä tiedät ettet nähnyt mitään”, Morgan huusi takaisin ja he jatkoivat matkaa pukuhuoneisiin.

”Tässä, ota sinäkin tämä siistijän asuste niin olemme edes jotenkin samannäköisiä”, August sanoi ja he lähtivät yhdessä kärryineen siistimään paikkoja.

10.

Oli Roryn vuoro olla vahtivuorossa ja katsella ruutuja Waden kodista, ihan kuin sinne kukaan pystyisi murtautumaan. Siivooja näkyi joka ilta, aina lähes samaan aikaan. Niin kuin nytkin, Rory huomasi.

Samalla hän huomasi jotain muutakin, hän meni lähemmäksi ruutua ja jo tallennettua kuvaa hän suurensi. Hän ei ollut uskoa silmiään, ja poisti nauhoitetun videopätkän.

Se oli ollut Morgan!

Hänen pitäisi tuhota videolta kaikki ne osat missä Morgan näkyi. Muuten Morgan voisi päästä hengestään tai joutuisi ainakin suuriin ongelmiin.

Mitä Morgan teki täällä, ja miksi hän oli täällä siivoojan kanssa? Oliko Morgan nähnyt hänen kirjoittaman viestin? Rory, Blake, Scout ja Skyler olivat nyt rikollisia. Morgan ei saisi löytää heitä!

Asiat olivat muuttuneet todella paljon, he eivät olisi enää kuin sisarukset. Morgan ansaitsisi parempaa.

Rory toivoi, ettei Morgan tulisi tänne enää koskaan, sillä hän ei ollut itse aina vahtivuorossa, ja muut ajattelivat toiveikkaasti vielä pääsevänsä vapauteen. He ajattelivat etteivät joutuisi vankilaan, sillä olivat tehneet rikoksen olosuhteiden uhreina.

Rory olisi voinut ohjelmoida piirin väärin, tai hälyttämään apua. Mutta sitä hän ei ollut tehnyt. Eivätkä muutkaan olleet sellaista ehdottaneet.

Hän ei tiennyt olisiko se lieventävä asianhaara, että oli henkensä uhalla lamaannuttanut koko Euroopan?


"Miten sinä oikein saat palkkasi nyt kun kenellekään ei voi siirtää rahaa?", Morgan kysyi Augustilta.

"Sovin pomoni kanssa, että hän antaa minulle tänään käteistä kun olen saanut kierroksen valmiiksi."

August ja Morgan olivat menossa kohti valvomoa, jossa oli tyhjää. August laittoi tietokoneen etupaneeliin muistitikun ja pöytää pyyhkiessä "vahingossa" osui hiireen, joka herätti näytön eloon. Morganin katsoessa muualle hän käytti vartijan korttia koneen lukulaitteessa, jolloin sen näytön lukitus aukesi, hän haki viimeisimmät tiedot jotka tallensi ja sujautti tikun taskuunsa. Hän uskoi nyt olevansa valmis sen suhteen, että näyttöä oli  tarpeeksi syytteiden nostamiseen.

Hän ei ollut luonnollisestikaan saanut katsoa tietoja sen enempää, mitä oli silloin Yannickin kanssa nähnyt kun olivat pääseet laitokseen salaa.

Yannick ja Claud tutkivat nyt tätä asiaa, ja August vain antoi heille tietoja, joita he eivät muuten saisi. Kukaan ei uskoisi että Kyberrikollisuuden tutkimuskeskus tekisi jotain laitonta eivätkä Claud ja Yannick saisi tänne milloinkaan etsintälupaa.

Kun he olivat kierroksensa tehneet ja Morgan ihaillut laitoksen suuruutta moneen otteeseen, August soitti pomolleen, jota ei ollut nähnyt ennen. Työsopimus ja tunnistautuminen oli tehty sähköisesti, haastattelu oli tehty puhelimitse. Eihän sillä niin väliä ollut kuka siivosi! Tuskin missään muussa ammatissa rekrytointi olisi ihan näin retuperällä August ajatteli.

Toisaalla Wade paukahti nelikon huoneeseen ja sanoi että käy maksamassa siivojalle palkan käteisellä jonka jälkeen lähtisi neuvotteluun jossa kestäisi ainakin vuorokausi. Nelikko ei olisi silläaikaa lukitussa tilassa ja he olivatkin saaneet olla muutoinkin vapaammin sen jälkeen kun olivat saaneet toteutettua sen mitä Wade oli pyytänyt. Wade ei siltikään laskenut heitä vapaaksi, koska uskoi että he menisivät heti poliisin juttusille ja hän tiesi valokuvasta, jonka Morgan oli hänestä lähettänyt Rorylle.

Rory kuuli Waden puheen valvomosta, sillä heidän huoneessaan oli mikit, missään muualla ei. Hän kauhistui, sillä Wade ei ikinä saisi nähdä Morgania. Morganin kasvot olivat näkyneet murhantunnustusvideolla, sillä hän oli kääntänyt sen itseensä ja esitellyt kuka hän oli ja miksi hän oli videon kuvannut. Rory odotti kunnes Wade lähti ja samaan aikaan itse häipyi valvomosta.

Rory juoksi pitkin käytäviä, kunnes oli pukuhuoneiden kohdalla. Hän odotti nurkan takana, jotta ovi aukeaisi. Hän näki Morganin ja siivoojan ja juuri kun he olivat kääntymässä pääaulaan, Rory nappasi Morganin otteeseensa ja piti kättään hänen suun edessä vetäen Morgania mukaansa, jottei hän näkyisi pääaulaan. August katsoi järkyttyneenä ja Rory piti sormeaan suunsa edessä ilmoittaen näin ettei August sanoisi mitään.

August ymmärsi ja oli hiljaa. Hän kääntyi pääaulaan ja meni odottamaan Wadea ollen kuin mitään ei olisi tapahtunutkaan. Hän pystyi siihen, sillä leijona olisi ilmestynyt aikoja sitten, jos Morgan tai hän olisi ollut vaarassa.

Wade tuli kuten oli luvannutkin. Augustin oli käytettävä kaikki tahdonvoimansa, jottei hänen naamastaan näkyisi, että hän tunnisti miehen.

Wade oli se mies johon hän oli törmännyt ensimmäisenä päivänään tässä maassa! Ja hänestä tuntui nyt ihan yhtä oksettavalta kuin silloin aiemminkin.

Hänen sisintään huimasi, niin oudolta kuin se kuulostikin,
Augustia ei huimannut, mutta koko muu vartalo tuntui huojuvan ja
pian se tunne sai selityksen:

*Waden takana olevan lasiseinän koko pinta-alan peitti kokonaan
tuuheaharjainen leijona. Se heijastui lattiasta kattoon harja
hulmuten. Se oli valtavan lihaksikas, valtavan suuri ja August
tunsi, että nyt se oli valtavan vaarallinen. Leijona tuijotti Wadea
hyökkäävin silmin ja karjaisi niin kovaa että koko talon
hälytinjärjestelmä sekosi. Alkoi korvat hajottava pirinä ja
Augustin ja Waden piti painaa kädet korville maahan painautuen
sillä niin kovaa heidän korviinsa sattui.*

*August katsoi ikkunaan ja näki leijonan kuoputtavan maata, se
nousi takajaloilleen kuin karhu konsanaan ja iski valtavan
kookkaat tassunsa maahan niin lujaa tömähtäen, että maa alkoi
järistä. Leijona karjaisi jälleen, kuin tuhatpäisen metalliyhtyeen
örisijät.*

August ryömi aulan tiskin taakse ja meni pöydän alle jonne
Wadekin tuli naama kalpeana.

"Mitä helvettiä täällä tapahtuu!", Wade huusi.

"Maanjäristys vain", August vastasi eikä tiennyt miten suhtautuisi
leijonan haluun saada Wade hengiltä. Leijona tuntui olevan
tosissaan eikä August ollut koskaan "nähnyt" sitä sellaisena kuin
se oli nyt.

Vastentahtoisesti ja oksennustaan pidätellen, August sanoi
Wadelle:

"Tämä on varmasti kohta ohi. Yleensä nämä eivät kestä kauan."

"Olen asunut täällä lähes koko aikuisikäni, enkä ole kokenut
mitään tällaista."

Kuin salamaniskusta hälytinjärjestelmä lakkasi huutamasta ja
tärinä loppui. August ryömi pöydän alta ja meni ikkunan luo.
Leijona seisoi siinä suurena ja vahvana, vaikkakin
haalistuneempana.

"Voit tulla jo sieltä pöydän alta, kaikki on hyvin nyt!"

Mitä enemmän August lohdutti  Wadea, sitä himmeämmäksi
leijona muuttui- se katsoi Augustia hieman irvistäen, kuin
loukkaantuneena ja kääntyi kannoillaan, lopulta häviten kokonaan.


Rory veti Morganin pukuhuoneeseen sillä aikaa kun talon
hälytysjärjestelmä sekoili, nyt he saivat hetken aikaa puhua
toisilleen sillä verukkeella, että he kaksi kiinnostaisivat vähiten
yhtään ketään juuri nyt. Rory piti kättään Morganin suun päällä.

"Oletko hiljaa jos päästän käteni irti?"

Morgan nyökytti.

Rory irrotti kätensä ja Morgan syöksyi halaamaan häntä.

"Meillä ei ole paljon aikaa, Morgan."

"Mitä helvettiä tämä on Rory? Miksi et vastaa puheluihini tai
viesteihin? Oletteko te sen kyberhyökkäyksen takana? Vastaa!"

"Morgan kuuntele nyt. Wade, tuo minun pomoni, ja sinun  jonkun
tuttavasi pomo, on sekopää."

"No niinhän minä sanoin!", Morgan parahti.

"Niin, sinä olet oikeassa, niin aina olet, mutta se ei paranna enää
tätä tilannetta. Me olemme täysin hänen vallassaan, me
jouduimme toteuttamaan hänen tahtonsa tai olisimme kuolleet."

"Arvasinhan!"

"Olen varma, että hän on omien vanhempieni katoamisen takana,
Wade on varmasti ollut heidänkin pomonsa.

Hän pitää meitä vankina täällä yhdessä huoneessa, johon hän
laskee hermokaasua, jos emme tee kuten hän haluaa."

"Mistä hän sellaista muka on saanut?"

”Hitostako minä tiedän! Enkä haluakaan tietää. Sinun pitää pysyä poissa täältä, älä tulee enää tänne!”

”Joudut lopun iäksesi vankilaan Rory”, Morgan sanoi kauhistuneena.

”Juuri kun sain toisen vanhempani takaisin minä menetän teidät”, hän sanoi kyynelsilmin.

”Morgan, minun on nyt mentävä.”

He halasivat pitkään ja sitten Rory lähti.

August tuli muutamien minuuttien päästä pukuhuoneeseen kalpeana.

”Mitä hittoa täällä tapahtuu? Kuka se sinut kaapannut oli?”

”Se oli Rory. Ja hän sanoi että he ovat tämän kyberhyökkäyksen takana, Wade on pakottanut heidät siihen.”

”Mennään, tule, mennään ystäväni luokse poliisiasemalle.”

”En tahtoisi…”, Morgan näytti jämähtävän paikoilleen.

”Morgan meidän täytyy.”

”En voi, sain juuri toisen vanhempani elämääni kun hän ensin oli ollut syyttömänä vankilassa vuosikymmeniä ja nyt menetän toisen osan perheestäni vankilaan jonkun yhtä kusipäisen takia.”

”Lupaan ettei niin käy.”

”Et sinä voi sellaista luvata”, Morgan sanoi ja otti napistaan samanlaisen tallentimen kuin mitä hän oli aikaisemminkin käyttänyt ja ojensi sen Augustille.

”Ota sinä tämä, minä haluan lähteä kotiin. En kestä, että menetän taas osia itsestäni”, Morgan sanoi äänessään niin syvää surua että Augustkin herkistyi.

Paljon myöhemmin August ja Morgan söivät hiljaisuuden vallitessa, August oli saanut Morganin ylipuhuttua syömään, vaikka ensin olikin jästipäiseen tyylinsä kieltäytynyt tomeran näköisenä. Myöhäinen ilta alkoi hiljetä ja sadekin oli jo lakannut.

Kun he olivat ajaneet takaisin loma-asunnoille, joitain ihmisryhmiä oli edelleen huutamassa kovaäänisiä ja vihaisia totuuksiaan tapahtuneesta ja vaativat maan johtajien eroa.

Niin kuin ero auttaisi siihen, että aina joku keksi tavan lamaannuttaa yhteiskunnan toiminnan. Niin kauan kun sen pystyi tekemään vain sillä että köyhdytettiin koko maailman väki, tyyli oli vapaa.

"Kertoisitko lisää niistä sinun vanhemmistasi?" August pyysi.

"En tiedä heistä mitään. Luulin kuitenkin pitkään, aikuisikääni asti, että he molemmat olivat kuolleet tulipalossa. Vasta viime kuukausina minulle selvisi, että toista vanhempaani oli syytetty murhasta, tulipalosta jossa kuoli toinen vanhemmistani ja hänen rakastajansa. Sain kuitenkin selville, että rakastajan petetty kumppani olikin murhan takana ja sain tunnustuksenkin nauhalle. Se on tosin kadoksissa, sillä poliisille viemäni tunnustus oli ihan jotain muuta. Murhaajalla oli alibi ja kiinnostaisi tietää kuka sen takana on. Valehtelija on ihan yhtä syyllinen."

Morgan yritti selittää kaikkea tapahtunutta liian nopeasti ja liian väsyneenä.

"Kuulostaa rankalta. Minkä ikäisenä sinä jouduit orpokotiin?"

"Olin vuoden ikäinen."

"Etkä ole koskaan asunut missään muualla?"

"En, ennen kuin nyt näiden neljän kanssa, jotka ovat kyberhyökkäyksen takana, vaikkakin pakotettuina."

"Niin juuri, he eivät ole kuitenkaan suunnitelleet sitä ja olivat siinä uskossa, että olivat menossa aivan rehellisiin töihin. Jos ihminen uhataan tappaa, niin hän kyllä tekee vaikka ja mitä sen eteen ettei niin kävisi."

"Miksei Rory tai muut vastanneet minulle mitään?"

"Wade on taatusti estänyt kaikin tavoin heitä pitämästä yhteyttä kehenkään. Lupaan että selvitän tämän", August sanoi.

"Pelkään että Rorylle ja kumppaneille käy huonosti jos Wade saa
tietää."
"Niin ei käy, tämä hoidetaan hienovaraisesti ja ammattimaisesti.
Nyt ajamme poliisilaitokselle."

Yannick, Claud ja Mael kuuntelivat Morganin tarinaa
herkeämättä. He olivat tarjonneet kahvia ja pullaa, Mael
herttaisesti toffeetaan, vaikka taisikin salaa olla kiitollinen ettei
kukaan muu halunnut hampaisiin kiinnittyvää sokerimassaa.

"Nauhoitetusta puheesta saa kyllä selvää kun Rory puhuu Wadesta
nimellä ja sen, että heidät on pakotettu tähän. Hälytinjärjestelmän
ääni kuuluu aika lujaa.Video on hieman epätarkka johtuen
tärinästä."

"Uskon että rikostekninen laboratorio hoitaa videon siihen
kuntoon että siitä saa selvän", Claud sanoi ja jatkoi toteamalla että
vie sen ihan heti tutkittavaksi.

"Ota samalla tämäkin", August sanoi ja otti muistitikun taskustaan
kertoen että siinä olisi lisää todisteita jos syyte aiottaisiin nostaa.

"Kuinka ihmeessä me saamme etsintäluvan Kyberrikollisuuden
tutkimuslaitokseen, joka on siis myös ollut Waden koti kaikki
nämä vuodet!?" Yannick pähkäili.

Mael sanoi hoitavansa asian, sillä hän uskoi nuorta Morgania.
Kukaan ei tulisi tuhansien kilometrien takaa täysin yksin ihan vain
valehtelemaan tuntemattomille.

"Vai tulitko? "

"No en tietenk…!"

"Kiusoittelin vain", Mael sanoi ja nielaisi toffeensa avaten samalla
uuden. Morgania ärsytti.

"Tällä asialla on varmaan vähän kiire", August sanoi huomaten
Morganin ilmeen.

"Alamme heti töihin, kiitos Morgan kun kerroit etkä jättänyt
ystäviäsi pulaan."

"Perhettäni. He ovat minun perhettäni", Morgan vastasi.

Augustin ajaessa Morgania omaan hotelliinsa, hän kysyi;

”Tiedätkö sinä vanhempiesi nimiä? Tiedätkö heistä yhtään mitään?”

”Troy ja Ellis ovat vanhempiani. Tosin heistä vain Troy on elossa.” Augustin sisintä kouraisi.

”Oletko koskaan kuullut sellaista nimeä kuin River Gerritsen?” August kysyi kun auto oli lipunut taas yksien katuvalojen ohi pimeässä.

”Hmm…muistaisin että näin sen nimen kun kävin läpi papereita jotka sain orpokodista, ne paperit jotka koskivat vanhempiani ja tulipaloa. Jos muistan oikein niin River Gerritsen oli se, jolta Kamryn sai alibinsa.”

Augustin sydän jätti lyönnin välistä kuullessaan nimet.

”Sinun olisi syytä nähdä eräs todistus”, August sanoi Morganille.

”Liittyen mihin?”

August katsoi Morgania etsien yhdennäköisyyttä. Huulet, ehkä. Poskipäät.

”Siihen, että me kaksi olemme mahdollisesti sisaruksia.”

Morgan katsoi Augustia silmiin ja oli pitkään hiljaa pyöritellen kelloa ranteessaan ennen kuin sanoi:

”No… minä vähän ihmettelinkin…”, Morgan aloitti.

”Ai mitä?”

”Sitä että pidin sinusta heti, enkä pidä yhtään kenestäkään heti. Minä tarvitsen enemmän aikaa sellaiseen.”

August naurahti.

”Samoin”, August sanoi ja otti Morgania kädestä.

August soitti Alexille ja pyysi tuomaan hänen perheestään kertovan lapun ravintolaan, sillä hänen pitäisi näyttää se Morganille.

”Mahtavaa, tietääkö hän jotain tästä lapun lähettäjästä!”

"Morgan on mahdollisesti sisarukseni. Ainakin hänen vanhempansa ovat samannimiset."

"Alex?", August kysyi pitkän hiljaisuuden jälkeen.

"Öhm, siis että Morgan olisi…?"

"Niin, no ikäkin voisi täsmätä, vanhempani olivat aloittaneet elämän jossain muualla ja olivat päättäneet perustaa uudelleen perheen."

"Ja sisarellasi ei ole näitä samoja kykyjä…?"

"Kuka sanoi että minulla on mitään kykyjä?"

"No onhan sinulla, August."

"Haittaako se?"

"Ei ole koskaan haitannut."

"Tiesitkö…?"

"Olen elänyt kanssasi kohta 7 vuotta. En minä sitä nimetä osannut mutta kyllä minä jotain aavistin ja tiesin jollain tasolla. Miksi et luottanut minuun ja kertonut?"

"Miten sellaisesta kertoo? Sanomalla että tiedän liikekumppanisi olevan läpimätä? Ei sen kuulu mennä niin. Jos olisin milloinkaan puuttunut elämäsi valintoihin, olisimme riidelleet, ja taas riidelleet, ja hetken päästä olisimme riidelleet asian vierestä koska olisit kokenut minut epäluotettavaksi ja sitten olisimme eronneet enkä halua sitä.

Vaikka nyt tiedätkin, niin näistä ei kuulu puhua kahvipöydässä, joulujuhlissa, ei oikeastaan missään. Nämä asiat vain ovat, ne ovat olemassa puhumattakin."

"Ymmärrän."

"Olemme kohta perillä, nähdään ravintolassa", August sanoi.

"Mistä ei puhuta kahvipöydässä?", Morgan ihmetteli?

"Ei mistään. Lue se lappu ja kerro sitten mitä siitä ajattelet", August sanoi.

Morgan luki lapun monesti eikä osannut sanoa muuta kuin että
hänestä Troy kieltämättä näytti hieman intiaanilta. Mutta vain
vähän. Ei hänellä ollut mustia pitkiä hiuksia tai sulkaa päässään.

Troylla oli lyhyet hopeanharmaat hiukset, silmät kuin
suklaaputous, vankat kädet ja oikein vahvat kasvonpiirteet.

”Oikeastaan, sinä ja Troy olette vähän saman näköiset, mutta
Troylla ei ole tuon värisiä silmiä. Hänen silmänsä ovat sellaiset
pehmeän ja karkkimaisen ruskeat joissa on hirveästi surua. Sinun
silmäsi ovat kirkkaat ja sellaiset viisaat silmät, jotka näkevät
kaikkialle”, Morgan sanoi katsoen Augustia.

”Lopullisestihan tämä selviää DNA-testillä”, August sanoi.

”Minä uskon että me olemme sisaruksia”, Morgan sanoi, ”minä
vain tiedän sen sydämessäni.Vaikka ei minulla varmasti ole
mitään kykyjä. Hyvä ihmistuntija olen mutta se johtuu vain siitä
että epäilen varmuuden vuoksi kaikkea ja joskus väkisinkin osun
oikeaan”, Morgan nauroi ja sai muutkin nauramaan.

11.

"Onko sinulla näihin liittyen yhtä ainoatakaan todistajaa näiden neljän lisäksi, jotka olivat nyt oletetusti pakotettu laittamaan koko Eurooppa sekaisin", Claud kysyi Yannickilta. Yannick pähkäili, ja oli vastata ei, kunnes muisti:

"On, on minulla. Taylor! Palkanlaskija joka soitti tänne kun…minä soitan hänelle ja pyydän hänet käymään."

"Joo, mutta soita vasta huomenna. Kello on yli puolenyön."

"Hemmetti!", Yannick kirosi.

"Hei, me saimme luvat", Mael huikkasi oman huoneensa ovelta.

"Tähän aikaan?"

"Rikolliset ja lainvalvojat elävät ajatonta aikaa", Mael vastasi viisaana.

"Haluan samaa mitä sinä syöt", Claud sanoi Maelille osoittaen ohimoitaan.

Mael kääntyi kannoillaan ja hetken kuluttua huoneesta lensi pari banaanitoffeeta ja se sai molemmat etsivät nauramaan.

"Minä en tarvitse, molemmat ovat sinulle", Yannick sanoi.

"Kuules kloppi!" Claud naroi, ja jatkoi:

"No, jokos mennään."

Yannick oli hetken mietteliäänä ja kysyi:

"Haittaisiko jos haemme Augustin mukaan?"

Augustin ja Alexin loma-asunnon oveen koputettiin. August meni huolettomasti avaamaan ovea, johon Alex oli ensin huutaa jotain mutta tiesi sen olevan turhaa. August ei avaisi ovea jos se olisi vaarallista, sillä hänhän tietäisi asian olevan niin. Siispä oli turha ihmetellä edes sitä että kello oli pian yksi yöllä.

Se olisi jotain ihan tuikitavallista.

”Hei, August, anteeksi kun herätimme”, Yannick sanoi kun August avasi oven.

”Ei se haittaa, en ollut vielä edes menossa nukkumaan. Mitä asiaa?”

”Olemme menossa kyberrik…Waden kotiin, saimme kotietsintäluvan.”

”Tähän aikaan?”

”Rikolliset ja lainvalvojat elävät ajatonta aikaa”, Claud huikkasi oven raosta.

”Kappas, sinäkö se oletkin se filosofi teistä kahdesta?”, August naurahti.

”Tuletko mukaan?”, Yannick kysyi.

”Kysytkin vielä!”

August istui upean maasturin nahkaisella takapenkillä, ja alkoi valmistautua tulevaan. Hän sai itsensä sellaiseen ajattelun tilaan missä hän kutsui leijonaa. Muiden silmiin Augustissa ei näkynyt ulospäin mitään, mikä antaisi aihetta epäillä, että niin oli tapahtumassa. Hänen silmänsä eivät kääntyneet nurin eikä hän korissut tai kuolannut. Hän vain sulki silmänsä ja hengitti. Hän hengitti ja jokaisella uloshengityksellä pyysi mielessään apua.

He olivat Kyberrikollisuuslaitoksen, eli Waden kodin pihalla keskellä syvintä yötä, ja autosta poistuessaan August näki auton ikkunoissa leijonan, joka käveli takaikkunoita pitkin etuikkunoille ja sieltä se loikkasi jälleen suuren rakennuksen takaikkunaan.

*Odota hetki,* August ajatteli hengittäessään ulos.

Heidän avukseen oli tullut muutama partio, ja ne jäivät aseistautuneina odottamaan ja valvomaan, että kotietsintä saataisiin suoritettua kuten heille oli luvattu.

Yannick soitti ovisummeria. Hän joutui soittamaan kolmesti, ennen kuin Wade tuli avaamaan.

"Mistähän syystä täällä keskellä yötä kunniallisia ihmisiä herätellään?"

"Olen Yannick ja tässä on Claud, olemme kyberrikosten osastolta. Tulimme ilmoittamaan että meillä on kotietsintälupa ja…"

"Keskellä yötäkö sellainen pitää suorittaa! Tulkaa huomenna takaisin! Hyvää yötä!", Wade huusi ja oli sulkemassa ovea kun tuttu tärinä tuntui jalkojen alla.

"Joko taas!", Wade huusi ja katsoi Augustia.

"Aina kun sinä olet paikalla koko saamarin tanner tömisee! Tulkaa sitten! En kyllä tiedä mitä te täältä haette, saamarin idiootit, keskellä yötä…Mielestäni minä maksoin ihan laillisesti ja lain mukaisen summan tuolle siivoojalle!"

"Ei tässä ole sellaisesta kyse, vaan vakavammasta asiasta", Claud sanoi.

"Mistä muka?", Wade oli kuin ei tietäisi.

"Näytä se huone missä pidät niitä nuoria aikuisia. Tiedämme että heitä on neljä."

"En ymmärrä mistä puhutte!", Wade huusi ja August näki leijonan suuttuvan. Se oli jälleen ikkunoiden kokoinen ja hurjaakin hurjempana Waden takana. Se nousi takajaloilleen, tömäytti etutassunsa maahan valtava harja hulmuten, ja täräytti jälleen talon rakennuksia.

"Mikä helvetin noita sinä olet!"

Wade otti yllättäen aseen aamutakkinsa liepeiltä ja osoitti Augustia sillä.

"Pysykää saatana siinä!", Wade huusi ja lähti aulasta vasemmalle. August tiesi mihin hän oli menossa sillä leijona näytti sen katseellaan. Hän lähti sen osoittamaan suuntaan.

"August! Et mene, me pyydämme apua."

"Wade menee ja tappaa heidät! Minä haen heidät pois."
August seurasi Wadea varovasti, ja hän oli oikeassa, Wade oli menossa nelikon luo.

Leijona seurasi herkeämättä tapahtumia. August näki sen kasvavan jälleen kokonaisen seinän kokoiseksi, sen harja hulmusi ja silmät katsoivat tiivisti Wadeen.

August tiesi ettei hän voinut estää leijonan tahtoa, sen ohjaus Augustin elämässä oli muuttunut intensiivisemmäksi, ja hän toivoi että se olisi väliaikaista. August oli jo nyt uuvuksissa.

Kun Wade avasi sen huoneen oven, jossa Blake, Scout, Skyler ja Rory olivat, leijona nousi takajaloilleen ja tömäytti lähes talon korkuiset tassunsa maahan kovempaa kuin milloinkaan ennen ja karjaisi maailman kolkat ja taivaan auki.

Vettä alkoi sataa niin rankasti, ettei milloinkaan maailmassa oltu nähty sellaista ja jossain syvällä viidakossa puhuttiin näin rankan sateen olevan leijonien itkua.

Tarinat kertoivat maailmassa olevan Aurinkoleijonan joka oli kaikkien elollisten sielujen äiti ja isä ja silloin kun se suri kaikkia menetettyjä sieluja, alkoivat rankkasateet ja kaiken altaan tuhoavat tuulet ja tulvat.

Kun Augustia suojeleva Aurinkoleijona otti suojelijan roolin henkensä kaupalla, sen sai tuntea nahoissaan koko maailma.
August oli Aurinkoleijonan ihmismuoto, ja oli siten voimakkaimman energian suojeluksessa.

Kun Augustia suojeleva leijona karjui kaikin voimin pelastaakseen henkiä, se tarkoitti maailman koko taivaan repeämistä. Se tarkoitti lumivyöryjä, se tarkoitti maanjäristyksiä.

Vettä satoi niin rankasti monissa kaupungeissa, että se pysäytti kaiken liikenteen; metrot, junat, bussit, lentokoneet ja laivat. Mikään ei liikkunut kun Augustia suojeleva leijona oli saatu suuttumaan.

Eräässä maailman kolkassa, rakennuksilla työssä olevat henkilöt juoksivat työautoonsa turvaan, sateen ja tuulen voima heilutti raskasta pakettiautoa leikiten.

"Mitä helvettiä tämä oikein on?", huusi toinen työkavereilleen.

"En tiedä, en ole koskaan kokenut tällaista!" Samassa alkoi sataa lumipallon kokoisia rakeita ja ukkonen huusi kuin kilpaa taivaalla.

"Kuka idiootti on mennyt suututtamaan jumalat näin pahasti?"

"Kuka ikinä onkin, ei varmaan tee sitä toiste. Jos on enää elossakaan. Enpä haluaisi olla henkilökohtaisesti tämän kohteena!"

"Tämä on taatusti jotain muuta kuin ilmaston lämpenemistä! Se on varma!"

Aivan koko rakennus tärähti ja Wade horjahti vasten kaapistoa jolloin ase tipahti maahan. Nelikko oli luonnollisesti hereillä, sillä aiempi tärähtely oli herättänyt heidät.

August huusi oven toiselta puolelta:

"Skyler, Rory, Blake ja Scout, juoskaa ulos!"

He juoksivat elämänsä edestä ja August näki leijonan silmien palavan, se karjui kuin viimeistä päivää ja sen voimasta ovi sulkeutui Waden jäädessä huoneeseen. Leijona tömäytteli tassujaan niin kauan, että huoneen nurkista alkoi huoneeseen levitä myrkyllistä kaasua joka peitti koko huoneen.

August tipahti polvilleen, sillä leijonan teot Augustin energioiden kautta olivat vieneet kaikki voimat. Hänen päätään huimasi, häntä oksetti, eikä enää kyennyt pysymään tolpillaan vaan rojahti elottoman näköisenä lattialle.

Rakennus alkoi hajota ja Parker juoksi viime hetkellä hakemaan pyörtyneen Augustin pois sanoen:

"Kiitos kun pelastit meidät."

*Auton takapenkillä maatessaan August näki sielunsa silmin leijonan joka makasi väsyneenä savannilla.*

*Sen vieressä seisoi kaksi intiaania, yhdellä oli hopean harmaat lyhyet hiukset, leveä leuka ja surulliset suklaanruskeat silmät. Hän vilkutti Augustille ja hymyili. Toinen oli hieman kauempana, hänellä oli pikimusta pitkä tukka, lämmin hymy ja vihreänsiniset maailmaa tutkivat silmät. Hän kallisti päätään sivulle, ja katsoi lempeästi silmiin.*

*Leijonan harja liikehti tuulen mukana kuin tuli, linnut lentelivät sinisen, kirkkaan taivaan yllä. Kuumuus näkyi horisontissa värähtelevänä ilmana. Leijona lepäsi suuren puun varjossa ja nuoli tassujaan rauhallisena.*

*Sitten se katsoi Augustia silmiin ja käski Augustin herätä.*